Chris Winterberg

MÖRDERISCHE HITZE

CHRIS WINTERBERG

MÖRDERISCHE HITZE

Egmont Horizont Verlag

Er ließ den Schal durch seine Hand gleiten. Leicht und luftig fühlte er sich an; wie geschaffen für ihren schönen Schwanenhals. Seidenweicher Stoff für makellose Haut. Mit geschlossenen Augen führte er das Halstuch an die Nase. Er konnte ihr Parfum riechen. Den Duft ihrer Haut. Die Pastellfarben des Musters passten zu ihr. Ihre Stilsicherheit hatte er immer bewundert – sie griff nur zu Kleidungsstücken, die wie für sie gemacht waren. Er lächelte. Wie er das hasste! Die perfekte Frau. Sie machte alles richtig. Mit einer natürlichen Leichtigkeit. Seine Augen verengten sich zu Schlitzen. Langsam wickelte er ein Ende des Seidenschals um seine rechte Hand. Dann das andere Ende um die linke. Er spannte den Stoff. Atmete aus. Stellte sich vor, wie er ihr den geliebten Schal von hinten um den Hals legen würde. Sie würde lachen, wenn sie den kühlen Stoff auf ihrer Haut spürte. Dann würde er zuziehen. Im Spiegel könnte er ihre erstaunten Augen sehen. Ihr schönes Gesicht entstellt. Unkontrollierte Laute drängen plötzlich aus ihrer Kehle. Vielleicht würde sie, ganz zum Schluss, noch versuchen sich zu befreien. Doch er war stärker. Das war er immer gewesen, auch wenn sie über ihn lächelte. Diese Erkenntnis war sein Abschiedsgeschenk an sie.

1

Clemens Kramer rannte. Schweiß lief ihm übers Gesicht. Aus den oberen Fenstern des hübschen Einfamilienhauses quoll Rauch. Er rannte. Der Weg bis zur Haustür schien endlos. Er rüttelte an der Tür, ließ aber sofort wieder los. Der Türgriff war heiß. Die Terrasse – musste es dort nicht eine Tür geben? Im Vorbeilaufen prüfte er die Fenster. Keines war offen. Die Terrassentür. Ebenfalls verschlossen. Sollte er das Glas einschlagen? Geriet das Feuer durch die Luftzufuhr außer Kontrolle? Aber er musste hinein, er hatte keine Wahl. Er zog sein Jackett aus, wickelte es um die Faust und schlug die Scheibe ein. Mit entschlossenem Griff presste er sich sein Hemd vors Gesicht und kämpfte sich langsam durch die Rauchschwaden vorwärts. Wo war die Treppe? Bald hatte er jede Orientierung verloren.

Plötzlich spürte er, dass jemand hinter ihm stand. Eine Hand legte sich auf seine Schulter. Er fuhr herum.

»Paps? Paps, du musst aufstehen! Es ist gleich acht!«

Kramer ließ sich wieder in die Kissen fallen.

»Pauline.« Er rieb sich die Augen und sah seine Tochter an. »Alles klar?«

Pauline legte den Kopf schief. Ihr fragender Blick machte ihn vollends wach. »Klar ist alles klar. Wieso nicht? Du hast aber verschlafen!«

Kramer setzte sich auf die Bettkante. Pauline war bereits angezogen. Er sog die Luft ein und starrte auf einen Punkt, ohne etwas zu sehen. In letzter Zeit hatte er zu viel gearbeitet. Er streckte sich gähnend und ging ins Bad. Müde blickte er in den Spiegel, doch dann raffte er sich auf, rasierte sich, ohne Blut zu vergießen, ging in die Dusche und riss den Vorhang zu.

Als er hinunterkam, war der Frühstückstisch bereits gedeckt. Pauline saß vor Cornflakes und Kakao. Seine Ex-Schwiegermutter Hortense, die in der kleinen Dachwohnung im Haus wohnte, schenkte ihm Kaffee ein.

»Danke, Hortense.« Kramer zog sich einen Stuhl heran. Er riss die Augen auf und gähnte noch einmal. Tatsächlich war er Hortense jeden Morgen, wenn er nach unten kam, ein wenig dankbar. Sie war immer als Erste auf und bereitete das Frühstück für alle vor. Sie sorgte für ein Familienleben, bei dem sich auch Pauline wohl fühlte. Und sie tat das mit Selbstbewusstsein und ohne sich aufzudrängen.

«Setz dich hin und iss etwas«, forderte sie ihn auf. »Ohne anständiges Frühstück kann auch ein Kriminalhauptkommissar nicht denken.« Die frischen Brötchen dufteten.

«Habt ihr gehört, dass in Konstanz ein Krimi gedreht werden soll?«, fragte Pauline. »Ist das nicht super? Violetta und ich wollen bei den Dreharbeiten zuschauen! Sie ist schon ganz aufgeregt.«

Violetta wollte unbedingt Schauspielerin werden. Kramer erinnerte sich an ihre Ambitionen, als in Konstanz Statisten für ein Musical gecastet werden sollten, dessen Aufführungsort noch nicht einmal gebaut war. Immer noch wurde die Musicalhalle diskutiert, aber ihre Errichtung war doch in weite Ferne gerückt.

»Ein Fernsehkrimi? Hier?« Kramer schüttelte den Kopf und trank einen Schluck Kaffee.

»Aber Paps, das ist doch spannend! Vielleicht kannst du dir bei denen noch einen Trick abschauen?«

Kramer sah seine Tochter belustigt an. «So einem schnittigen Typen mit Schmachtblick, der wild um sich ballert und dem die Damen zu Füßen liegen, dem könnte ich bestimmt was abgucken, hm?«

Pauline grinste.

»Aber mal im Ernst. Wenn wir so ermittelten wie die im Fernsehen, würden wir wahrscheinlich nie ein Verbrechen aufklären. Das alles hat mit der Realität nichts zu tun. Doch die Leute denken, wir arbeiten tatsächlich so.«

Hortense zog die Augenbrauen hoch. «Woher willst du das

denn wissen, Clemens? Du siehst doch nie fern. Ich finde, zum Beispiel, die Tatort-Sendungen erscheinen sehr realistisch.«

Das glaubte Kramer zwar nicht. Aber in einem hatte Hortense Recht. Er saß so gut wie nie vor dem Fernseher und konnte sich deshalb auch kein Urteil erlauben.

»Aber das, was den größten Teil unserer Arbeit ausmacht, der Papierkram und die Kleinarbeit, die Recherchen, die Grübelei im Büro – das bleibt ausgespart«, behauptete er. »Es kommt gar nicht vor. Immer nur flapsige oder tiefsinnige Dialoge.« Irgendwie enttäuschte ihn das. Aber dann musste er grinsen: Wer wollte auch schon Biernatzky in Echtzeit vor dem Computer grübeln sehen?

»Es ist schon spät«, zog er sich schließlich aus der Affäre und nahm einen letzten Schluck aus seiner Tasse. »Ich muss los.«

Pauline fuhr mit dem Rad zur Schule.

Kramer parkte seinen Karmann Ghia auf dem großen Parkplatz vor der Polizeidirektion. Er stieg aus und bedauerte dabei ein wenig, dass er in den letzten Wochen nicht oft Zeit gefunden hatte, an dem Auto herumzuschrauben; in seiner Garage konnte er am besten entspannen. Nachdenklich stieg er die Treppen hoch und öffnete die Tür zu seinem Büro. Wenn er so überarbeitet war, dauerte es morgens lange, bis er richtig wach wurde. Von seinem Fenster aus konnte er den Wagen sehen. Er nahm es als kleinen Trost.

»Guten Mo …« Kramer hielt inne. Das Büro war leer.

Valerie kam zwar oft nach ihm, aber so spät doch selten. Sie absolvierte bei ihm ein Praktikum, solange sich sein Kollege Biernatzky auf einer Fortbildung in München befand. Entgegen Kramers Vorbehalten hatte sie während dieser Zeit gute Arbeit geleistet. Er hatte gezögert, eine Praktikantin einzusetzen, schon die Bezeichnung klang in seinen Ohren nicht gerade viel versprechend. Aber Kriminaloberrat Huber hatte diese Lösung befürwortet. Als er sie dann zum ersten Mal sah, war

Kramer überrascht gewesen. Valerie Metzendorf war keine junge, im Berufsleben unerfahrene Frau. Sie war sechsunddreißig Jahre alt, hatte Psychologie studiert und auch lange Zeit als Psychologin gearbeitet. Um noch einmal etwas ganz Neues zu versuchen, begann sie dann als Quereinsteigerin die Ausbildung zur Kriminalkommissarin. Ihr Ziel war es, als Profilerin Psychologie und Polizeiarbeit zu verbinden. Die Möglichkeit, mit psychologischem Handwerkszeug ein Bild des Täters auf der Grundlage der Fakten der Tat zu entwerfen, faszinierte sie.

Kramer blickte durch den leeren Raum hinüber zur Kaffeemaschine. Das rote Knöpfchen leuchtete. In der Kanne waren noch etwa zwei Zentimeter Kaffee übrig. Er hob sie hoch und schwenkte sie. Der Kaffee war kurz davor, sich als zähe, dunkelbraune Flüssigkeit an die Glaswände zu heften und roch säuerlich. Das war eigentlich die Spezialität von ... Aber das konnte nicht sein.

Kramers Blick schweifte durch das Büro und blieb an dem Schreibtisch hängen, der seinem eigenen gegenüberstand. Er quoll nahezu über vor kreuz und quer verstreuten Blättern, Berichten, Fotos und Aktenstapeln. Zwischen all dem Papier stand eine halb leere Tasse. Kramer hob sie an und sah, dass der Bericht darunter einen Kaffeerand hatte. Er blickte auf Valeries Computerbildschirm.

»Na, kann ick dir helfen? Hab keene Jeheimnisse.«

»Axel!« Kramer legte seinem Kollegen den Arm um die Schultern und knuffte ihn in die Seite. »Wo kommst du denn her?«

Biernatzky zuckte mit den Schultern. »Na, aus München. Ist nichts geworden aus dem Besuch.« Er hatte nach Abschluss der Fortbildung in München noch einen alten Freund besuchen wollen. »Ich hab eigentlich ja noch Urlaub. Aber was soll ich in meiner Wohnung rumhängen ... Dachte, ich komm ein paar Tage eher.«

Kramer freute sich über die Rückkehr seines Kollegen; sie waren kein schlechtes Team und er mochte Biernatzky trotz seiner jugendlich-flapsigen Art.

Die Tür öffnete sich. Obwohl nur eine Person eintrat, schien der ganze Raum plötzlich ausgefüllt zu sein.

»Entschuldige, Clemens, ich bin zu spät.« Valerie wollte auf ihren Schreibtisch zugehen, hielt aber inne, als sie Biernatzky dort stehen sah. Biernatzky starrte sie sprachlos an.

»Axel, darf ich vorstellen: deine Vertretung, Valerie Metzendorf.« Kramer konnte sich das Grinsen kaum verkneifen. Der Gesichtsausdruck des Kollegen erinnerte an ein Schaf im Gewitterdonner.

»Axel?«

Biernatzky riss sich zusammen. »Tach. Ick bin der Axel.«

Valerie schüttelte seine Hand. »Freut mich. Wie ich sehe, haben Sie sich bereits in die Arbeit gestürzt?«

»Ick… äh… is ja eijentlich Ihr Schreibtisch.« Biernatzky machte sich daran, Ordnung zu schaffen.

Wie hat er nur in dieser kurzen Zeit heute Morgen schon wieder ein solches Durcheinander anrichten können, fragte sich Kramer, aber er sagte nichts. Obwohl es nicht den Anschein hatte, war Biernatzky ein echter Erbsenzähler. Er war zuständig für Recherche und Informationsbeschaffung und er behielt auch noch die kleinste Anmerkung im Kopf und fand jeden Zettel in den Abgründen zwischen seinen Papierbergen schneller, als zu vermuten war.

Es klopfte. Svenja Michelsen, die Rechtsmedizinerin, trat ein und ging auf Kramers Schreibtisch zu.

»Guten Morgen. Ich wollte nur kurz den abschließenden Bericht wegen der Brand…«, begann sie und unterbrach sich selbst. »Herr Biernatzky! Sie sind wieder da? Ich dachte, sie wollten erst nächste Woche wiederkommen.«

Kramer musste an seine letzte Begegnung mit Svenja denken. Er hatte wegen eines Brandes in einem Einfamilienhaus ermittelt, bei dem eine Frau ums Leben gekommen war. Reine Routine; es stand schnell fest, dass es sich nicht um Brandstiftung handelte. Doch die Staatsanwältin ordnete trotzdem die Obduktion der Leiche an. In Kramers Augen völlig überflüssig. Svenja war anderer Meinung. Noch immer gab ein Wort das andere, wenn ihre unterschiedlichen Ansichten zu einem Fall aufeinander trafen. Und es endete meist in beiderseitiger Irritation.

Svenja stand da und wickelte eine Haarsträhne um den Finger, während sie mit Biernatzky sprach. Sie schien sich wirklich zu freuen, dass er wieder da war. Nach einer Weile sah sie wieder zu Kramer herüber.

»Der Bericht?«, erinnerte er sie.

»Natürlich. Hier.« Sie knallte den Umschlag mit Schwung auf seinen Schreibtisch. Über die Lautstärke des Geräuschs, das er machte, schien sie selbst erschrocken. Etwas freundlicher sagte sie: »Es war, wie du vermutet hast. Sie ist an einer Rauchvergiftung gestorben. Keinerlei Hinweis auf einen gewaltsamen Tod. Ein Unfall.«

Er schlug den Hefter auf.

»Zufrieden?« Ihre Augen verrieten keine Regung, nur die Augenbrauen hatte sie leicht hochgezogen.

Er seufzte unhörbar. »Natürlich bin ich zufrieden, wenn sich ein möglicher Mord als Unfall herausstellt.«

Valerie räusperte sich. »Da wir Herrn Biernatzkys Rückkehr und meinen baldigen Abschied feiern sollten, könnten wir uns doch alle morgen Abend bei Schorsch treffen. Wie wäre das?« Sie hatte sich schnell in der Polizeidirektion zurechtgefunden und war überall beliebt. Kramer hatte sich manchmal gefragt, inwieweit ihr ihr Aussehen dabei half. Valerie war eine attraktive Frau, groß, schlank, mit langen, dunklen Locken. Aber mehr noch, zu diesem Schluss kam er am Ende, hatte sie sich durch ihre selbstbewusste Freundlichkeit Freunde gemacht. Sie hatte es hier allerdings auch leicht gehabt. Kollegialität und

Zusammenarbeit in der Polizeidirektion waren außergewöhnlich. Kramer war sich sicher, dass das ein Verdienst Hubers war, der seine Mitarbeiter wie kein Zweiter auszusuchen und zu führen verstand.

»Bei Schorsch? Gerne.« Svenja war bereits wieder bei der Tür und hob zum Abschied die Hand. Kramer wandte sich dem Obduktionsbericht zu, ohne auf die Einladung einzugehen. Valerie und Biernatzky tauschten einen Blick. Valerie grinste, bevor auch sie das Zimmer verließ. Biernatzky folgte ihr.

Kramer hatte gerade begonnen, seinen Abschlussbericht zu schreiben, als Biernatzky, der inzwischen wieder an seinen Schreibtisch zurückgekehrt war und Papier hin- und herstapelte, es nicht mehr auszuhalten schien.

»Clemens, wusstest du, dass Valerie bis zum Monatsende bleibt?«, begann er.

»Axel. Ich versuche zu arbeiten…« Kramer sah Biernatzkys rote Wangen. Innerlich gab er auf – er wusste nur zu gut, was käme –, aber äußerlich wahrte er die Form und blickte nicht auf .

»Sie hat gesagt, sie habe noch frei. Sie will sich den Bodensee und die Umgebung ein bisschen anschauen. Und weißt du, was das Beste ist?«

»Nein.« Kramer blieb einsilbig.

»Wir gehen heute Abend zusammen essen!« Biernatzky lächelte vergnügt vor sich hin.

Kramer war sprachlos. Da hatte sich Axel ja selbst übertroffen – er hatte Valerie vor zwanzig Minuten erst kennen gelernt!

»Gratuliere«, erwiderte er aber nur und senkte den Blick wieder auf seine Computertastatur.

»In Konstanz ist ja ganz schön was los«, versuchte Biernatzky es noch einmal. »Und weißt du schon das Neueste?« Er grinste, als freue er sich diebisch, eine gute Nachricht verbreiten zu können.

Kramer zog die Augenbrauen hoch.

»Valerie sagt, hier soll ein Fernsehfilm gedreht werden. Ein Krimi. Im Moment sind sie auf der Suche nach geeigneten Schauplätzen.«

Er betrat das Zimmer und schleuderte die Tasche auf das Bett. Als er die Tür zuschob, sah er, wie die anderen die umliegenden Zimmer betraten. Er selbst hatte das Zimmer neben ihr. Wie früher. Würde die Erinnerung je aufhören zu schmerzen? Gegenüber schlossen sich die Türen hinter zwei jungen Kolleginnen. Er runzelte die Stirn und drehte sich weg. Obwohl die Luft abgestanden war, öffnete er das Fenster nicht. Er zog nicht einmal die Schuhe aus, bevor er sich auf die Tagesdecke fallen ließ.

Er hatte einen Hoffnungsschimmer und ein Problem. Verkörpert durch zwei Frauen. Beide waren dabei. Seine Augen schweiften im Zimmer umher. Es ging ihm nicht gut. Doch das war nichts Besonderes; es ging ihm schon seit vielen Jahren nicht gut. Er hatte in dieser Situation ausgeharrt, wissend, dass sie ihn kaputtmachte. Alles wegen ihr. Johanna. Die große, die feine, die unfehlbare Johanna. Er rollte sich zur Seite. Hoffnungslos hatte es immer ausgesehen. Doch nun waren die Karten wieder neu gemischt. Er wusste, dass dies seine letzte Chance war. Und er hatte es klug geplant. Sein Atem wurde allmählich ruhiger. Er würde es schaffen, wenn er sich ganz darauf konzentrierte. Der größte Schritt war bereits getan. Er hatte die Augen geschlossen und befand sich in einer Art Dämmerzustand, als es klopfte und die Tür sich gleich darauf öffnete.

»Schläfst du?«

Er fuhr herum. »Was willst du?«

»Mit dir reden.«

»Ich will jetzt nicht. Mir geht es nicht gut.«

Sie zögerte. »Wann dann?«

Er setzte sich auf. Seine Züge verhärteten sich. »Reden, reden, was soll das schon bringen?«

Tränen schossen ihr in die Augen. Das hatte ihm gerade noch gefehlt. Eine Szene war genau das, was er nicht brauchen konnte. Warum verschwand sie nicht einfach und ließ ihn in Ruhe? Er wollte nicht, es ging nicht, das musste sie doch einsehen. Aber sie bewegte sich nicht. Doch. Jetzt kam sie einen Schritt näher und streckte die Hand aus.

Er erschrak. »Hör zu«, stieß er zwischen den Zähnen hervor. »Es ist nicht, dass ich nicht verstanden habe, was du mir sagen willst. Aber es interessiert mich einfach nicht.«

Mit aufgerissenen Augen stand sie da und starrte ihn an. Offenbar weigerte sie sich zu begreifen, was er gesagt hatte. Also machte er weiter.

»Geh raus. Geh rüber in dein Zimmer. Mach, was du willst, aber geh durch diese Tür.« Noch immer machte sie keine Anstalten, sich in Bewegung zu setzen. Ihre bloße Anwesenheit machte ihn wütend.

»Hau ab!« Er musste sich zusammenreißen. Kein Aufsehen.

Sie schien zu sich zu kommen, ein Ruck ging durch ihren Körper. Sie sah zu Boden, fasste sich und blickte ihn dann wieder an.

»Gut. Ich lass dich allein. Wenn du mir sagst, was du hast.«

So viel Beherrschung hatte er ihr nicht zugetraut. Doch aus ihren Augen sprach Angst, nackte Angst. Ihre Stimme bebte. »Es war doch … Mit uns war es mal so … Nur wegen dieser …?« Mit dem Handrücken wischte sie sich über die Augen. Ihre Hände zitterten.

Er sah ihr ins Gesicht. Sie sah weg. Er ging auf sie zu und nahm ihr Gesicht zwischen seine Hände. Riss es brutal zu sich her. Sie strauchelte. Die Adern an seinen Schläfen traten hervor. Er hatte Mühe, nicht zu brüllen.

»Dass du es überhaupt wagst …! Glaubst du wirklich, du bedeutest mir noch etwas? Du bist Durchschnitt, nicht mehr und nicht weniger. Ich habe mich mit dir abgegeben, mich deiner erbarmt. Aber das war ein Fehler! Du willst mich auffressen.«

»Lass es uns doch noch mal versuchen«, begann sie, als habe sie ihn nicht gehört. »Du bist momentan … Es geht dir nicht gut, das wird sich sicher wieder ändern … Wenn der Film hier fertig ist, dann könnten wir …«

Sie musste hier raus. Sie machte ihn rasend. Noch immer starrte sie ihn an, und jetzt begann sie, am ganzen Körper zu zittern. Er musterte sie, als könne er es nicht glauben. Er musste sich beherrschen um nicht hysterisch anzufangen zu schreien.

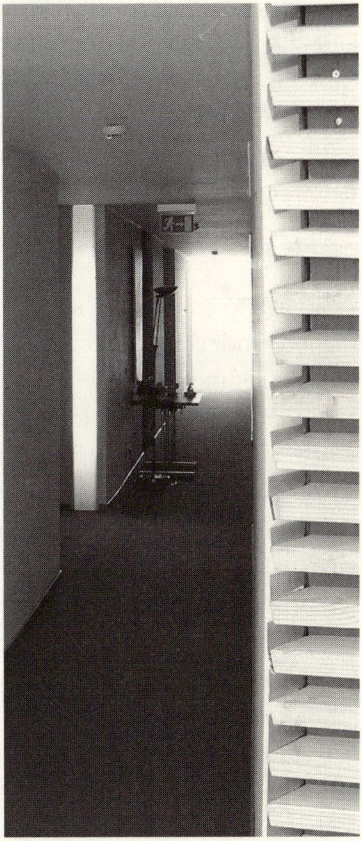

»Bitte.« Sie flehte.

Das war zu viel. Warum tat sie ihm das an? Ein Würgereiz ergriff Besitz von seinem Körper. Sie durfte nicht sehen, dass er schwach war. Er richtete sich auf, hob die Hand und schlug zu. Einmal nur, doch ihr Körper hatte alle Spannung verloren und knallte gegen den Kleiderschrank, der neben der Zimmertür stand. Sie sank in sich zusammen. Schluchzend blieb sie liegen. Warum stand sie nicht auf? Diese Null. Hoffte sie auf sein Mitleid? Was glaubte sie, was bildete sie sich ein? Sie saugte ihn aus, er hatte ihr viel gegeben, doch es reichte ihr offenbar nicht. Der Gedanke brachte ihn zur Weißglut. Er brauchte seine Kraft jetzt. Noch einmal schlug er zu. Zog sie an den Haaren empor und stieß sie zur Tür. Sie taumelte vorwärts. Er war nicht schnell genug. Bevor er die Klinke herunterdrücken konnte, sank sie schon zu Boden. Raus. Sie musste raus. Egal, wie. Er zerrte an der Tür und schleifte ihr Gewicht dabei mit. Bevor er nach ihr treten konnte, kroch sie mit letzter Kraft hinaus.

Hortense beschloss das warme Wetter zu nutzen und die Gardinen im ganzen Haus zu waschen. Sie nahm ein Fenster nach dem anderen in Angriff und summte dabei vor sich hin. Hermann Voss hatte sie angerufen und nach Hamburg eingeladen. Sie hatte zugesagt, musste aber noch einen Termin finden. Ein Wochenende am besten, wenn Kramer sich um Pauline kümmern konnte. Aber war ein Wochenende nicht etwas kurz, um bis nach Hamburg zu fahren? Und wer sollte nach Pauline sehen, wenn Kramer arbeiten musste? Hortense überlegte. Langsam begann ein Plan vor ihren Augen Gestalt anzunehmen.

Sie freute sich auf den Besuch und war gespannt auf Hermanns Kinder und Enkelkinder. Als er damals gesagt hatte, er würde sich melden, war sie sich nicht sicher gewesen, ob er es auch wirklich so gemeint habe. Sie hatten sich über vierzig Jahre nicht gesehen. Und dann hatte er auf einmal dagestanden. Hortense musste lächeln. »Dagestanden« traf nicht ganz zu. Er hatte sie verfolgt. Sich zuerst nicht getraut, sie anzusprechen. Tagelang hatte sie Angst gehabt vor dem Schatten, der ihr überall zu folgen schien. Das war nicht gerade eine vornehme Art gewesen, sich nach so langer Zeit wieder einzuführen, dachte Hortense. Aber es war typisch Hermann.

Sie trug den Korb mit den Gardinen nach draußen in den Garten zur Wäschespinne. Auf der anderen Straßenseite stand ein Lieferwagen mit der Aufschrift »Filmfactory«. Ein junger Mann stand vor dem Gartentor der Marksteins und streckte die Hand zur Klingel aus. Sie wandte sich zurück zum Haus, als der junge Mann vor ihrem Tor auftauchte.

»Hallo? Entschuldigung.«

Hortense ging zum Gartenzaun.

»Es ist mir etwas peinlich … dürfte ich vielleicht Ihre Toilette benutzen?«

Hortense sah sich den Mann genauer an. Er war Mitte zwanzig, groß und dünn. Seine dunklen Haare hatte er zu einem Zopf zusammengebunden. Sein Bedürfnis war dringend, das sah man. Sie hatte Verständnis.

»Geradeaus durch die Tür. Dann links.«

Hortense ging in die Küche.

»Vielen Dank noch mal.« Der junge Mann lächelte, als er die Toilettentür hinter sich zuzog. »Ich habe mich noch nicht vorgestellt. Ulli Schreiner, von der Produktionsfirma ›Filmfactory‹.«

»Freut mich. Hortense Wieland. Ich habe Sie schon beim Gardinenaufhängen gesehen. Sie haben bei den Nachbarn geläutet. Haben Sie etwas mit dem Film zu tun, der hier in Konstanz gedreht werden soll?«

»Sie haben davon gehört? Ich suche nach einem geeigneten Haus für die Dreharbeiten. Ich bin Location Scout.« Er zog die Schultern hoch. »Leider ist es nicht so einfach. Die meisten Leute, deren Haus und Garten infrage kämen, lehnen ab. Sie können sich einen solchen Trubel im eigenen Haus nicht vorstellen.«

Er sah müde aus – und auch etwas einsam. »Scout«, dachte Hortense. Das trifft es. Sie bot ihm einen Kaffee an. Sie setzten sich in die Küche und er plauderte über den geplanten Krimi. Die Rolle der Kommissarin hatte die berühmte Johanna Baum übernommen. Die Rolle der Rechtsmedizinerin – die eigentliche Hauptrolle – habe Paloma Petrelli bekommen.

»Johanna Baum? Die Tochter von Quentin Baum?«

Ulli Schreiner nickte und Hortense bekam große Augen.

»Quentin Baum … Ein toller Mann. Als junges Mädchen habe ich alle seine Filme gesehen. Er war ein wunderbarer Schauspieler. Ist leider viel zu früh gestorben.«

Der junge Mann sah versonnen zum Fenster hinaus, als könne er Quentin Baum dort noch finden.

»Frau Hortense!«, rief er plötzlich und sprang auf. »In Ihrem Garten …« Er lief hinaus.

Biernatzky blickte auf. »Schon Klasse, Konstanz als Schauplatz … Sie suchen auch ein schönes, altes Haus, diese Filmleute. Stell dir mal vor, die wählen dein Haus für Dreharbeiten aus. Ist doch super, dann kennt ganz Deutschland das Haus, in dem du wohnst!«

»Und wer will das?« Kramer schüttelte den Kopf.

Hortense ging Ulli Schreiner erstaunt hinterher. »Ja, was ist denn?«

»Diese Nymphe! Märchenhaft.« Er sah zu seiner Gastgeberin hinüber. »Ihr Garten ist wunderbar. Das Haus auch. Genau das, was wir suchen. Ein Wink des Schicksals! Hier muss gedreht werden!« Er ging auf Hortense zu. »Frau Hortense, stellen Sie uns Ihr Haus und Ihren Garten zur Verfügung?«

Hortense musterte ihn überrascht. Sie wusste nicht, was sie sagen sollte.

»Lassen Sie mich noch einen Blick in den oberen Stock werfen? Aber eigentlich ist das gar nicht nötig. Wann wurde das Haus gebaut? Hm. Lassen Sie mich raten – Jugendstil …? Oder Anfang der Zwanzigerjahre?« Er drehte sich um. »Die Nymphe ist wirklich außergewöhnlich. Natürlich kann man jederzeit eine Requisite aufstellen, aber das ist nie dasselbe.« Er sah sie erwartungsvoll an.

Hortense musste lächeln. Wegen dieser Figur hatte ihr Schwiegersohn vor Jahren das Haus gekauft. Es hatte ihm von Anfang an gut gefallen, aber als er die steinerne Nymphe im Garten entdeckte, war der Kauf beschlossene Sache gewesen. Und er hatte es nie bereut.

Gemeinsam gingen sie zurück in die Küche.

»Sie müssen sich keine Sorgen machen, wir belästigen Sie nicht lange. Eine Woche vielleicht, maximal zwei, länger werden wir hier nicht drehen müssen.«

Hortense schüttelte den Kopf. »Sie wollen hier in unser Haus kommen und einen Film drehen?«

»Wir drehen nicht irgendeinen Schinken. Das wird der Krimi des Jahres. Eine hochwertige Produktion mit bekannten Schauspielern. Denken Sie nur: Johanna Baum! Und von Arenz führt Regie. Anspruchsvoll«, nickte er, wie um seine eigenen Worte zu bestätigen.

»Hm, ich weiß nicht. Ich sollte vielleicht mit meinem Schwiegersohn ...«

»Natürlich stellen Sie uns Ihr Haus nicht umsonst zur Verfügung. Was halten Sie von zehntausend Euro?«

Hortense holte tief Luft. Zehntausend Euro! Damit konnte man einiges machen. Endlich die brüchigen Dachziegel austauschen, den Kammerjäger auf den Dachboden schicken, vor allem aber die alten Rohre austauschen. Jedes Mal, wenn sie die Waschmaschine anstellte, befürchtete Hortense, dass sie bald wieder durch knöchelhohes Wasser waten müsste.

»Wann würden Sie anfangen?« Hortense überlegte, wie sie Clemens dafür gewinnen könnte, das Haus den Schauspielern zugänglich zu machen. Er wäre sicherlich nicht begeistert, das wusste sie, denn er schätzte seine Ruhe und ging auf Fremde nicht gerade mit offenen Armen zu.

»In wenigen Tagen. Wir haben schon einige Szenen in der Stadt gedreht und natürlich auch einiges im Studio. Als Nächstes kommen die Szenen, für die wir Ihr Haus brauchen.«

Ulli Schreiner kramte in seiner Tasche und legte einen Vertrag auf den Küchentisch. Plötzlich runzelte er die Stirn. »Oder ist das ein Mietshaus?«

»Nein, natürlich nicht«, erwiderte Hortense.

»Dann können Sie bedenkenlos unterschreiben.«

Hortense ging das alles zu schnell. Doch Schreiner erklärte, er müsse noch heute ein Haus finden. In der Filmindustrie koste jeder Tag viel Geld und sie seien ohnehin spät dran.

»Sie zahlen uns wirklich zehntausend Euro?« Hortense wollte noch etwas Zeit gewinnen. Wie sollte sie so schnell eine Entscheidung treffen, ohne dass Clemens Bescheid wusste? Es war schließlich nicht ihr Haus.

»Das ist eine angemessene Entschädigung«, gab der Location Scout zur Antwort. »Die Kosten für die Reparatur eventueller Schäden kleineren Umfangs sind allerdings darin schon enthalten.«

Hortense schaute ihn erschrocken an.

»Keine Sorge. Wir werden hier nicht randalieren. Und wir drehen hauptsächlich draußen im Garten.«

Hortense überlegte noch immer. Clemens musste doch auch sehen, dass sie das Geld gut gebrauchen konnten. Das musste sie ihm nur noch klar machen. Und was waren schon ein bis zwei Wochen? Pragmatische Gründe sprachen auf jeden Fall dafür zuzusagen. Aber sie musste auch zugeben, dass es sie lockte, das Flair einer großen Fernsehproduktion mit berühmten Schauspielern so hautnah mitzubekommen. Wann hatte man schon die Gelegenheit?

Sie las sich das Schriftstück durch, nahm den Stift, den ihr der Mann vom Film hinhielt, atmete tief durch und unterzeichnete.

»Frau Hortense, Sie werden es nicht bereuen!«, sagte Ulli Schreiner feierlich und verabschiedete sich.

Hortense hoffte, er würde Recht behalten.

Bis zum Abend hatte Kramer den größten Teil der längst überfälligen Schreibarbeit erledigt. Er seufzte und druckte die letzten Dateien aus. Solche ereignislosen Tage im Büro mochte er nicht. Sie schienen endlos und er hatte hinterher doch nicht das Gefühl, wirklich etwas getan zu haben. Müde rieb er sich die Augen. Eine Strähne seines dunklen Haars fiel ihm in die Stirn. Den Abschlussbericht über den Brand wollte er auf dem Heimweg bei der Staatsanwaltschaft einwerfen. Ein Unfall, wie er vermutet hatte. Kramer war auch deshalb darüber erleichtert, weil er dann die Angehörigen der Frau, die ums Leben gekommen war, in ihrer Trauer nicht weiter belästigen musste.

»Axel. Bis morgen!«, verabschiedete er sich.

Der nickte. Er war dabei, das Chaos zu lichten, das er im Laufe des Tages auf seinem Schreibtisch angerichtet hatte.

Kramer stieg in seinen Karmann Ghia. Am Abend wollte er in aller Ruhe die Zeitung lesen. Ein bisschen Musik hören, vielleicht ein Glas Rotwein. Als er die Haustür öffnete, strömte ihm ein verführerischer Geruch entgegen. Hortense schaute aus seiner Küche und begrüßte ihn.

»Lass mich raten: Schweinelendchen in Rahmsoße mit Pilzen. Und damit noch ein paar Kalorien dazukommen, Kässpätzle.«

»Ich bin gerade fertig. Setz dich, sonst wird alles kalt.« Hortense rief Pauline. Die polterte die Treppe herunter, als habe sie nur darauf gewartet.

»Hallo, Paps! Alles klar mit den Verbrechern?«, sagte sie und strahlte ihn an.

Kramer gab ihr einen Klaps. Er bewunderte die Tischdekoration mit den gefalteten Stoffservietten und den Kerzen und ließ sich dann das Essen schmecken. Selbst Pauline konnte nicht widerstehen, obwohl sie nur noch selten Fleisch aß. Hortense hatte sich schon ein wenig darauf eingestellt. Obwohl das Fleisch auf dem Teller für sie alltäglich war, verstand sie ihre Enkelin. Pauline argumentierte mit so viel Temperament gegen den übermäßigen Fleischkonsum, dass kaum mehr etwas zu sagen übrig blieb. Doch heute war eine Ausnahme.

Schließlich legte Kramer sein Besteck auf den Teller und blickte von seiner Schwiegermutter zu seiner Tochter. »Das war wirklich köstlich. Und jetzt sagt mir bitte, was los ist«, begann er. »Ohne besonderen Grund werdet ihr euch doch nicht so viel Mühe gemacht haben.«

Hortense und Pauline tauschten einen Blick. Hortense berichtete zögernd vom Location Scout der Produktionsfirma, von seiner Begeisterung für das Haus und für die Nymphe. Endlich kam sie auf den Punkt.

»Du hast was?« Kramer sah sie ungläubig an. »Du hast unser Haus einer Horde Schauspielern zur Verfügung gestellt? Einen Vertrag unterschrieben?«

Hortense nickte.

Kramer erinnerte sich an Biernatzkys Worte. Und jetzt hatten diese Filmleute von allen Häusern in Konstanz gerade seines ausgesucht? Das konnte doch nicht wahr sein! Langsam wurde er wütend. Fragte ihn denn niemand mehr?

»Der Vertrag ist ungültig. Du bist nicht die Eigentümerin«, stellte er fest und sah Hortense an.

»Aber Paps«, fiel Pauline ein. »Es ist doch nur für zwei Wochen.«

»Zwei Wochen?« Kramer schnappte nach Luft. »Wisst ihr, das

kann ich kaum glauben! Wohne ich nicht mehr hier? Ihr hättet mich wenigstens fragen müssen!« Er zwang sich innezuhalten und stand auf.

»Clemens. Mit den zehnausend Euro, die wir von der Filmfirma bekommen, können wir endlich die alten Rohre erneuern lassen«, wandte Hortense ein. Dass sie der Gedanke faszinierte, eine Menge Filmleute im Haus zu haben, davon sagte sie nichts.

»Ich brauche keine neuen Rohre, ich brauche meine Ruhe!«, entgegnete Kramer und drehte sich um. Er schaffte es, die Tür nicht zuknallen zu lassen, als er aus dem Haus ging. Ohne darüber nachzudenken, wohin er wollte, setzte er sich in sein Auto und fuhr los. Erst dann begann er zu überlegen. Was hatte sich Hortense nur dabei gedacht? Natürlich würde er sie nicht blamieren und den Vertrag rückgängig machen. Doch niemand konnte von ihm verlangen, sich zwei Wochen lang in seinem eigenen Haus mit einer Gruppe von Schauspielern herumzuschlagen.

In der Nähe gab es ein Hotel. Das war es. Als er in die Straße einbog, sah er die Lieferwagen mit der Aufschrift »Filmfactory«. Er wendete.

Svenja war müde nach Hause gekommen und hatte Vorkehrungen für einen gemütlichen Abend getroffen. Claude Débussys »Claire de Lune« lief bereits, während sie den Rotwein entkorkte. Sie ließ sich auf dem Sofa nieder und nahm einen kleinen Schluck. Dann hielt sie den Wein gegen das Licht und drehte das Glas. Nachdenklich betrachtete sie die Lichtreflexe. Dann nahm sie das Buch zur Hand, das sie gerade las.

Langsam ließ sie das Buch sinken. Sie schloss die Augen und begann zu träumen. Als es klingelte, runzelte sie die Stirn und schlug die Augen wieder auf. Im Hinausgehen warf sie einen Blick auf die Uhr. So spät war es noch gar nicht.

»Du?«

»Hallo, Svenja. Kann ich für ein paar Tage bei dir wohnen?«
Sie zögerte. Dann trat sie zurück und ließ ihn eintreten.

Sie schloss die Tür hinter sich und drehte den Schlüssel um. Einen Augenblick lang lehnte sie sich gegen die Wand, dann ließ sie sich auf dem einzigen Stuhl im Zimmer nieder. Müde starrte sie vor sich hin. Wie sollte das hier nur weitergehen? Woher sollte sie die Kraft nehmen, noch viele solche Tage durchzustehen? An einem Punkt hatte sich ihr Leben geändert. Plötzlich. Es war noch gar nicht so lange her. Vorher war es ein tristes Fließen gewesen, an Ereignisse, die herausragten, konnte sie sich gar nicht erinnern. Sie konnte sich sowieso an kaum etwas erinnern. Und nun sollte sie das alles, was passiert war, schon wieder aufgeben, kampflos? Am liebsten wollte sie sich treiben lassen, gar nichts mehr tun, kapitulieren. Etwas sträubte sich in ihr dagegen, ein bitterer kleiner Widerstand.

Biernatzky sah auf die Uhr. Halb acht. Er musste los. Nachdem er all seinen Mut aufgeboten und sich mit Valerie zum Abendessen verabredet hatte, wollte er sie nicht warten lassen. Treffpunkt war der Obermarkt, zwanzig Uhr.

Er fuhr sich über das Kinn und stellte fest, dass sein Gesicht eine Rasur gut vertragen konnte. Er schwankte, holte dann aber seine Notfallausrüstung aus dem Schrank. Als er den Schaum im Gesicht verteilte, dachte er an die Frau, die er gleich treffen würde. Sie hatte etwas Dominantes, was ihm aber nicht missfiel. Einige Jahre war sie wohl älter als er. Und sie sah gut aus. Er beschrieb mit der Klinge eine Kurve auf seiner Wange und grinste dabei.

Als er fertig war, betrachtete er sein Spiegelbild. »Sehe ich gut aus? Ich sehe gut aus!«

Aber dann musste er schleunigst los. Valerie kam gerade zum Obermarkt, als er selbst auch dort eintraf. Ihr Kleid schmiegte sich eng an ihren Körper. Die Haare trug sie offen.

Bei jedem schwungvollen Schritt, den sie machte, wippten sie mit. Schon von weitem winkte sie ihm zu.

Axel führte sie in den Stephanskeller. Von außen war das Restaurant etwas unscheinbar, aber wenn man die Treppe hinunterging, gelangte man in ein romantisches Gewölbe mit nicht zu vielen Tischen. Es war edel, aber nicht so sehr, dass es ungemütlich gewirkt hätte. Überall standen Kerzen, die ein warmes Licht verbreiteten. Durch diese Atmosphäre wirkten die Steinwände nicht kalt.

»Schön hier!« Valerie sah Axel amüsiert an.

»Freut mich, dass es dir gefällt«, sagte er. »Es ist die Empfehlung eines Kollegen, ehrlich gesagt.«

Sie lachte. »Ich habe es mir fast gedacht.« Sie sah sich um. »Ich würde gern Rotwein trinken. Was ist mit dir?«, sagte sie dann.

»Such du einen aus.«

Sie vertieften sich in die Karte. Biernatzky entspannte sich allmählich und hörte zu. Valerie gefiel es in Konstanz. Sie wollte erst einmal noch etwas Urlaub machen, aber sie konnte es sich durchaus auch vorstellen, länger zu bleiben. Für ein Jahr musste sie wieder zurück nach Villingen-Schwenningen, um an der Hochschule für Polizei ihre Ausbildung zu beenden. Aber das war nicht weit weg. Und hinterher? Valerie lächelte.

»Gehst du noch ein Stück mit mir?«, fragte sie, als sie wieder auf die Straße traten.

»Ich bring dich natürlich nach Hause.« Er ärgerte sich, dass er nicht die Gelegenheit wahrgenommen hatte, dies zuerst zu sagen.

Vor einem für die Konstanzer Altstadt untypischen Neubau drehte sie sich zu ihm um. »Magst du noch auf einen Kaffee mit raufkommen?«

Biernatzky schluckte. Natürlich wollte er. Aber er hätte gerne selbst wenigstens ein kleines Zeichen gesetzt. Er lehnte ab. »Wenn ich so spät Kaffee trinke, kann ich nicht schlafen. Ich …

äh … danke, aber ich muss morgen früh raus.«

»Na, dann gute Nacht«, sagte Valerie.

Wütend kickte Biernatzky eine zertretene Dose vor sich her, während er sich vorstellte, wie sie sich aus ihrem Kleid schälte. Er hatte bereits nachgesehen, wo der Reißverschluss war.

2

Kramer schlug die Augen auf und sah sich um. Wo war er? Und wie war er hierher gekommen? Die Dreharbeiten in seinem Haus fielen ihm ein. Ausgerechnet für einen Krimi. Eigentlich war es zum Lachen. »Natürlich gewähre ich dir Asyl, wenn barbarische Horden von Kommissaren und Kriminalassistenten in dein Haus einfallen«, hatte Eckhard gesagt. »Nicht, dass du angesteckt wirst und plötzlich deine Arbeit verrichtest wie im Film.«

Es klopfte. »Clemens. Das Frühstück ist fertig.«

Er ging ins Bad. »Was für ein Anblick«, murmelte er und wandte sich vom Spiegel ab. Unrasiert ging er die Treppen hinunter. Er würde später einige Sachen von zu Hause holen müssen.

»Hast du gut geschlafen?«

Der muntere Plauderton war ihm lästig. »Ja, danke, einigermaßen. Wo ist denn Eckhard?«

»Er musste früh los. Und die Kinder sind gerade zur Schule gegangen. Jetzt sind nur noch wir beide hier«, lächelte Katrin ihn an.

Kramer zog die Augenbrauen zusammen.

»Ich habe schon gefrühstückt, leiste dir aber gerne Gesellschaft. Wir haben ja selten Zeit, uns zu unterhalten«, fuhr sie fröhlich fort.

Kramer mochte die Frau seines besten Freundes. Doch sobald er mit ihr allein war, wurde es ungemütlich. Katrin versuchte mit ihm zu flirten, das war ihm klar. Doch unangenehmer war noch, dass sie ab und zu einen Versuch machte, ihn mit einer Frau aus ihrem Freundeskreis zu verkuppeln. Er seufzte und schüttelte sich ein wenig. Das war ja wirklich ein Morgen nach Maß, dachte er, ob es zu Hause schlimmer sein konnte?

»Das ist nett, Katrin, aber mach dir keine Umstände. Ich muss gleich ins Büro. Bin schon spät dran.«

Er stürzte seinen Kaffee hinunter und stand auf. »Wir sehen

uns heute Abend. Danke noch mal, dass ich bei euch bleiben kann, bis das ganze Theater vorbei ist.«

»Wat is denn mit dir los?«, fragte Biernatzky.

Kramer schilderte ihm die Lage.

»Da regst du dich auf? Ich wünschte, ich könnte meine Bude für zwei Wochen vermieten und dafür zehntausend Kröten kassieren«, lautete Biernatzkys einziger Kommentar.

Der Kollege sagte überhaupt bemerkenswert wenig. Kramer vermutete, dass der letzte Abend nicht ganz nach seinen Wünschen verlaufen war. Was waren wohl Biernatzkys Wünsche? Wenn man ihn reden hörte, glaubte man, ein ausgemachter Salonlöwe warte nur auf die Gelegenheit, seine ausgesuchte Beute galant in die Falle zu locken. Kramer hatte sich das nie vorstellen können. Der im Grunde gutmütige Axel war kein geborener Verführer. Valerie könnte die Richtige für ihn sein, überlegte er. Eine Frau mit Erfahrung würde Axel gut tun. Allerdings hatte sie ihn wohl abblitzen lassen, nach seiner heutigen Stimmung zu schließen. Er tat Kramer Leid.

»Lass uns nachher zum Mittagessen gehen«, schlug er vor. »Ich muss nur kurz bei mir zu Hause vorbei, um ein paar Sachen zu holen.«

Svenja wachte auf, als das Frühstückstablett auf dem Bett abgesetzt wurde.

»Es ist angerichtet, schöne Frau!« Lars setzte sich zu ihr. »Du siehst, ich kehre immer wieder zu dir zurück.«

»Ja, klar, wenn du ein Dach über dem Kopf brauchst. Und gerade nichts Besseres am Laufen hast«, gab sie zurück.

Er verdrehte die Augen. »Hat Madame Kratzbürste denn gerade was Besseres am Laufen?«

»Ich will nicht darüber sprechen.«

»Also nicht.« Er sah zu ihr hinüber. Das jungenhafte Grinsen erschien auf seinem Gesicht.

Sie schloss die Augen. »Denk gar nicht erst darüber nach. Raus aus meinem Bett.«

Er lachte.

Als sie später ihr Nachthemd von der Teekanne pflückte, lachte er wieder. »Findest du nicht, dass wir gut zueinander passen? Wozu sollten wir etwas ändern?«

Resigniert ging sie ins Bad.

Kramer parkte seinen Wagen vor dem Haus. Er merkte sofort, dass etwas nicht stimmte. Aus dem Garten drangen aufgebrachte Männerstimmen. Eine jünger, die andere älter. Dazwischen die Stimme einer Frau. Beschwichtigend. Hortense? Was ging hier vor? Die Dreharbeiten begannen doch erst in ein paar Tagen.

Offene Aggression war Kramer ein Gräuel. Vor einigen Jahren war er in die Glasplatte eines Couchtisches gestürzt, als er versuchte, eine tätliche Auseinandersetzung zwischen einem Mann und dessen Frau zu schlichten. Er berührte seine Wange. Die Narbe würde bleiben.

Er ging langsam auf den Gartenzaun zu. Zuerst sah er einen Mann mit grau melierten Haaren und Vollbart. Kramer schätzte ihn auf etwa sechzig. Sein Gesicht war vor Zorn rot angelaufen. Der Mann trug einen Anzug von schlichter, aber teurer Eleganz. Sein Gegenüber war deutlich jünger. Auch dieser Mann war teuer gekleidet, fast schon extravagant, konnte jedoch mit dem Stil und Geschmack des Älteren nicht mithalten. Er hatte blonde Haare, die ihm in die Stirn fielen, und stechend blaue Augen. Seine Miene war arrogant und herausfordernd.

»Du alter Sturkopf! Wenn du jetzt nicht nachgibst…« Die Stimme des jungen Mannes klang eiskalt und verächtlich.

»Was ist dann?«, gab der andere aufgebracht zurück.

»Ich lasse mich von dir nicht mehr länger wie ein dummer Junge behandeln.«

Der junge Mann machte einen Schritt auf den Älteren zu.

»Ich warne dich ...« Der ältere Mann fühlte sich von den Worten des Jüngeren bedroht. Er stieß ihn von sich weg.

Der Jüngere packte ihn am Kragen und drückte ihn gegen einen Baum.

»Du alter Idiot«, brachte er zwischen zusammengepressten Zähnen hervor.

Plötzlich stieß der Alte dem Jüngeren das Knie in den Unterleib. Keuchend ließ dieser den Mann los, der daraufhin versuchte auf das Haus zuzulaufen. Der Jüngere humpelte hinterher, bekam ihn zu fassen und riss ihn zu Boden. Der Ältere schlug dem Jüngeren ins Gesicht. Blut rann aus seiner Nase. Schließlich legte der junge Mann seinem Gegner die Hände um den Hals. Der Ältere keuchte und versuchte sich aus dem Griff zu befreien. Doch der andere war stärker. Der alte Mann röchelte. Verzweifelt mühte er sich zu entkommen.

Kramer betrachtete alles mit skeptischem Blick. Er hatte bald auch die Scheinwerfer und Kameras entdeckt. Was machten die Leute da nur? Fast fand er es beklemmend, bei etwas zuzusehen, das nicht Realität war, sondern eine zu spielende Szene. Man konnte nicht eingreifen, keine Lösung suchen. In seinem Garten schien sich eine Welt aufzutun, zu der er nicht gehörte. Ein merkwürdiges Gefühl, registrierte er, aber er wollte sich nicht näher damit befassen.

Er fuhr sich durchs Haar. Je eher sie angefangen hatten zu drehen, desto besser. Dann zogen sie auch früher wieder ab. Kramer ging in die Küche, um sich etwas zu trinken zu holen. Am Tisch saßen Hortense und eine fremde Frau, in ein angeregtes Gespräch vertieft.

Kramer grüßte und nahm sich ein Glas aus dem Schrank. Hortense hatte gerötete Wangen und hörte der Frau aufmerksam zu. Kramer schätzte sie auf Mitte vierzig. Sie wirkte vornehm, würdevoll. Sie kam ihm bekannt vor. Ihre dunkelbraunen Haare hatte sie zu einem klassischen Dutt hochgesteckt. Geschminkt war sie kaum, was ihre aristokratische Ausstrahlung noch verstärkte. Ruhig beantwortete sie Hortenses Fragen. Ab und zu lächelte sie freundlich, aber distanziert.

»Clemens, darf ich dir Frau Baum vorstellen? Sie ist eine große Schauspielerin.« Hortense blickte ihn strahlend an.

Die Schauspielerin drehte sich ihm zu. »Schön, dass Sie uns Ihr Haus zur Verfügung stellen. Es ist wirklich ganz reizend.«

»Du musst wissen, Clemens, dass ich als junges Mädchen ein großer Fan von Frau Baums Vater war, Quentin Baum, ein wunderbarer Schauspieler. Meine Freundinnen und ich haben alle seine Filme gesehen. Leider ist er viel zu früh gestorben, nicht wahr?«

Johanna Baum nickte und erzählte, dass ihr Vater mit vierzig Jahren nach kurzer, schwerer Krankheit verstorben war. Danach habe die Familie schwere Zeiten durchgemacht.

»Und trotzdem konnten Sie Schauspielerin werden wie Ihr Vater?« Hortense sah die Frau neugierig an.

»Nun ja, meine Mutter hatte bei meiner Geburt ihre Theaterkarriere aufgegeben. Sie versuchte damals, wieder ins Geschäft zu kommen, konnte aber an ihre früheren Erfolge nicht mehr anknüpfen. Dass ich selbst Schauspielerin werden konnte, verdanke ich vor allem meinem jetzigen Mann, der mich in jeder Hinsicht sehr unterstützt hat.«

Kramer lehnte sich an den Kühlschrank. Johanna Baum umwehte der Duft der großen, weiten Welt, dachte er ironisch. Da konnten kleine Provinz-Kommissare nicht mithalten. Er betrachtete seine Schwiegermutter. Kein Wunder, dass Hortense sich fühlt, als habe sie ganz Hollywood in ihrer Küche zu Gast, sinnierte er weiter. Aber die Schauspielerin war ihm nicht unsympathisch.

»Und welche Rolle spielen Sie in diesem Film?«, fragte er.

»Die Kommissarin. Wir sind sozusagen Kollegen.« Sie deutete ein Lachen an. »Ihre Schwiegermutter hat mir bereits erzählt, dass Sie bei der Polizei sind. Ich würde mir allerdings nie anmaßen zu behaupten, dass wir hier die Realität abbilden«, fügte die Schauspielerin höflicherweise hinzu.

Nein, das tut ihr wirklich nicht, dachte Kramer.

Die Küche war inzwischen zum Zentrum des Treibens geworden. Leute kamen und gingen. Ein Mitarbeiter stellte Tabletts voller belegter Brötchenhälften und Kannen mit Kaffee auf jede freie Fläche. Schauspieler kamen, bedienten sich und gingen wieder. Hortense betrachtete den ganzen Trubel mit staunenden Augen. Sie fühlte sich sichtbar wohl.

Kramer kam um eine Antwort herum, denn eine junge Frau wirbelte herein. Im Gegensatz zu Johanna Baum war sie weder würdevoll noch höflich. Ihr Auftreten hatte eine natürliche Unbekümmertheit, die die beiden Schauspielerinnen in einem interessanten Kontrast erscheinen ließ.

»Ach, Frau Baum, gut, dass ich Sie hier treffe!«, rief sie sofort und zog sich einen Stuhl heran. »Ich möchte Sie gerne noch ein wenig über meine Rolle befragen.« Sie griff in ihre riesige Umhängetasche und zog ein dickes Buch heraus, das voller Notizzettel war. »Es geht mir um eine besondere Stelle im Skript ... wo habe ich sie denn ...? Ach, hier ...«

Die junge Frau hing an den Lippen der erfahrenen Schauspielerin, die ihr huldvoll Ratschläge gab. Die Bewunderung stand ihr ins Gesicht geschrieben.

»Tja, Paloma, wie Sie die Rolle aber letztendlich interpretieren, das bleibt Ihnen überlassen. Einen Rat kann ich Ihnen noch geben: Sie müssen Ihren Text beherrschen, denn nur dann können Sie angemessen reagieren. Wenn Sie erst noch überlegen müssen, ist der magische Moment vorbei. Und dann leben Sie Ihre Rolle nicht, sondern geben nur das Einstudierte wieder. Das klingt nicht echt.«

Paloma blickte die Schauspielerkollegin an. »Ja, das mit dem Text ... Ich weiß, dass das mein kleines Problem ist. Ich muss noch viel lernen.«

»Wen spielen Sie denn?«, wollte Hortense wissen.

Doch die junge Frau war bereits wieder aus der Küche gelaufen.

»Eine ungestüme junge Dame«, lächelte Hortense.

»Aber gut.«

Kramer drehte sich um, als er die tiefe Stimme hörte. Ein Mann um die sechzig war in die Küche getreten, hatte sich aber umgewandt, um Paloma Petrelli nachzuschauen. Er stellte sich hinter Johanna Baum und legte ihr die Hände auf die Schultern.

»Drehpause?«

Johanna Baum nickte. Sie berichtete, dass gerade die Mordszene gedreht würde. Anschließend wolle man die Szene angehen, in der die Kommissarin und die Rechtsmedizinerin den Tatort begingen. Falls das noch klappen würde. Der Regisseur habe nicht gerade seinen besten Tag.

Der Mann nickte wissend. Kramer betrachtete seine feingliedrigen Hände. Er trug einen Ehering. Einen einfachen Goldring mit einem grünen Stein. Johanna Baum hatte denselben Ring. Der Mann musste mindestens fünfzehn Jahre älter sein als sie, schätzte Kramer. Aber sie schienen trotzdem zusammenzupassen, beide ruhig und distinguiert, ohne arrogant zu wirken. Er fragte sich, ob Johanna Baums Ehemann auch ein Schauspieler sei, aber er konnte es sich nicht vorstellen. Obwohl, Künstler vielleicht. Nur konnte er nicht glauben, dass eine Beziehung zwischen zwei Schauspielern möglich war. Wer sollte da ein Bein auf dem Boden behalten? Kramer schmunzelte. ›Gewagte Theorie‹, hörte er Eckhard sagen. In solchen Dingen waren sie nie einig. Er stellte sein leeres Glas in die Spüle, verabschiedete sich und ging in sein Schlafzimmer, um ein paar Sachen zusammenzusuchen. Als er fertig war, schaute er auf die Uhr. Biernatzky wartete bei Ismail.

Kirsten Wagner klatschte in die Hände. Sie atmete tief durch und versuchte ihrer Stimme einen fröhlichen Klang zu geben. »Zum Set! Es geht weiter.«

Die Regieassistentin hatte Mühe, die mürrischen Schauspieler anzulächeln, die verständlicherweise wenig Lust hatten, die Szene von heute Morgen erneut zu drehen. Eine Szene nach einer längeren Pause wieder neu aufzunehmen, war immer fatal. Überhaupt glich das Drehen von Filmen einer Sisyphus-Arbeit, fand sie. Vor allem, wenn man dabei die Rolle der

Regieassistentin inne hatte, auf der jeder herumzuhacken zu müssen glaubte. Lief irgendetwas schief, und das tat es eigentlich dauernd, dann war sie schuld. Hinzu kam, dass Friedrich von Arenz unerträglich geworden war. Nicht nur ihr gegenüber.

Erschöpft setzte sie sich. Wann hatten sie das letzte persönliche Wort gewechselt? Sie schloss die Augen und fuhr sich zitternd durchs Haar. Es musste etwas passieren. Als sie sich kennen lernten, war er ihr besonders durch seinen Charme aufgefallen. Die alte Schule. Sie hatte das genossen. Die Veränderung seines Verhaltens kam für sie überraschend und geschah schlagartig. Oft hatte sie sich in den letzten Wochen gefragt, womit dies zusammenhängen konnte. Es war etwa zu der Zeit gewesen, als er die Idee zu dieser Produktion gehabt hatte. Er war von dem Drehbuch begeistert gewesen. Hatte das Casting anrollen lassen und viel Zeit auf die weiblichen Hauptrollen verwandt. Es kam ihr vor, als erinnerte er sich nicht mehr an ihre Existenz. Schließlich hatte sie ihn um ein Gespräch gebeten, ihm alles gesagt, auch, dass ... Kirsten schüttelte den Kopf, als sie daran dachte. Er war aufgestanden und gegangen. Seit gestern wusste sie wenigstens den Grund. Die Verzweiflung, die in ihr aufgestiegen war, hatte einer Entschlossenheit Platz gemacht. Einer Entschlossenheit, die sie vorher an sich nicht gekannt hatte.

Sie war froh, dass niemand von ihrer Beziehung wusste. Friedrich fand, das schaffe nur böses Blut am Set. Kirsten zog ihre Bluse über dem Bauch glatt.

Sein Gebrüll riss sie aus ihren Gedanken.

»Leute, so geht das nicht.« Der Regisseur war völlig entnervt. »Klaus, du hattest in der letzten Szene eine Krawatte an.« Klaus war der jüngere, blonde Schauspieler. »Und tupft dem Mann mal die Stirn ab. Der glänzt wie eine Speckschwarte.«

Von Arenz wankte zu seinem Regiestuhl und ließ sich hineinfallen, als wäre dieser grazile Sessel das rettende Schiff in schwerer See. Aber er hatte Mühe, sich so weit zu beherrschen, dass er ruhig sitzen bleiben konnte. Die beiden Männer standen bereit und begannen nach der Klappe von neuem, sich zu streiten, zu bedrohen und zu prügeln.

»Stopp!« Der Regisseur sprang auf. »Maria, hüpf nicht wie ein Huhn zwischen den Männern hin und her. Das sieht echt Scheiße aus. Und Klaus, erinnere dich an die Schauspielschule! Was du hier ablieferst, ist stümperhaft. Das nimmt dir keiner ab. Martin ist okay. Aber schau, dass du nicht aus der Kamera rausläufst. Und noch mal!«

Die Schauspieler stellten sich ein weiteres Mal in Position. Die Visagistin machte sich erneut an die Arbeit. Puder wurde auf Gesichter verteilt, Haare wurden zurechtgekämmt.

»Sorry, aber Klaus hat Grasflecken auf der Hose. Das geht so nicht«, meldete sich der Kameramann.

Friedrich von Arenz drehte sich wütend zu Kirsten. »Wieso merkst du das nicht? Schläfst du?«

Er begann erneut zu brüllen. »Wie lange drehen wir hier eigentlich diesen Mist schon? Wenn das so weitergeht, können wir einpacken. Das können Grundschüler besser!«

Er stieß seinen Stuhl um, als er an Kirsten vorbeiging. Sie hob ihn auf. Tränen liefen ihr über das Gesicht.

Das Hotel »Seeblick« war ein Haus der oberen Mittelklasse. Es gab nur zwei Stockwerke. Die Zimmer im zweiten Stock hatten schräge Wände und waren kaum großzügig zu nennen. Trotzdem besaßen sie Charme: Manche hatten kleine Balkone, andere Dachgaubenfenster. Die Filmcrew war komplett dort untergebracht.

Bertram Gunther verließ sein Zimmer und zog die Tür hinter sich zu. Er sah auf die Uhr. Sie würde ebenfalls bald kommen; sie hatten sich in der Sauna im Untergeschoss verabredet.

Er freute sich auf diese Entspannung, obwohl er am Set nur Zuschauer war und keinen harten Tag hinter sich hatte. Seit Jahren begleitete er seine Frau Johanna Baum schon zu Dreharbeiten. Nur anfangs hatte dies etwas mit dem Misstrauen zu tun gehabt, das jenem Ereignis vor zwanzig Jahren folgte. Er war gerne unter Schauspielern. Die Luft vibrierte; bemerkenswerte Persönlichkeiten konzentrierten sich auf ein gemeinsames Ziel. Und er genoss die Reisen an meist attraktive, immer aber interessante Schauplätze.

Bei diesem Film jedoch reiste er aus einem ganz anderen Grund mit. Viel zu lange hatte er duldend im Hintergrund gestanden. Es war Zeit, dass sich etwas änderte. Jetzt war er dran. Er blickte in den getönten Spiegel des Fahrstuhls und strich sich übers Kinn.

Die Empfangsdame hatte nicht zu viel versprochen: Der Wellnessbereich war neu und gut ausgestattet. Es gab eine große finnische Sauna und ein etwas kleineres Dampfbad. In der Mitte des Raumes stand ein steinerner Brunnen, in dem allerdings kein Wasser war. Eine weitere Tür führte in ein Solarium. Der Ruheraum schloss sich direkt an den Saunabereich an und war als Oase der Entspannung angelegt: Liegestühle mit dicken Polstern luden zum Verweilen ein. Auf den Teakholztischchen waren frische Blumen arrangiert. Leise Musik war zu hören. Neben der Tür lagen Saunatücher bereit.

Bertram Gunther nahm zwei und breitete sie auf zwei nebeneinander stehenden Liegen aus. Er sah erneut auf die Uhr und beschloss, mit einem Saunagang zu beginnen.

Wohltuende Hitze kam ihm entgegen. Er drehte die Sanduhr, nahm auf der oberen Bank Platz und streckte sich auf seinem Handtuch aus. Sein Atem wurde tief und regelmäßig. Die Temperaturanzeige stand bei neunzig Grad. Optimal. Er seufzte und reckte sich. Schweißperlen bildeten sich auf seinen Armen und Beinen. Schließlich war sein ganzer Körper nass. Lange würde er es nicht mehr aushalten. Er setzte sich auf und ließ die Beine baumeln. Bevor er aufstand, musste er seinem Kreislauf Zeit geben.

Als er die Saunatür aufstieß, kam ihm eine Frau entgegen.

»Liebling, da bist du ja. Wo warst du denn so lange? Ich gehe unter die Dusche. Bis nachher.« Bertram Gunther öffnete die Tür zu den Waschräumen, hielt jedoch inne und verharrte in der Bewegung.

Sie nickte ihm zu und ging an ihm vorbei Richtung Sauna. Er sah sie an und folgte ihr mit dem Blick. Sie trug einen weißen Bademantel und hatte sich ein Handtuch als Turban um den Kopf geschlungen. Sie drehte sich nicht mehr um, während sie leise summend den Gürtel ihres Bademantels öffnete und die Türklinke zur Sauna herunterdrückte.

Eine Gestalt, die sich mehrfach umblickte, näherte sich der Sauna. Sie warf einen Blick auf den abgelegten Bademantel auf dem Stuhl neben der Tür und sah gerade noch, wie die Frau mit einem Handtuch und dem Turban auf dem Kopf in der Sauna verschwand. Liebling. Es gab keinen Zweifel. Zuvor war Gunther allein in der Sauna gewesen; in der Zwischenzeit war niemand gekommen. Ganz allein war ›Liebling‹ jetzt da drin. Eine solche Gelegenheit würde sich so schnell nicht wieder bieten. Die Lehne des Stuhls passte nicht genau unter die Türklinke, sie war nicht hoch genug. Der dicke Bademantel jedoch füllte den kleinen Zwischenraum aus. Nicht das Holz berühren, nur den Stoff… Liebling würde es warm werden. Sehr warm. Vielleicht dachte Liebling dann darüber nach, was sie hatte, haben konnte oder verschmähte. Wie sie mit den Menschen spielte. Was sie anrichtete. Wer alles darunter litt. War es ihr bewusst? War es ihr egal? So oder so, es war ihre Schuld. Ohne ihre gedankenlose Selbstherrlichkeit wäre alles anders.

Die Gestalt lehnte sich für einen Moment an die Holzwand der Sauna. Der Moment der Entscheidung. Der Augenblick des Schicksals. Wenn jetzt jemand käme, hätte Liebling Glück. Dann müssten Vergangenheit und Zukunft akzeptiert werden. Wie auch immer, es gäbe kein Zurück.

Niemand kam. Die Arme stießen sich von der Wand ab. Sekunden später hatte der Flur die Gestalt verschluckt.

Paloma Petrelli streckte sich auf ihrem Handtuch auf der obersten Bank aus. Sie hatte dieser Art von Entspannung noch bis vor kurzem nichts abgewinnen können. Saunieren hatte für sie etwas von Rentnervergnügen gehabt. Trafen sich nicht meist ältere Herrschaften in der Sauna? Sie lächelte. Streng genommen gehörte Bertram eigentlich schon zu ihnen. Aber er war anders … Mittlerweile hatte sie entdeckt, dass das Schwitzen die Haut entschlackte und einen wunderbaren Teint gab. Und da war es ja sozusagen berufliche Verpflichtung. Sie reckte sich und schüttelte die Muskeln ihrer Beine ein wenig aus. Es war überaus angenehm, hier allein zu liegen, nach dem Trubel am Set. Endlich einen Raum für sich zu haben. Sie war gerne unter Menschen und die Atmosphäre bei den Dreharbeiten hatte eine eigene Dynamik. Alle zogen an einem Strang, so gut es ging. Sie konnte gar nicht anders als diesen Rhythmus in sich aufzusaugen und mitzuschwingen. Aber hier war endlich Ruhe; ein Ort, an dem man den Körper und die Gedanken gehen lassen konnte. Sie versuchte sich auf den Moment zu konzentrieren. Trotzdem wartete sie.

Sie war zufrieden mit dem heutigen Tag. Sie hatte mit der großen Johanna Baum gesprochen. Sie bewunderte diese Frau. Dass sie mit ihrem Mann schlief, verursachte ihr kein schlechtes Gewissen. Jeder war für sich selbst verantwortlich. Paloma traf keine Schuld an der kaputten Beziehung. Beide für sich waren bemerkenswerte Menschen. Sie nahm der Baum nichts. Dass diese das anders sähe, wenn sie es ahnte, verdrängte Paloma in Johannas Anwesenheit, so gut es ging. An ihrer Verehrung für die Schauspielerin änderte es nichts.

Paloma begann zu schwitzen und setzte sich auf. Man musste es nicht übertreiben; gleich würde sie hinausgehen. Sie freute sich schon auf das kalte Wasser, das bald über ihre Haut ränne. Sie stellte sich die Tropfen vor, die sie wie Nadelspitzen träfen, sodass ihr der Atem stockte. Danach hatte sie immer das Gefühl, durch ihre Lungen ströme mindestens doppelt so viel Luft. Sie genoss die Müdigkeit, die sich nach einem Saunagang einstellte, das Gefühl, wie das Blut sie durchströmte, um die Temperaturschwankungen wieder wettzumachen.

Sie kletterte hinab, nahm ihr Handtuch von der Holzbank und drückte die Türklinke. Sie bewegte sich nicht mehr als ein paar Millimeter. Die Tür ließ sich nicht öffnen.

»Das kann nicht sein«, murmelte sie. Sie versuchte es noch einmal. Kräftiger.

Es war nichts zu machen. Sie rüttelte. Auch das half nichts. Ohne nachzudenken rüttelte sie weiter. Die Tür bewegte sich zwar, aber sie gab nicht nach. Sie bekam die Tür einfach nicht auf.

Sie wischte sich den Schweiß von der Stirn und aus den Augen und ließ das Handtuch fallen. Sie sah sich um. Es gab keinen einzigen harten Gegenstand in dem holzverkleideten Raum. Sie besah sich den Rahmen der Tür. Der Schweiß lief ihr bereits wieder in die Augen. Sie musste es mit ihrem Körpergewicht versuchen. Nach einem Schritt Anlauf stieß sie ihre Schulter gegen die Tür. Nichts tat sich. Gleich noch einmal.

Mit der ganzen Kraft ihres Gewichts warf sie sich dagegen. Den Schmerz spürte sie kaum. Sie versuchte es mit Wucht. Rüttelte noch einmal an der Klinke. Nichts.

Ihr war so heiß. Sie konnte es keine Minute länger aushalten. Ihr ganzer Körper war nass vor Schweiß; im Gegensatz dazu fühlten sich ihre Kehle und ihr Mund wie ausgetrocknet an. Wie konnte man so atmen? Die Luft schmerzte in der Nase, im Hals, in den Lungen.

Sie durfte nicht panisch werden. Das kostete zu viel Kraft. Sie musste ruhig bleiben. Leise sprach sie die Worte zu sich selbst, wieder und wieder.

»Ruhig bleiben. Bertram kommt gleich. Er ist nur unter der Dusche.«

Doch er kam nicht. Sie hämmerte mit den Fäusten gegen die Holzwand und kratzte an der Tür. Sie rief um Hilfe. Sie schrie, doch aus ihrer Kehle schienen keine Laute zu kommen. Verzweifelt hämmerte sie gegen die Tür. Sie schrie, bis ihr die Lungen wehtaten. Ihr war so heiß. Sie spürte, wie das Blut an ihren Schläfen pochte. Es drohte ihren Kopf zu zersprengen. Ihr ganzer Körper schien aufzuplatzen. Der Raum fing an sich zu drehen. Immer schneller drehte sich alles um sie: das Holz, die Bänke, der Boden. Die Temperaturanzeige schien ihr ins Gesicht zu springen. Die Sanduhr lachte sie an, wurde immer größer. Sie konnte sich nicht mehr auf den Beinen halten. Nur noch ein erstickter Laut drang aus ihrer Kehle. Mit letzter Kraft klopfte sie noch einmal gegen die Holztür, bevor sie bewusstlos zu Boden sank.

Konnte er durchhalten, was er da begonnen hatte? Hatte die Hoffnung, dieses eine Mal zu gewinnen, ihre Berechtigung? Oder saß er nur einer großen Illusion auf? Nein, solche zweifelnden Gedanken ließ er gar nicht zu. Zu lange war das Leben eine trübe Abfolge von Tagen gewesen, eine Hülle, die abzustreifen ihm nicht gelang. Jetzt würde alles Gelangweilte, alles

Vertrackte und Verfahrene wieder in Bewegung geraten, da war er sich sicher. Es musste einfach so sein. Er wusste um seine Schwäche, aber er war sich endlich auch seiner Stärke bewusst geworden. Notfalls würde er alles tun, um an sein Ziel zu gelangen, nachhelfen, vielleicht auch gewaltsam.

Als Bertram Gunther fast eine Stunde später zurück zur Sauna kam, blickte er sich um. Niemand war da. Er spähte durch die kleine Glasscheibe in der Tür; die Sauna schien leer zu sein. Mit gerunzelter Stirn sah er hinunter auf den Stuhl. Stimmen näherten sich; aus der Richtung der Entspannungszone kamen Schritte näher. Ein Mann und eine Frau unterhielten sich. Er wartete noch einen Moment und klopfte dann laut an die Holzverkleidung. Das Gespräch verstummte. Endlich zog er den Stuhl mit einer ausladenden Bewegung zur Seite.

Die Leute waren nun hinter ihm. Er sah nicht, wer es war. Mit einem Ruck riss er die Saunatür auf.

»Nein!«, schrie er. »Paloma, nein!«

Paloma Petrellis Gesicht war vor Verzweiflung und Panik entstellt. In der Verkrampfung erstarrt, kauerte sie auf dem Boden.

Kramer traf als Letzter bei Schorsch ein. Er hatte eine Weile gebraucht, bis er sein Auto in Gang gesetzt hatte. Er musste vergessen haben, das Licht auszuschalten. Die Batterie des Oldtimers war zu schwach für den Anlasser. Glücklicherweise waren die Kollegen von der Fahrmeisterei noch da und konnten ihm Starthilfe geben. Er parkte ein Stück entfernt an einem leichten Abhang, damit er den Wagen später rollen lassen konnte. Dann spränge er hoffentlich an.

Kramer grüßte in die Runde. Huber stand bei Rosi Tiefenbach und Gerd Schussmann und schüttelte ihm die Hand. Die Stimmung war gelöst. Sein Chef hatte die Begabung, eine Gruppe von Menschen fröhlich und zwanglos zu unterhalten.

Kramer fand das bewundernswert. Rosi zwinkerte ihm zu. Sie und Schussmann waren seit Jahren ein Paar. Das wusste allerdings außer Kramer hier fast niemand.

Biernatzky und Valerie waren in eine Unterhaltung vertieft. Sie winkten nur kurz zu Kramer hinüber. Valerie trug ein dunkelrotes Kleid und hochhackige Schuhe. Manchmal lachte sie glucksend und schüttelte dabei ihre dunklen Locken. Biernatzky konnte den Blick kaum von ihr lassen.

Kramer bestellte bei Schorsch ein Bier und sah sich in der Kneipe um. Wie immer war jeder Platz besetzt. Etwas weiter hinten saß ein großer, blonder Mann, der wiederholt auf die Uhr sah. Er saß allein am Tisch; ansonsten war jeder verfügbare Platz besetzt. Der Mann kam Kramer bekannt vor. Er runzelte die Stirn. War das nicht Svenjas Ex-Freund? Zwar hatte er ihn erst ein Mal gesehen, doch er war sich ziemlich sicher. Der Verflossene schien sich nicht gerade selten in Konstanz aufzuhalten. Was wollte er hier? Vielleicht doch nicht ›Ex‹. Oder nicht mehr. Er bemerkte Rosis Blick. Sie wollte gerade etwas zu ihm sagen, als Biernatzky sich näherte und Kramers Arm ergriff.

»Sagst du ein paar Worte? Bevor wir uns setzen? Oder später?«

Kramer sah Biernatzky an. Er sträubte sich ein wenig. Reden zu halten war nicht gerade seine Lieblingsbeschäftigung.

»Ist das wirklich notwendig? Schließlich ist das doch nur eine inoffizielle Abschiedsrunde. Vielleicht will Valerie das gar nicht.«

Biernatzky verdrehte die Augen und schüttelte den Kopf. Kramer wollte sich gerade geschlagen geben, als er bemerkte, dass Huber die Stimme erhoben hatte.

»Sehr geehrte Frau Metzendorf beziehungsweise liebe Valerie, wenn ich ein wenig inoffiziell werden darf…«

Schussmann lachte.

»Wir alle danken Ihnen herzlich, dass Sie uns mit Ihrer Anwesenheit und Ihrer Mitarbeit bereichert haben. Ihre Tätigkeit bei uns war ja von Anfang an nur auf kurze Dauer angelegt. Trotzdem bedauern wir, Sie nicht mehr um uns zu haben, auch wenn wir uns gleichzeitig über die Rückkehr des Kollegen Biernatzky freuen.« Huber blickte zu Biernatzky hinüber. »Vielleicht müssen wir ja die Hoffnung nicht ganz aufgeben, Sie dann und wann noch zu sehen.«

Alle lachten.

»Vielen Dank, Herr Huber. Ja, es könnte tatsächlich sein, dass ich noch ein wenig bleibe«, schmunzelte Valerie.

Inzwischen war der reservierte Tisch frei. Kramer blickte hinüber, dorthin, wo Svenjas Bekannter gesessen hatte. Sein Platz war leer, das Glas ausgetrunken.

Die meisten der Kollegen waren direkt aus dem Büro gekommen und hatten Hunger. Das Essen wurde gerade serviert, als Kramers Handy klingelte. Er sah auf das Display. Die Mailbox. Vier Anrufe waren eingegangen, ohne dass er es gehört hatte. Er drückte ein paar Tasten, bis er die erste aufgesprochene Nachricht abhören konnte.

»Clemens? Ist dir nicht gut? Was ist denn?«

Kramer hörte Rosis Stimme wie aus weiter Entfernung. Er hatte das Telefon sinken lassen. Als die anderen seine Miene sahen, verstummten sie ebenfalls.

Er war blass geworden und starrte auf den Tisch. Noch immer sagte er nichts.

»Mein Gott. Ist was mit Pauline, Clemens?«

Kramer sah langsam hoch. Er öffnete den Mund, konnte aber nicht sprechen. Er räusperte sich. Endlich formte sein Mund die Worte: »Die Rechtsmedizinerin ist tot.«

3

Biernatzky und Huber sprangen auf.

Kramer war übel. Seine Gedanken rasten. Es fiel ihm schwer, sich zu bewegen.

Rosi Tiefenbach legte ihre Hand auf seinen Arm. Er sah sie an.

»Geh, Clemens. Du solltest dabei sein.«

Er kam zu sich und stand ebenfalls auf. Gemeinsam rannten sie zu Hubers Wagen. Der Diensthabende hatte noch den Tatort aufgesprochen. Die Maschinerie lief an. Tatort. Natürlich konnte es kein natürlicher Tod sein. Svenja war eine junge Frau, kerngesund. Das bedeutete, dass der Ort, wo sie gestorben war, zum Tatort wurde. Es war das Hotel »Seeblick«. Wenn er sich nicht täuschte, war es zurzeit auch das Domizil der Filmleute.

Schussmann bog nach links. Er hatte den Dienstwagen dabei, in dem alles war, was er zur Spurensicherung brauchte. Für alle Fälle. Wenn es sich dem Augenschein nach tatsächlich um ein Gewaltverbrechen handelte, waren allerdings die Kollegen von der Schicht wohl bereits auf dem Weg zum Hotel.

Die anderen rannten nach rechts. Huber zögerte. »Ich habe bereits zwei Bier…«

Kramer nahm ihm wortlos den Schlüssel ab. Huber nahm das magnetische Blaulicht und setzte es auf das Wagendach.

Niemand sprach.

Kramer musste an den Ex-Freund denken. Wann war er gegangen? Von wann waren die Anrufe? Er versuchte auf sein Handy zu schauen, konnte aber nichts erkennen. Saß er dort, um ein Alibi zu konstruieren? Hatte er ein Motiv? Wieso war Svenja nicht zu Valeries Umtrunk gekommen? Sie hatte am Vortag zugesagt. Svenja. Er kniff die Augen zusammen. Sein Kopf stellte die professionellen Fragen, aber sein Gefühl war wie betäubt.

»Was hat Frau Michelsen eigentlich in diesem Hotel gemacht?«

Keiner der Männer wusste eine Antwort auf Hubers Frage.

»Vielleicht hat sie Besuch bekommen und wollte ihn im Hotel unterbringen?«, mutmaßte Biernatzky.

Kramer überlegte, ob das der Ex-Freund gewesen sein konnte. Warum hatte er dann aber gerade bei Schorsch in der Kneipe gesessen?

»Oder sie hat sich dort mit jemandem getroffen.« Hubers Tonfall war geheimnisvoll, was Kramer ärgerte.

Er versuchte sich zu erinnern. Was hatte der Polizeimeister noch auf seine Mailbox gesprochen? »Kann sie dienstlich dort gewesen sein?«

»Das würde bedeuten, dass dort bereits jemand… Dass es dort einen ungeklärten Todesfall gegeben hat. Doch davon wüssten wir doch auch schon.«

Merkwürdig war es allerdings. Gerade das Hotel in der Nähe von Kramers Haus. Gerade dort, wo die Filmleute abgestiegen waren, die bei ihm im Haus drehten. Was hatte Svenja dort gewollt?

Er drückte das Gaspedal durch. Raste durch die nächtlichen Straßen von Konstanz, die wie ausgestorben dalagen. Es musste schneller gehen. Wieso war der Weg so weit? Gleichzeitig wäre er am liebsten stundenlang gefahren. Weg, woandershin, fort, weit fort, nur um dem zu entgehen, was jetzt käme. Er fürchtete sich vor dem Moment, in dem er sie dort sehen müsste. Tot. Biernatzky saß auf dem Rücksitz und starrte durch das Seitenfenster. Huber schüttelte ab und an den Kopf. Auch er sprach kein Wort mehr.

Vor dem Hotel standen wie am Tag zuvor die Autos der Filmfirma. Alle Fenster waren hell erleuchtet. Die Spurensicherung war bereits eingetroffen. Kramer sah den Wagen seiner Ex-Frau, Staatsanwältin Sybille Kramer-Wieland. Weiter hinten, eingeparkt von grün-silbernen Polizeifahrzeugen, einen blauen 2 CV. Svenjas Ente. Er riss seinen Blick davon los und parkte den Wagen. Direkt neben ihn stellte sich Schussi, der gleichzeitig mit ihnen angekommen war.

Sie gingen hinein. In der Empfangshalle waren die Leute vom Film versammelt, die meisten von ihnen waren zusammen beim Essen gewesen und kamen gerade ins Hotel zurück, mitten in das Getümmel, das ein mutmaßlich gewaltsamer Tod auslöste. Aufgeregtes Stimmengewirr erfüllte den Raum.

Kramer ging zum Empfang. Obwohl sie nicht viel älter als zwanzig Jahre sein mochte, machte die Angestellte den Eindruck, als habe sie einen klaren Kopf behalten.

»Kripo Konstanz. Kramer...«

Doch da kam bereits ein uniformierter Polizist auf die Männer zu und winkte sie zur Treppe. »Hier runter und den Gang ganz durch. Die Kollegen sind schon unten.«

Kramer nickte und lief los. Er dachte nicht mehr. Sein Kopf versagte sowieso den Dienst. Die Dinge nahmen ihren Lauf. Was sollte er noch tun? Was konnte er tun? Jedenfalls nichts ungeschehen machen. Mechanisch sah er sich im Gang um und registrierte einen Aufzug. Sicher konnte man von jedem Stockwerk des Hotels nach unten gelangen, ohne von der Rezeption aus gesehen zu werden. Biernatzky würde sich darum kümmern.

Er näherte sich weiteren uniformierten Kollegen, die auf dem unterirdischen Gang standen. So viele Polizisten! Erst in dieser Situation nahm er zur Kenntnis, welches Polizeiaufgebot sich bei einem mutmaßlichen Mordfall versammelte. Alles stand voller Menschen, die hier eine Funktion hatten; sie waren in unterschiedlichem Maße fassungslos oder abgebrüht. Und sie kamen ihm vor wie eine Mauer, vorsorglich platziert, zur Abschirmung. Doch es war etwas ganz anderes, wenn man persönlich betroffen war. In seinem Kopf drehte sich dieser Begriff. War er persönlich betroffen? Der Teppichboden schluckte jedes Geräusch. Die Luft roch nach Wasser und Chlor. Offensichtlich war hier das Schwimmbad des Hotels.

Die Tür zu einer Sauna stand offen. Leute in weißen Schutzanzügen hatten sich den Innenraum vorgenommen. Dort, wo die Tote gelegen hatte, war ein Umriss gezeichnet. Die Leiche lag bereits neben einem Zinksarg in einem Plastiksack zum Abtransport bereit. Ihr Anblick blieb Kramer noch für einen Moment erspart.

Aus der Sauna drangen gedämpfte Stimmen. Ein Kollege, den Schutzanzug über dem Arm, kam heraus. Doch noch immer sprach dort jemand.

Kramer starrte die Türöffnung an. Er glaubte, Svenjas Stimme zu hören. War es möglich ... Mit dem Fuß stieß er das Stativ des Polizeifotografen beiseite und bahnte sich einen Weg. Mit einem Schritt war er an der Saunatür. Überrascht von dem Lärm drehte sie sich um, ihr Diktiergerät in der Hand. Sie schaltete es ab und nickte ihm lächelnd zu.

Er sah sie einen langen Moment an, drehte sich um und ging weg. Ohne ein Wort zu sagen, lief er an Huber und Biernatzky vorbei. Er lief und lief und kam wieder in der Empfangshalle an. Gerd Schussmann stand bei seinen Dienst habenden Kollegen und sah ihn an, als er heraufkam. Er legte Kramer die Hand auf die Schulter.

»Ist es ... Natürlich ist es schlimm. Hast du ...«

»Sie ist es nicht.« Erst als er die Worte leise, aber deutlich aussprach, wurde ihm klar, dass Svenja Michelsen nicht tot war.

Schussmann stutzte. »Sie ist es nicht? Gott sei Dank.«

Kramer ging weiter und trat vor die Tür, während Schussmann sein Telefon hervorholte. Erschöpft lehnte er sich an die Hauswand. Kurz darauf kam Huber heraus.

»Kramer, da sind Sie ja. So ein Schock, nicht wahr? Ging mir auch nah. Schon merkwürdig, wenn man denkt, es trifft einen von uns.« Huber hatte Kramers Verhalten beobachtet und reagierte vorsichtig und zurückhaltend. Kramer war ihm dankbar dafür.

»Wie ist es? Das schaffen Sie jetzt allein, nehme ich an.«

Sein Chef hatte Recht. Es gab etwas zu tun. Er nickte ihm zu, drehte sich um und trat wieder in das Gebäude. Erneut im Wellnessbereich des Hotels angekommen, sah er sich zuerst genau um und erhob dann die Stimme.

»Als Erstes setzen Sie mich bitte ins Bild. Wer von den Kollegen hat mich angerufen?«

Svenja drehte sich überrascht um, als Kramer mit rotem Gesicht auf einen jungen Polizisten zuging. Wütend stellte er ihn zur Rede. Der Polizeimeister hatte in seiner Aufregung am Telefon wörtlich das wiedergegeben, was die Filmleute ihm gesagt hatten.

Biernatzky trat ebenfalls hinzu. »Clemens, lass jut sein. Dat bringt doch nüscht.«

Kramer warf dem jungen Mann noch einen vernichtenden Blick zu und wandte sich um. Weiter hinten stand Svenja, die offensichtlich fertig war und hinaufgehen wollte.

»Guten Abend erst mal. Grundregeln der Kommunikation, Kapitel eins.« Kühl warf sie ihre Haare zurück.

Kramer sah an ihr vorbei. »Schon gut. Kannst du bereits etwas sagen? Todeszeitpunkt? Todesart? Ich nehme an, es ist Paloma Petrelli.«

»In der Sauna hat man selten einen Personalausweis bei sich.« Svenjas Ton war eisig. »Aber ja, es ist Paloma Petrelli. Der Mann, der sie gefunden hat, kann das bestätigen.« Sie hielt inne. Ihre Stimme wurde sanfter. »Du kanntest sie. Das tut mir Leid.«

»Nein«, erwiderte Kramer knapp.

»Wie auch immer. Ich nehme sie jetzt mit zur Obduktion. Wie ich die Lage einschätze, ist sie in der Sauna ums Leben gekommen. Vor der Tür stand nach Angaben des Zeugen ein Stuhl. Sie war eingeschlossen, etwa eine Stunde lang. Vermutlich Kreislaufversagen. Der Todeszeitpunkt war erst vor kurzem, etwa zwischen neunzehn Uhr dreißig und einundzwanzig Uhr. Kurz darauf waren wir ja schon hier. Mehr nach der Obduktion.«

Kramer ging neben dem offenen Zinksarg in die Knie und öffnete den Leichensack, um einen Blick auf die junge Frau zu werfen. Es war ihm nicht egal, wer hier gestorben war. Erst heute Vormittag hatte er sie in seiner Küche gesehen, lebendig, fröhlich, erwartungsvoll, was die Zukunft für sie bringen mochte. Nun lag sie hier tot vor ihm. Dass sie nackt war, tat ihm merkwürdigerweise besonders Leid. Er atmete aus und schloss den Reißverschluss wieder.

Svenja rief die Leute zum Abtransport der Toten herbei.

Kramer ließ sich den Mann zeigen, der die Tote gefunden hatte. Ein Polizeibeamter hatte ihn zur Sitzgruppe in der Eingangshalle des Hotels gebracht. Er schien unter Schock zu stehen. Kramer erkannte den Mann, der am Vormittag in seinem Haus während der Drehpause zu Johanna Baum gekommen war. Ein gepflegter, älterer Mann; er sah wohlhabend aus. Kein typischer Rentner, er wirkte einen Hauch unkonventionell, dachte er.

»Herr Gunther, sind Sie in der Lage, ein paar Fragen zu beantworten?« Kramer sprach langsam und deutlich.

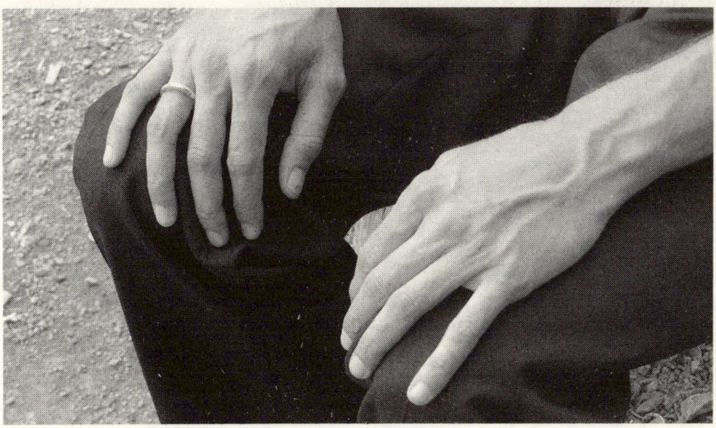

Der Mann sah nicht hoch, nickte jedoch. Er ließ keine Regung erkennen. Kramer war sich auch nicht sicher, ob dieser ihn wiedererkannte.

»Sie haben die Tote gefunden. Können Sie mir sagen, wer es ist?«

»Paloma. Es ist Paloma Petrelli.«

»In welcher Verbindung stehen Sie zu den Schauspielern?«

»Ich begleite meine Frau... Johanna Baum ist meine Frau. Ich bin mitgefahren ... habe sie zu den Dreharbeiten begleitet. Frau Petrelli ist eine Schauspielkollegin von ihr. Sie sollte ja hier die Rechtsmedizinerin spielen.«

Kramer zuckte zusammen, aber er fuhr fort. »Erzählen Sie mir bitte aus Ihrer Sicht, was sich am Abend zugetragen hat.«

Bertram Gunther schaute den Kommissar an, als suche er etwas in seinem Gesicht. Was war es? Mitgefühl? Misstrauen? Er schien um Fassung zu ringen. Dann wandte er sich wieder ab. Seine Augen blickten starr in die Ferne, als er zu sprechen begann.

»Ich war mit Paloma in der Sauna verabredet. Mit Frau Petrelli, meine ich. Ich habe eine Weile gewartet, mich umgesehen, Handtücher geholt. Als sie nicht kam, beschloss ich, schon mal allein einen Saunagang zu machen. Der Abend war ja noch lang. Wir hätten noch mindestens zwei weitere Durchgänge gemeinsam machen können. Ich nahm an, sie war aufgehalten worden. Ein Telefonat. Oder ein Kollege. Irgendein Gespräch.« Gunther starrte vor sich hin. Er saß still da und bewegte nur die Lippen. Er sprach mit dem Kommissar, der vor ihm stand, aber er hatte keinerlei wirklichen Kontakt aufgenommen.

Kramer kämpfte gegen eine Neigung zur Rücksichtnahme, die er in seinem Beruf zuweilen unterdrücken musste. Wie gerne hätte er alle Leute, die er befragen musste, in Ruhe gelassen. Er konnte sich nicht wirklich vorstellen, was er mit seinen Fragen jenen antat, die das Opfer gekannt, vielleicht sehr gemocht hatten, aber er versuchte immer wieder, sich in deren Situation zu versetzen.

Dieser Mann hier schien nicht in der Verfassung, eine Vernehmung durchzustehen. Doch noch wollte Kramer nicht abbrechen. Die ersten Stunden und die ersten, direkten Reaktionen waren die wichtigsten.

Bertram Gunther sprach weiter. Kramer war überrascht, dass die nächsten Sätze flüssig kamen.

»Ich bin dann also allein in die Sauna gegangen. Als ich herauskam, kam mir Frau Petrelli entgegen. Sie sagte, sie sei durch ein Gespräch mit dem Regisseur aufgehalten worden. Ich bin dann unter die Dusche, sie ging in die Sauna. Nach dem Duschen ging ich ins Hallenbad, um noch etwas zu schwimmen. Im Schwimmbad traf ich Herrn von Arenz, den Regisseur. Wir unterhielten uns. Darüber habe ich wohl die Zeit vergessen. Als ich etwa eine Stunde später zurückkam, sah ich, dass ihr Handtuch immer noch unberührt auf der Liege lag. Und dann...« Gunther schlug die Hände vor die Augen. »Entschuldigen Sie, das ist jetzt doch alles zu viel für mich.«

»Was war dann, Herr Gunther?« Kramer ignorierte den letzten Satz. Das Entscheidende kam erst noch.

»Dann sah ich den Stuhl. Vor der Saunatür. Palomas Bademantel. Mir wurde alles klar. Ich stürzte hin, riss den Stuhl zur Seite und öffnete die Tür. Doch ich kam zu spät.« Gunther sah Kramer aus leeren Augen an. »Warum? Warum, können Sie mir das sagen?«

»Nein, Herr Gunther, das kann ich nicht. Jedenfalls noch nicht.« Kramer betrachtete ihn. Wie oft sollte er noch in diese verzweifelten, ratlosen, leeren Gesichter der Angehörigen und Freunde von Mordopfern blicken? Der schlimmste Moment jeder Ermittlung. Wie oft? Das waren die Tage, wo er manchmal am liebsten alles hinschmeißen wollte. Flüchten. Weglaufen – vor diesen Blicken, diesen Gesichtern. Denn dafür gab es bei niemandem Trost. Aber heute war es besonders schlimm. Heute wäre er selbst fast…

Kramer holte Luft und blickte auf. Er dankte Gunther und bat ihn, am nächsten Tag in die Polizeidirektion zu kommen, damit seine Aussage protokolliert werden konnte.

Dann ging er zur anderen Seite der Empfangshalle. Am offenen Kamin stand Biernatzky bei Sybille Kramer-Wieland.

»Die Obduktion ist genehmigt«, informierte ihn die Staatsanwältin. »Kannst du sonst schon etwas sagen?«

Kramer fuhr sich über die Narbe auf seiner Wange. »Ein Unfall ist nach ersten Erkenntnissen auszuschließen. Ich habe eben den Mann befragt, der die Tote gefunden hat. Er behauptet, sie sei eingeschlossen gewesen, der Stuhl war unter die Türklinke geklemmt. Aber wir müssen auf die Ergebnisse der Spurensicherung warten. Vermutlich werden hauptsächlich Abdrücke von der Toten und von Gunther in der Sauna gefunden. Auch wenn Spuren von anderen Gästen gefunden werden, bedeutet das nichts. Die Abdrücke zuzuordnen wird ohnehin mühsam. So wie die Räumlichkeiten hier sind, ist es nicht schwer, unbemerkt in die Sauna zu kommen. Könnte also kompliziert werden, falls Gunther es nicht war.«

Sybille sah Kramer an. »Wann kann ich mit eurem ersten Bericht rechnen?«

»Die ersten Erkenntnisse liegen vor. Bisher gibt es einen Verdächtigen, den Mann, der die Tote gefunden hat. Das brauchst du ja wohl nicht auch noch schriftlich«, antwortete er. Es sollte nicht kurz angebunden klingen, aber Sybille zog die Augenbrauen hoch.

»Sobald sich etwas Neues ergibt, will ich es wissen«, schloss die Staatsanwältin. Sie nickte erst Kramer, dann Biernatzky zu, drehte sich um und verließ das Hotel. Kramer blickte ihr nach. Heute war er froh, als er sie nicht mehr sah.

»Die Schauspieler sind alle ziemlich aufgeregt«, berichtete Biernatzky. »Der Regisseur hat hier schon einen dramatischen Auftritt hingelegt. ›Meine Hauptdarstellerin ist tot‹, hat er gezetert. Scheint einen Hang zur Selbstdarstellung zu haben. Auf ihn ist übrigens auch der Spruch zurückzuführen, den dir Bürkle aufs Band gesprochen hat. ›Die Rechtsmedizinerin ist tot‹, hat er wohl gebrüllt.« Biernatzky schüttelte den Kopf. »Denkt nur an seine Rollenbesetzung. Was eigentlich passiert ist, scheint ihn ziemlich kalt zu lassen. Komischer Kerl. Und wie war's bei dir?«

Kramer gab die Vernehmung von Johanna Baums Ehemann kurz wieder.

»Er hat ziemlich heftig reagiert. Ist regelrecht zusammengebrochen. Da steckt mehr dahinter. Ein Verhältnis, nehme ich an. Wir können ihm am Vormittag in der Polizeidirektion noch einmal auf den Zahn fühlen. Hast du die anderen auch einbestellt?«

Biernatzky nickte.

»Dann lass uns für heute Schluss machen.«

»Clemens ...«

Kramer sah den Kollegen an.

»Ich hab der Michelsen nichts davon erzählt. Dachte irgendwie, es ist besser so.«

»Das war gut so, Axel.« Kramer seufzte. »Gute Nacht.«

Nachdem auch die beiden Kommissare die Halle verlassen hatten, lag der Raum wieder einsam und dunkel da. Aus einem Sessel der Sitzgruppe löste sich ein Schatten.

War nun das Ziel erreicht? Änderte es etwas? Sah die Welt nun, nach diesem Abend, freundlicher aus?

Die Gestalt griff sich an die Schläfen und ließ die Hände dort liegen. Lange stand sie so, rührte sich nicht. Schließlich verschwand sie im Dunkel der Nacht.

Kramer ließ sich von den Kollegen zu seinem Auto fahren. Erst als er endlich auf dem Fahrersitz des Wagens saß, fiel die größte Anspannung von ihm ab. Eine Weile hockte er nur still da. Biernatzky war über sich selbst hinausgewachsen, dachte er. Kramer hatte in den letzten Monaten nicht wenige süffisante Bemerkungen ignorieren müssen, die auf sein schwieriges Verhältnis zu Svenja Michelsen anspielten. Dabei wusste sein Kollege nicht einmal alles. Beziehungsweise, er wusste das Wichtigste nicht. Er bekam nur die alltäglichen Kämpfe mit, die sie ab und an ausfochten; eigentlich immer, wenn sie sich sahen. Kramer wäre nicht überrascht gewesen, wenn Axel diese Situation ausgekostet hätte. Es wäre ein Leichtes gewesen… Kramers schockierte Reaktion auf die Nachricht vom Tod der Rechtsmedizinerin war nicht zu übersehen. Sicher machte Biernatzky sich Gedanken.

Damit Kramer sich nicht selbst welche machen musste, hatte er sich ohne Atempause in die Ermittlungen gestürzt. Doch auf Dauer würde diese Taktik nicht funktionieren, das wusste er, auch wenn er es nicht zugeben wollte.

Svenja steckte den Schlüssel ins Schloss. Sie war todmüde. Was für ein treffender Ausdruck, dachte sie. Im Flur streifte sie sich die Schuhe von den Füßen. Ihre Tasche ließ sie einfach von der Schulter gleiten und auf den Boden fallen.

Im Wohnzimmer war Licht.

»Lars, ich gehe ins Bett.« Sie hob die Hand und wollte die Tür wieder schließen.

»Na, hör mal. Ich habe extra auf dich gewartet. Jetzt komm wenigstens noch kurz rein.«

Svenja schloss für einen Moment die Augen. Allein zu leben hatte durchaus auch Vorteile. Zurzeit allerdings erlebte sie sowohl die Nachteile des Alleinlebens als auch die einer Beziehung. Bei dem Gedanken seufzte sie tief. Gratuliere, Svenja Michelsen. Das hast du ja wieder mal toll hingekriegt.

Lars lag auf der Couch. Auf dem Boden stand ein Glas Rotwein. Die Flasche war fast leer. Er nahm ein zweites Glas und schaute Svenja an. Sie winkte ab und setzte sich auf die Ecke des Couchtisches.

»Leg dich doch hin. Du musst ja völlig fertig sein.« Er sprach etwas langsamer als sonst und sah sie träge an.

»Nein. Ich will schlafen gehen.«

Wie auf ein Signal hin setzte er sich auf.

Svenja schüttelte den Kopf.

»Allein, Lars.«

Er machte noch einen Versuch: »Ach komm, trink einen Schluck. Ich kann dich ein bisschen massieren. Das wird dir gut tun! Und ein wenig Ablenkung kann sicher auch nicht schaden.«

Svenja runzelte die Stirn. »Abgesehen von allem anderen hast du offensichtlich nicht die geringste Vorstellung von meinem Job. Was glaubst du, wie es ist, eine junge Frau zu untersuchen, die einen gewaltsamen Tod erlitten hat, gerade eben, vielleicht nicht einmal eine Stunde zuvor? In ihre Augen zu sehen, ihr Gesicht zu betrachten?«

»Ich habe in der Kneipe auf dich gewartet.« Sein Ton war vorwurfsvoll.

Jetzt wurde sie wirklich wütend. »Na und? Spinnst du? Was soll das heißen? Ich habe dich sogar angerufen. Soll ich vielleicht den Kollegen sagen, nein, ich kann erst später, denn ich muss vorher meinen Ex-Freund in der Kneipe aufsuchen? Und dann kann ich auch leider nicht so lange bleiben, denn er will hinterher sicher noch mit mir ins Bett?«

»Ex-Freund. Ex-Freund. Warum betonst du das immer? Und jetzt kommt gleich wieder die alte Leier. Männer können immer. Gefühle sind ihnen egal...«

»Ist doch so. Und manchmal ekelt es mich wirklich an.« Sie ging hinaus und schloss die Badezimmertür hinter sich, bevor sie sich auszog. Lars war im Grunde kein Vorwurf zu machen.

Sie hatte ihm in letzter Zeit keine Grenzen gesetzt. Seit der Sache mit Kramer... Eine Sache war es ja nicht mal gewesen. Eine Begegnung, höchstens. Seither war sie so verletzlich, empfänglich für Zuwendung. Und sei es nur die von Lars, dem guten, alten Lars. Aber manchmal war er wirklich schrecklich. Sie schüttelte den Kopf. Auch hier war ein Punkt gekommen, an dem die Dinge immer unerfreulicher wurden.

Zornig warf sie ihre Wäsche in den Korb. Sie musste an Kramers unmögliche Art denken. Wie er sich heute Abend wieder benommen hatte! Man konnte von Männern offensichtlich keine Gefühle erwarten. Oder besser, kein Einfühlungsvermögen. Sie lebten in ihrer Welt und kamen selten da heraus. Eben nur dann, wenn es ihnen passte. So gab es immerhin ab und zu ein paar bemerkenswerte Begegnungen. Die jedoch manchmal mehr zerstörten als sie aufbauten. Aber selbstloses Interesse, Sorge, all die kleinen Dinge, die Aufmerksamkeit bewiesen, waren Männer kaum bereit zu geben. Sie dachten einfach immer zuerst an sich. Svenja merkte, dass sie unfair wurde. Es war Zeit ins Bett zu gehen.

Kramer wachte wie gerädert auf. Er hatte noch bis spät in die Nacht hinein mit Eckhard zusammengesessen. Er konnte selten direkt danach schlafen gehen, wenn er zu einem Mord gerufen worden war; er brauchte noch etwas Zeit. Und gestern war er dankbar für Eckhards Anwesenheit gewesen. Sie hatten zwei Flaschen Wein geleert, über den Zustand der Welt philosophiert, gegen drei Uhr morgens Hunger bekommen und den ehrmannschen Kühlschrank geplündert. Was keine gute Idee gewesen war. Kramer hatte sich den Rest der Nacht von einer Seite auf die andere gewälzt. Gegen Morgen war er dann endlich eingeschlafen.

Er trat unter die Dusche und ließ das kühle Wasser an sich herunterlaufen. Langsam bekam er wieder einen klaren Kopf. Er zog sich an und ging in die Küche hinunter, bereit, seinen

Kaffee eilig zu schlucken, um Katrins Konversation zu entgehen. Er hatte Glück. Niemand war da. Auf dem Tisch standen Brötchen, Marmelade, Honig und ein Glas frisch gepresster Orangensaft. An dem Glas lehnte ein Kärtchen.

»Lieber Clemens, wir wollten dich nicht aufwecken. Den Kaffee habe ich dir auf der Maschine stehen lassen, damit er schön warm bleibt. Lass es dir schmecken. Einen schönen Tag wünscht dir deine Katrin.« Unter ihren Namen hatte sie einen schwungvollen Bogen gesetzt. Kramer atmete auf und setzte sich an den Küchentisch. Der heiße Kaffee tat ihm gut.

Als er in der Polizeidirektion ankam, war es neun Uhr. Im Treppenhaus begegnete ihm Biernatzky.

»Ich komme von der Spurensicherung«, begrüßte er Kramer. »Schussis Jungs haben die Nacht durchgearbeitet.«

Gemeinsam stiegen sie die Treppen hinauf. Noch bevor Biernatzky seine Jacke auszog, stellte er die Kaffeemaschine an. Er berichtete, dass die einzigen Fingerabdrücke, die im Saunabereich gefunden worden waren, von Bertram Gunther und Paloma Petrelli stammten.

»Ist übrigens kein Künstlername. Sie heißt wirklich so. Der Vater ist Italiener. Lebt seit dem Tod der Mutter wieder in Rom. Habe die Kollegen in Italien schon gebeten, ihn aufzusuchen.«

»Kein einziger anderer Abdruck? Wie kann das sein? Die beiden können doch nicht die einzigen Besucher der Sauna gewesen sein.«

»Doch, das waren sie. Ich habe gleich von Schussi aus im Hotel angerufen. Der Hoteldirektor sagt, dass die Sauna nicht jeden Tag geöffnet ist, sondern nur dienstags, donnerstags und samstags. Und nur von neunzehn bis dreiundzwanzig Uhr. Am Vormittag des Saunatages gehen die Putzfrauen durch die Räume. Folglich waren gestern Abend nur Gunther und die Tote in der Sauna.«

»Dieser Gunther... Wir wissen noch zu wenig über das soziale Umfeld, die Beziehungen. Doch mein erstes Gefühl sagt, dass er die Petrelli nicht getötet hat. Seine heftige Reaktion hat einen anderen Grund.«

Biernatzky hatte sich auf seinem Stuhl niedergelassen.

»Würdest du mit einer wildfremden Frau in die Sauna gehen? Obwohl, wenn ick mir det so recht überlege ... Hat was!«

»In öffentlichen Saunen sind, soviel ich weiß, immer wildfremde Frauen. Und Männer«, erwiderte Kramer. »Aber bringt uns das weiter? Gunther hat ja gesagt, sie seien verabredet gewesen.«

Biernatzkys Telefon klingelte.

»Valerie«, säuselte er. »Schade wegen gestern Abend ... Wir holen das nach.«

Kramer vertiefte sich in den Bericht, den ihm Biernatzky in die Hand gedrückt hatte. Gunthers Spuren in der Sauna fanden sich auf der oberen Bank links von der Tür. Auf den unteren beiden Bänken fanden sich Abdrücke seiner Füße. Außerdem wies die Türklinke innen und außen seine Fingerabdrücke auf. Er hatte also die Tür geöffnet, war in die Sauna gegangen und hatte sich oben links auf die Bank gelegt. Beim Hinausgehen war er denselben Weg gegangen, hatte wieder die Tür geöffnet und sie von außen geschlossen. Genau wie er es ausgesagt hatte.

Die Petrelli dagegen hatte zwar ebenfalls die Tür geöffnet, sich dann aber auf die rechte obere Bank begeben. Sie war wieder hinuntergestiegen und hatte versucht, die Tür zu öffnen. Die Innenseite der Tür war voll von ihren Spuren. Sie musste mit der flachen Hand gegen das Glas geschlagen, mit den Fäusten dagegen gehämmert, sich mit ihrem ganzen Gewicht gegen die Tür geworfen haben. Schließlich war sie – offensichtlich das Bewusstsein verlierend – niedergesunken. Man hatte auf dem Boden vor allem Schweiß und Hautpartikel von ihr entdeckt.

Kramer räusperte sich und warf seinem Kollegen einen ungeduldigen Blick zu.

»Valerie … ich muss Schluss machen. Ja, wir sehen uns dann heute Abend … kann aber spät werden. Ich freue mich. Bis dann.« Biernatzky legte auf und warf Kramer einen verlegenen Blick zu. Er stand auf und ging zur Kaffeemaschine.

»Mir bitte auch einen«, sagte Kramer.

Biernatzky kam mit zwei Tassen zum Schreibtisch. Den Würfelzucker hatte er sich unter das Kinn geklemmt, die Milchtüte unter den Arm. Er stellte eine Tasse vor Kramer ab. Seine eigene platzierte er direkt auf einem Haufen Berichte. Wie üblich hatte er die Tasse so voll gefüllt, dass sie überschwappte. Den Würfelzucker stellte er neben seine Tasse. Er trank ein wenig ab und hob dann die Milchtüte an.

»Halt!«, warnte Kramer.

Biernatzky hielt in der Bewegung inne. Er hatte die Milch über den Zucker schütten wollen.

»Bin schon ganz durcheinander«, murmelte er und goss die Milch in seinen Kaffee. Worauf dieser beinahe wieder überlief.

»Du bist verknallt, würde ich sagen.« Kramer grinste.

»Ick jebs ja zu. Besser, als ewig 'nen Eiertanz zu veranstalten.«

»Wie meinst du das?« Kramer zog die Augenbrauen zusammen.

Svenja zog den Reißverschluss des Leichensackes auf und schälte die Tote aus der Umhüllung heraus. Sie war allein, die Ermittler hatten wegen der Todesart, die offensichtlich schien, auf Anwesenheit verzichtet. Sie arbeitete gern allein, vor allem auf die Beobachtung durch ihren Chef Paschke konnte sie gut verzichten. Kramer… Es wäre interessant gewesen zu sehen, ob er die Masche immer noch durchhielt. Ob der lässige Kollege weiterhin so tat, als sei nichts geschehen zwischen ihm und ihr. Wäre es nicht so unglaublich gewesen, hätte sie sich ihn schon lange vorgeknöpft. Was sollte das? Er konnte ihr ruhig sagen, dass er kein Interesse an ihr hatte. Sie hätte nicht gedacht, dass er feige war.

Bevor sie mit der eigentlichen Obduktion begann, untersuchte sie die Leiche auf äußerliche Auffälligkeiten. Paloma Petrelli war nur dreißig Jahre alt geworden. Das entnahm sie der Ausweiskopie, die sie erhalten hatte. Eine schöne junge Frau. Sie hatte halblange braune Haare mit einem leichten Mahagoni-Ton. Eine Naturwelle verlieh ihnen einen eleganten Schwung. Das Gesicht war schmal. Hohe Wangenknochen, volle Lippen. Strahlend blaue Augen. Die Figur schlank, proportionierte Brüste, schmale Taille. Sicher hatte sie viele Rollen wegen ihres guten Aussehens bekommen. Svenja verglich das Gesicht der Toten mit dem Foto auf dem Ausweis. Paloma Petrelli strahlte Sympathie aus. Sie hat etwas Harmloses, dachte Svenja. Wer brachte so jemanden um? Und warum? Aber man konnte nie wissen, welche Geschichten sich hinter der Fassade verbargen.

Svenja suchte den Körper auf Hämatome, Einstiche oder sonstige Auffälligkeiten ab. Sie fand Blutergüsse auf beiden Handkanten. Kurz vor ihrem Tod musste Paloma Petrelli mit ihrer ganzen Kraft die Fäuste gegen die Saunatür geschlagen haben. Auch auf den Schultern und den Oberarmen befanden sich Hämatome. Sie konnten entstanden sein, als sie sich voller Verzweiflung gegen die Saunatür geworfen hatte. Svenja betrachtete die Hände genauer. Die Nägel waren teilweise eingerissen oder abgebrochen. Verkrustetes Blut hatte sich um die Nagelhaut und unter die Nägel gelegt. Svenja fuhr mit einer Pinzette unter die Fingernägel. Sie fand Fasern. Sie ging hinüber an den Tisch, wo das Mikroskop stand, legte die

Fasern auf eine Plastikscheibe und schob sie unter das Mikroskop. Es war eindeutig: Holzfasern. Sie würde sich später mit der Spurensicherung in Verbindung setzen. Schussi konnte sicher feststellen, dass sie von der Saunatür stammten. Svenja sah hoch. Für einen Moment versuchte sie, sich die Panik der Sterbenden vorzustellen.

Sie kehrte zum Obduktionstisch zurück. Weitere Zeichen äußerer Gewalteinwirkung konnte sie nicht finden. Sie begann mit der Öffnung der Leiche.

Mit dem Skalpell machte sie einen langen Schnitt von der Kinnspitze bis zum Schambein. Sie entnahm die Organe und wog und untersuchte sie. Die Tote war in der Sauna gestorben. Svenja nahm an, dass die Todesursache Kreislaufversagen war. Je länger sich die Frau in der Sauna aufgehalten hatte, desto höher war ihre Körpertemperatur gestiegen. Der Körper war überwärmt. Zunächst waren Kopfschmerzen und Übelkeit aufgetreten, schließlich Hitzschlag und Kreislaufversagen. Svenja besah sich die Organe. Hyperämie, wie sie vermutet hatte. Die Organe waren stärker durchblutet als normal. Das Blut hatte sich zentralisiert. Es verteilte sich auf die Hauptorgane Herz, Nieren, Leber. Die Gliedmaßen waren weniger durchblutet. Svenja entnahm Blut aus Herz und Kreislauf. Es hatte sich eingedickt. Sie rechnete mit gestiegener Gerinnungsaktivität und erhöhtem Muskelenzym. Die Analyse würde eine Weile dauern.

Svenja hatte noch am Tatort die gerötete Haut der Leiche bemerkt. Als Paloma Petrelli gefunden wurde, war sie demnach noch nicht lange tot. Der Mann, der sie gefunden hatte, hatte angegeben, seinen ersten Saunagang gegen neunzehn Uhr dreißig beendet zu haben. Zu diesem Zeitpunkt hatte die Frau die Sauna betreten. Man musste zwar immer in Betracht ziehen, dass Zeugen nicht verlässlich waren oder absichtlich die Unwahrheit sagten. Doch in diesem Fall deckten sich seine Angaben mit Svenjas Befunden. Der Tod musste gegen zwanzig Uhr dreißig eingetreten sein. Höchstens einige Minuten früher oder später. Die Frau war jung. Sie hielt die heiße Temperatur eine Weile aus. Sie schien kerngesund gewesen zu sein. Die Ergebnisse der Blutuntersuchung würden eine noch exaktere Eingrenzung zulassen. Man konnte nie wissen – vielleicht hatte sie Drogen genommen oder Tabletten. Auch das beeinflusste einen Befund.

Ein Klopfen an der Tür riss Svenja aus ihren Überlegungen. Valerie betrat den Saal.

»Störe ich?«

Svenja winkte sie herein und deckte ein Tuch über die Leiche. Mit einer routinierten Bewegung zog sie die Latex-Handschuhe aus und wusch sich die Hände.

»Möchten Sie einen Kaffee? Ich könnte jetzt einen vertragen.«

Die beiden Frauen gingen durch die Schiebetür in Svenjas Büro und setzten sich.

»Schreckliche Sache, der Mord an der jungen Frau. Ist sie wirklich in der Sauna erstickt?«

»Es ist kein Erstickungstod im eigentlichen Sinn, aber ja, sie hat wohl dort ihren Tod gefunden.«

»Kein Erstickungstod?«

Svenja beschrieb, was mit einem Menschen passierte, der aus einer Sauna nicht herauskam. Die Körpertemperatur stieg, der Organismus konnte diese Temperatur schließlich nicht mehr herunterkühlen. Der Mensch bekam Kopfschmerzen, Schwindelgefühle, verlor das Bewusstsein. Letztendlich starb er dann an Kreislauf-, Herz- oder Organversagen.

»Furchtbar. Glauben Sie, der Mann, der sie gefunden hat, war's? Haben sie ihn gesehen?«

Svenja nickte. »Kurz. Aber ich kann mir nicht vorstellen, dass er sie … Er stand sichtbar unter Schock.« Sie machte eine wegwerfende Handbewegung. »Geht mich eigentlich auch nichts an. Die Ermittlungen sind Sache der Polizei, nicht meine. Sie sind die erste Ermittlerin, die mich nach meiner Meinung fragt.«

Valerie lachte. ›Ermittlerin‹, das klang gut, fand sie. »Die Sache mit dem Taucher sitzt Ihnen wohl noch in den Knochen... Ja, ich kenne die Geschichte. Sie ist legendär. Aber nicht Kramer hat sie mir erzählt, sondern Gerd Schussmann. Unter polterndem Lachen natürlich. Sie sollen Kramer ja so richtig aus der Reserve gelockt haben.«

Svenja sah aus dem Fenster. Dieses Talent war ihr zweifellos beschieden.

»Aber täuschen Sie sich nicht. Kramer schätzt Sie.« Sie sah Svenja an. »Ist es nicht merkwürdig, dass Frau Petrelli ausgerechnet die Rechtsmedizinerin des Films war?«

»Sie hatte die Rolle der Pathologin? Das wusste ich nicht.« Svenja schauderte. »Komischer Zufall.«

Valerie sah sie an. »Allerdings.« Sie schien noch etwas sagen zu wollen, lächelte dann aber nur. »Ich will Sie nicht länger aufhalten, ich bin nur gekommen, um mich von Ihnen zu verabschieden.« Valerie hielt ihr die Hand hin. »Dazu kam es gestern Abend ja nicht mehr.«

Svenja sah Valerie an. Die Wochen hatten nicht gereicht, um zu einem persönlichen Gespräch zu finden. »Ich wünsche Ihnen alles Gute. Wissen Sie schon, was Sie machen?«

»Meine Ausbildung an der Polizeihochschule dauert noch zwei Semester. Jetzt mache ich erst mal Urlaub. Vielleicht behalte ich meine Wohnung hier.«

»Konstanz ist eine schöne Stadt, nicht wahr?«, warf Svenja ein.

Valerie stimmte zu. »Es ist wunderbar. Obwohl man das von Süddeutschland nicht unbedingt erwarten würde, alles mutet so offen und trotzdem gemütlich an. Ich habe mir vorgenommen, in meinem Urlaub die Gegend zu erkunden.«

»Wenn Sie möchten, kann ich Ihnen mein Fahrrad ab und zu leihen«, bot Svenja an. »Rund um den Bodensee kann man wunderbar fahren. Die Entfernungen sind nicht zu groß. Und die Strecken zumeist angenehm flach.«

»Das Angebot nehme ich womöglich an.« Valerie lächelte und schloss die Tür hinter sich.

Das Telefon läutete. Der Pförtner fragte, ob Kramer Bertram Gunther selbst abhole.

»Lassen Sie ihn bitte von einem Beamten in 325 bringen. Wir kommen gleich.«

Kramer nickte Biernatzky zu.

Gunther sah schlecht aus. Sein Gesicht war fahl; unter den Augen hatte er dunkle Ringe.

Biernatzky richtete das Mikrofon aus. Kramer forderte den Mann auf, die Geschehnisse vom Vorabend noch einmal zu schildern. Gunther kam der Aufforderung nach. Allerdings fiel es ihm sichtlich schwer, die Fassung nicht zu verlieren.

»Herr Gunther, wir haben erste Ergebnisse von der Spurensicherung. Außer Ihren und den Finger- und Körperabdrücken der Toten haben wir keine Spuren gefunden. Wie erklären Sie sich das?« Kramer sah ihm direkt in die Augen. Biernatzky verschränkte die Arme.

»Was soll ich dazu sagen? Frau Petrelli und ich waren gestern Abend die einzigen Gäste in der Sauna.«

»Das legt allerdings auch die Annahme nahe, dass Sie den Stuhl vor die Tür gestellt haben. Sie sind aus der Dusche zurückgekommen, haben den Stuhl unter die Klinke geschoben und sind dann in aller Seelenruhe schwimmen gegangen.« Biernatzky war aufgestanden. Er stützte sich mit einer Hand auf den Tisch, mit der anderen auf die Lehne des Stuhls, auf dem Gunther saß.

»Aber warum sollte ich das tun? Welchen Grund hätte ich, Frau Petrelli umzubringen?«

»Vielleicht haben Sie Frau Petrelli geliebt, aber Ihre Zuneigung wurde nicht erwidert.« Biernatzkys Gesicht war nur Zentimeter von dem Gunthers entfernt. Der sah ihn abschätzig an.

»Haben Sie meine Fingerabdrücke auf dem Stuhl gefunden?«

»Ja, das haben wir.«

»Ich habe den Stuhl zur Seite geschleudert. Aber ich habe ihn nicht unter die Klinke gestellt. Ich habe Frau Petrelli nicht umgebracht!«

Kramer stand ebenfalls auf. Er lief im Raum umher.

»Sie erscheinen außerordentlich stark betroffen, was den Tod von Paloma Petrelli angeht.«

Gunther sah auf.

»Reden Sie!« Biernatzky stieß sich vom Tisch ab.

Bertram Gunther rang mit sich. »Also gut«, sagte er schließlich. »Paloma ist ... war meine Geliebte.« Er sank in sich zusammen, als habe ihn dieses Geständnis die letzte Kraft gekostet, und nahm die Hände vors Gesicht. »Ich habe sie geliebt«, stieß er hervor, als er sich etwas gefasst hatte, »warum sollte ich sie umbringen?«

Kramer nickte. Sein Gefühl hatte ihn nicht getäuscht. Er glaubte ihm, er sah keinen Grund, es nicht zu tun.

Biernatzky setzte sich auf die Tischkante. »Was heißt Geliebte? Sie meinen, Sie haben diese junge Frau geliebt? Hat sie Ihre Liebe, die Liebe eines – mit Verlaub – alten Mannes erwidert? Können Sie mir sagen, warum?«

Kramer zog die Augenbrauen zusammen, wartete jedoch ab, wie Gunther reagieren würde.

Der Angesprochene wurde plötzlich ruhig. Er sah Biernatzky an. »Sie werden unverschämt. Ich finde, das reicht. Auch als Zeuge, sogar als Verdächtiger, verdient man eine würdevolle Behandlung.«

Kramer musste ihm innerlich zustimmen. Er änderte die Taktik.

»Haben Sie in der Nähe der Sauna jemanden gesehen? War jemand in der Dusche?«

Gunther schüttelte den Kopf.

»War außer Ihnen noch jemand im Schwimmbad?«

»Als ich aus der Dusche ins Schwimmbad kam, traf ich dort Friedrich von Arenz. Den Regisseur.«

»Er war schon dort, als sie kamen?«

»Ja.«

»Und sonst war da niemand?«

»Friedrichs Assistentin. Sie ging gerade die Treppe hinunter in das Becken, als ich hereinkam. Der Regisseur kam an den Rand geschwommen und die beiden unterhielten sich kurz leise miteinander. Klang so, als stritten sie sich. Hat mich aber nicht gewundert, denn bei den Dreharbeiten am Nachmittag klappte überhaupt nichts. Arenz hatte sich furchtbar aufgeregt. Kirsten hat es nicht leicht. Sie ist seine ständige Zielscheibe. Dabei ist sie ein liebes Mädchen. In ihrem Beruf noch etwas unerfahren. Traut sich nicht zu widersprechen. Immer bemüht, alles richtig zu machen.« Er zuckte mit den Schultern. »Arenz hat sich irgendwie zusammengenommen. Normalerweise brüllt er einfach los, wenn er was zu sagen hat.«

Biernatzky und Kramer wechselten einen Blick.

»Wir werden Ihre Angaben überprüfen. Herr von Arenz und alle anderen müssten gleich hier eintreffen.« Kramer stellte das Aufnahmegerät ab.

Bertram von Gunther lachte zynisch. »Das glaube ich nicht. Die sind heute Morgen alle fröhlich zum Drehort gefahren.«

Kramer glaubte sich verhört zu haben.

Nachdem Valerie gegangen war, arbeitete Svenja konzentriert weiter. Sie wollte die Obduktion so schnell wie möglich beenden. Nicht nur, weil die Ermittler ihre Ergebnisse brauchten. Der Mord an der jungen Frau ging ihr nahe. Eine solche Tat ließ sich nicht mit einfachen Mustern begründen.

Am späten Vormittag hatte sie erste Ergebnisse, mit denen Kramer weiter ermitteln konnte. Alles andere würde noch dauern. Labortests und Blutuntersuchungen lieferte sie wie immer später nach.

Sie tippte den vorläufigen Obduktionsbericht, druckte ihn aus und steckte ihn in eine Mappe. Paschke würde morgen einen weiteren Ausdruck bekommen. Er konnte ja nicht erkennen, ob es der erste war. Zumindest in dieser Beziehung konnte sie auf die Kollegen Ermittler zählen. Huber und sogar Kramer würden ihr Rückhalt geben, wenn es zu einer Auseinandersetzung käme. Alles andere war ihr egal. Sie zog den Laborkittel aus und machte sich auf den Weg in die Polizeidirektion.

Die Tür zum Büro von Kramer und Biernatzky stand offen. Schon von weitem konnte Svenja die Stimme des Hauptkommissars hören.

»Das glaube ich nicht! Was bilden sich diese Schauspieler eigentlich ein? Ich habe meine Zeit auch nicht im Lotto gewonnen.« Wütend drehte er sich zur Tür, als Svenja den Raum betrat. Es kam selten vor, dass Kramer laut wurde. Vielleicht hatte es gerade aus diesem Grund etwas Bedrohliches.

»Jetzt reg dich ab, Clemens. Dann fahren wir eben zu dir raus und vernehmen die Schauspieler und den Regisseur dort«, versuchte Biernatzky ihn zu beschwichtigen.

»Tag, die Herren. Ich bringe den vorläufigen Obduktionsbericht. Wenn du eine Minute hast, Clemens, erkläre ich dir, was noch fehlt und warum«, sagte Svenja.

»Tut mir Leid, keine Zeit. Wir müssen weg. Ich lese ihn unterwegs. Und ruf dich an, wenn etwas unklar ist.« Kramer ging an ihr vorbei und nahm ihr den Bericht aus der Hand.

»Der Mord geht ihm nahe. Schließlich wurde eine Rechtsmedizinerin umgebracht.« Biernatzky grinste entschuldigend.

Svenja verkniff sich eine Antwort auf diese geschmacklose Bemerkung.

»Kurze Pause, bitte. Wir müssen die Rolle wechseln.« Kirsten Wagner klatschte in die Hände.

Die Schauspieler entspannten sich. Sie hatten trotz des schrecklichen Ereignisses den ganzen Vormittag gearbeitet. Von Arenz gönnte sich und ihnen keine Ruhe. Kirsten sah, wie sich der Regisseur in seinen Stuhl setzte und sich müde über die Augen strich.

»Friedrich, wir müssen noch mal miteinander reden«, sagte sie mit zitternder Stimme.

»Es gibt nichts mehr zu besprechen«, kanzelte er sie ab. »Du kennst meinen Standpunkt. Und jetzt lass mich in Ruhe mit deinen Problemen.« Er wandte sich ab und rief einen der in der Nähe stehenden Kameramänner zu sich, um die nächsten Einstellungen durchzusprechen.

Kirsten fühlte sich leer. Seine Kälte ließ sie frösteln. Seit dem Morgen hatte sie hämmernde Kopfschmerzen. Ihr war übel. Sie hatte das Gefühl, sie würde gleich umkippen. Aber dem durfte sie nicht nachgeben. Sie hielt sich an der nächstbesten Kamera fest und schloss für einen Moment die Augen. Sie versuchte ruhiger zu werden und schluckte. Das Rauschen in ihrem Kopf ließ nach und das Schwindelgefühl verschwand allmählich. Sie öffnete die Augen wieder. Sie würde es auch allein schaffen.

Bertram Gunther hatte Recht gehabt. Als Biernatzky und Kramer im Weinberg ankamen, waren die Dreharbeiten in vollem Gange. Kramer schlug verärgert die Wagentür zu und öffnete das Gartentor. Offensichtlich hatte dem Regisseur der Film-Mord am Tag zuvor nicht gefallen, denn sie drehten immer noch dieselbe Szene. Kramer stellte sich mitten zwischen die sich streitenden Akteure und rief: »Kommen Sie bitte alle zur Terrasse.« Er blickte sich um. Es war erstaunlich, wie viele Leute in seinen Garten passten. Die meisten von ihnen warfen ihm zustimmende Blicke zu. Er konnte sich vorstellen, dass es ihnen schwer fiel, so einfach zur Tagesordnung überzugehen.

Mit energischem Schritt kam von Arenz auf ihn zugelaufen.

Kramer sah, dass er hinkte. Das Knie schien steif zu sein, denn er zog sein rechtes Bein hinter sich her, ohne es anzuwinkeln. Er schätzte den Mann auf Ende fünfzig. Seine Haut war von geplatzten Äderchen durchzogen, die Augen waren gelb und blutunterlaufen. Er sah aufgeschwemmt aus. Die typischen Symptome eines starken Rauchers und Trinkers.

»Wer sind Sie?«, fuhr der Mann Kramer an.

»Kramer, Hauptkommissar, Kripo Konstanz. Mein Kollege Biernatzky hatte Sie und Ihre Mitarbeiter für heute Morgen in die Polizeidirektion bestellt. Vielleicht erinnern Sie sich? Eine Ihrer Schauspielerinnen ist ermordet worden.« Kramer konnte sich einen ironischen Tonfall nicht ganz verkneifen. »Und Sie sind …?«

Die Mundwinkel des Mannes zuckten nervös.

»Friedrich von Arenz«, presste er zwischen zusammengebissenen Zähnen hervor.

»Welche Aufgabe haben Sie hier?«

»Ich bin der Regisseur!«, brüllte er.

»Schön«, lächelte Biernatzky wohlwollend. »Mein Name ist Axel Biernatzky, ebenfalls Kripo Konstanz. Sie müssen leider Ihre Dreharbeiten unterbrechen, denn wir werden nun gemeinsam ins Haus gehen, uns ein hübsches Zimmer suchen und Sie alle nach und nach hereinbitten, um Ihnen ein paar Fragen zu stellen. In der Fachsprache der Kriminalisten nennt man das Vernehmung.«

»Wie stellen Sie sich das vor? Wir sind hier nicht zum Spaß, wir drehen einen Film! Pausen können wir uns nicht erlauben. Durch den Zwischenfall gestern Abend sind wir bereits in Verzug. Das geht nicht!«

»Doch, Sie werden sehen, das geht. Fangen wir mit Ihnen doch gleich an, Herr von Arenz. Kommen Sie bitte mit.« Biernatzky sprach mit ihm wie mit einem Fünfjährigen. Von Arenz war so verblüfft, dass er sich fügte.

Kramer war es nicht unangenehm, dass sein Kollege die Sache in die Hand genommen hatte. In dieser Situation kamen sie mit Biernatzkys stoischer Geduld einfach weiter. Kramer neigte nicht zu Wutausbrüchen, aber wenn er doch einmal ausrastete, dann richtig. Er ging voran, in sein eigenes Haus. Aus der Küche kam ihm Hortense entgegen.

»Clemens, was ist denn passiert?«

Kramer erzählte ihr, was sich am Vorabend ereignet hatte. Er bat sie, eine Kanne Kaffee zu machen und ein paar Getränke in sein Arbeitszimmer zu stellen, wo er die Vernehmungen durchführen wollte.

Hortense war bestürzt. »Paloma Petrelli? Das kann doch nicht wahr sein! Gestern ist sie noch hier herumgesprungen. Sie war ein Wirbelwind. Sie schien sich so wohl zu fühlen.«

»Ich möchte dich auch befragen. Und Pauline … Mal sehen. Vielleicht brauchen wir sie gar nicht. Aber ich könnte sie jedenfalls bei Violetta abholen und dort gleich mit ihr eine Pizza essen.«

Mittwochs ging Pauline nach der Schule mit zu ihrer Freundin Violetta. Ihr Vater besaß eine Pizzeria in der Innenstadt von Konstanz, das »Timone«. Hortense versprach, bei den Pacinis anzurufen und Pauline ausrichten zu lassen, dass ihr Vater sie dort treffen wollte.

Kramer stellte das Aufnahmegerät auf seinen Schreibtisch. Biernatzky und der Regisseur saßen bereits. Als der Hauptkommissar einen Blick auf die Personalien des Zeugen warf, traute er seinen Augen nicht. Der Mann war gute fünfzehn Jahre jünger, als er gedacht hatte. Axel nickte bestätigend, als Kramer die Augen aufriss.

»Herr von Arenz, erzählen Sie uns bitte, was Sie gestern Abend zwischen neunzehn und einundzwanzig Uhr gemacht haben«, wandte Kramer sich ihm zu.

»Ich wüsste zwar nicht, was Sie das angeht, aber ich bin direkt vom Dreh auf mein Zimmer gegangen, habe meine Badehose angezogen und mich in das Hallenbad des Hotels begeben, um ein paar Bahnen zu schwimmen.«

»Als Sie zum Schwimmbad gegangen sind, ist Ihnen da Frau Petrelli begegnet?«

»Ja, wir begegneten uns auf dem Flur. Unsere Zimmer liegen einander gegenüber. Wir fuhren gemeinsam im Fahrstuhl hinunter. Ich bog zum Schwimmbad ab und sie ging in Richtung Sauna.«

»Sie wussten also, dass Frau Petrelli in die Sauna gehen wollte?«, schaltete sich Biernatzky ein.

»Ich nahm es an. Sonst ist dort nichts.«

»Kann jemand bezeugen, dass Sie im Schwimmbad waren?«

»Ja, kurz nach mir kam Herr Gunther. Und Kirsten Wagner, meine Assistentin, war auch da.«

»Wirkte Bertram Gunther irgendwie anders als sonst? Nervös?«

»Was weiß ich? Wie schwimmt man, wenn man nervös ist?«

»Herr Gunther sagte aus, Sie hätten eine Auseinandersetzung mit Frau Wagner gehabt. Stimmt das?«

Von Arenz schien verärgert. »Ich möchte mal wissen, was es diesen …« Er sah in Biernatzkys ungerührtes Gesicht und lenkte ein. »Ja … es stimmt. Frau Wagner leistet zur Zeit schlechte Arbeit. Das können wir uns nicht erlauben.«

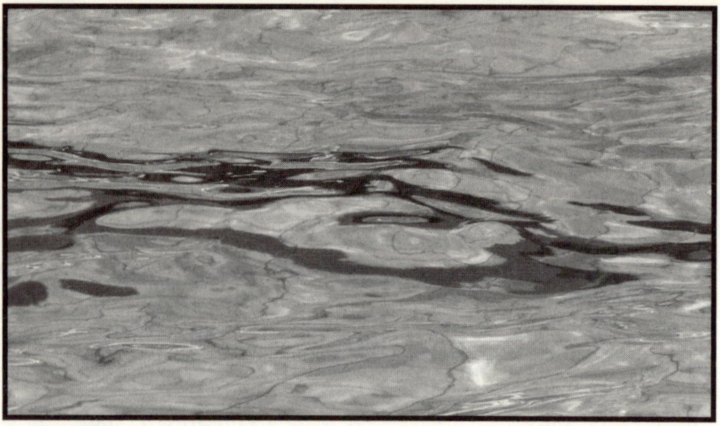

»Herr von Arenz, was für ein Verhältnis hatten Sie zu Frau Petrelli?«

»Ein Arbeitsverhältnis.« Er betonte den ersten Wortteil. »Sie war sympathisch, hatte keine Probleme mit Kritik. Wir kamen gut miteinander aus. Sie gab sich große Mühe.«

»Mir ist Ihre Gehbehinderung aufgefallen. Wie kam es dazu?«Biernatzky fragte direkt und unverblümt.

»Ein Autounfall. Vor etwa zwanzig Jahren.« Er sah die Kommissare nacheinander an, sodass es den Anschein hatte, er wolle der knappen Antwort noch eine Erklärung folgen lassen. Doch er schwieg.

Kramer lehnte sich zurück, nachdem von Arenz den Raum verlassen hatte.

»Meinst du, er hat etwas mit dem Mord zu tun?« Biernatzky schenkte sich Kaffee ein.

»Er wusste, dass die Petrelli in die Sauna wollte. Aber hätte Gunther ihn nicht sehen müssen?«

Biernatzky überlegte. »Nicht unbedingt. Wenn er den Moment abgepasst hätte, als Gunther im Duschraum verschwunden war?« Er rieb sich die Bartstoppeln. »Wenn wir wenigstens den Tathergang nachstellen könnten. Es wäre wichtig zu wissen, wie lange der Täter gebraucht hat, um in die Sauna zu gehen, den Stuhl unter die Klinke zu schieben und wieder zurückzugehen. Aber zurück wohin? Es gibt zu viele Möglichkeiten.«

Johanna Baum wurde als Nächstes befragt. Biernatzky ließ sich von ihrer eleganten Erscheinung nicht beeindrucken. Vornehme Menschen waren sein Spezialgebiet, sie zu verhören bereitete ihm persönliche Befriedigung. Kramer lehnte sich zurück.

»Frau Baum, wie haben Sie den gestrigen Abend verbracht? Uns interessiert besonders die Zeit zwischen neunzehn und einundzwanzig Uhr.«

»Ich war auf meinem Zimmer«, antwortete sie.

»Allein?«

Die Schauspielerin ließ sich nicht aus der Ruhe bringen. »Zunächst habe ich mich auf den nächsten Drehtag vorbereitet und mein Skript noch einmal gelesen. Anschließend beschäftigte ich mich mit dem Stück, das ich mit meinen Schülern in Stuttgart einstudieren will.« Sie nahm einen Schluck Wasser. »Ich habe eine Gastprofessur an der Schauspielschule in Stuttgart. Nach den Dreharbeiten hier werde ich direkt dorthin fahren. Die Schauspielschule arbeitet gemeinsam mit dem Ensemble des Staatstheaters an einem Projekt. Wir wollen die Schauspielschüler so früh wie möglich auf die Bühne bringen. Man hat mich gefragt, ob ich mit meinen Schülern ›Cyrano de Bergerac‹ einstudieren wolle. Ich fand diese Idee faszinierend und habe zugesagt. Ich habe einmal die Roxanne gespielt, doch das ist schon viele Jahre her. Daher muss ich mich mit dem Stück erst wieder vertraut machen. Auch ist es natürlich etwas anderes, ob man eine Rolle spielt oder gleich das ganze Stück einstudieren muss.« Johanna Baum lächelte die beiden Kommissare an. »Um zu Ihrer Frage zurückzukommen: Ja, ich war allein. Allerdings habe ich später am Abend mit meiner Agentin telefoniert. Leider weiß ich nicht mehr genau, um welche Zeit das war. Vielleicht so gegen neun?«

»Das lässt sich überprüfen.«

Die Schauspielerin nahm ihre Handtasche und zog eine Geldbörse heraus. Sie reichte Kramer eine Visitenkarte.

»Karen Garbrecht. Sie lebt in Stuttgart.«

»Noch etwas: Wussten Sie, dass Ihr Mann eine Affäre mit Frau Petrelli hatte?«

Kramer beobachtete die Schauspielerin aufmerksam, obgleich er wusste, dass ihr Beruf ihr jede Reaktion ermöglichte. Sicher hatte sie mit dieser Frage gerechnet. Ihr Lächeln war unergründlich, ihre Beherrschung perfekt.

»Also doch. Ich habe es schon vermutet. Mein Mann und ich, wir kennen uns schon sehr lange. Er war ein Freund meines Vaters. Als Vater starb, half er meiner Mutter und mir. Er unterstützte mich in meinen Plänen, Schauspielerin zu werden. Er war für mich unentbehrlich … Ein väterlicher Freund. Wir sind nun schon bald dreißig Jahre miteinander verheiratet. Man geht seiner Wege. Es schockiert mich nicht wirklich.«

»Und doch reist Ihr Mann mit Ihnen zu Dreharbeiten?«

»Tja … Er hat keine andere Beschäftigung. Um ehrlich zu sein, ich glaube nicht, dass er ohne mich zurechtkommen könnte. Er wüsste nichts mit sich anzufangen, der Gute.« Sie zog die Augenbrauen hoch, was ihrem Gesicht einen arroganten Ausdruck verlieh.

»Wie oft haben Sie gemeinsam mit Paloma Petrelli vor der Kamera gestanden?« Biernatzky sah Johanna Baum ausdruckslos an.

»Das ist jetzt der dritte Film, in dem wir beide mitspielen.«

»Ihr Mann war immer dabei?«

»Immer.«

Johanna Baum war gerade gegangen, als Hortense mit einem Tablett belegter Brötchen Kramers Arbeitszimmer betrat.

»Hortense, wie nett. Danke.« Kramer zog einen Stuhl heran. »Setz dich.«

Biernatzky streckte schon die Hand aus, bevor Hortense das Tablett abgestellt hatte.

Kramer wollte seine Schwiegermutter nicht beunruhigen. Wenn ihr bewusst wurde, dass der Täter unter den Schauspielern sein konnte, hätte sie keine ruhige Minute mehr.

»Wir wollen uns ein Bild von der Crew machen«, fing er an. »Könntest du uns erzählen, wie die Schauspieler auf dich wirken?«

Hortense begann mit Johanna Baum, einer, wie sie fand, echten Dame, und sprach von ihrer souveränen Art, mit den anderen umzugehen. Nur bei dem Regisseur sei sie wie ausgewechselt. Auch er behandle sie merkwürdig. Obwohl sie ihren Text perfekt beherrsche, verlöre er gerade bei ihr am häufigsten die Nerven. Kaum je erschiene die Kritik angebracht. Ihre Reaktion darauf sei überraschend. Wortlos nehme sie seine Worte einfach hin, was bei ihrer Überlegenheit unverständlich sei. Bei Paloma Petrelli hingegen, die ihre Szenen sehr oft wiederholen musste, weil sie immer wieder ihren Text vergaß, sei er verhältnismäßig geduldig gewesen. Die Petrelli selbst nahm ihre Schnitzer mit Humor.

»Es ist schrecklich. Das Mädchen war so nett und lustig. Hatte für jeden ein freundliches Wort.« Hortense schüttelte den Kopf. »Wer tötet so eine junge Frau?«

Sie räumte die benutzten Teller zusammen und stellte sie auf das Tablett.

Kramer blätterte in den Notizen. »Wer war noch am Tatort … Ah ja. Könntest du bitte Frau Wagner heraufschicken, Hortense?«

Sie nickte. »Ich habe übrigens bei den Pacinis angerufen. Pauline wartet um sieben in der Pizzeria auf dich. Wenn du nicht pünktlich bist, fängt sie mit Tiramisu als Vorspeise an.«

Kramer lächelte.

»Ich habe überhaupt keine Zeit, mich mit Ihnen zu unterhalten.« Eine junge Frau ließ sich in den Stuhl fallen. Mürrisch blickte sie von einem zum anderen. Sie war blass und hatte dunkle Ringe unter den Augen.

»Frau Wagner, nehme ich an? Ich heiße Axel Biernatzky. Das ist Kriminalhauptkommissar Kramer.«

»Bitte sagen Sie uns, was Ihre Aufgabe bei den Dreharbeiten ist.« Kramer sah Kirsten Wagner freundlich an. Sie war eine herbe Schönheit, mit kurzen Haaren und klaren, kantigen Zügen. Ihre Zierlichkeit erschien zäh, aber sie hatte etwas, fand Kramer, was sie aussehen ließ, als sei sie immer schon auf dem Rückzug.

»Ich bin die Regieassistentin. Und ich habe wirklich keine Zeit für das hier.«

»Glauben Sie uns, wir würden Sie nicht belästigen, wenn es sich vermeiden ließe. Was haben Sie gestern Abend zwischen neunzehn und einundzwanzig Uhr getan?«

»Keine Ahnung.« Die Frau verschränkte die Arme vor der Brust.

Die Allüren der Filmleute begannen Kramer auf die Nerven zu gehen.

»So kommen wir nicht weiter. Dann müssen wir Sie bitten, im Anschluss an die Vernehmungen hier in die Polizeidirektion zu kommen. Planen Sie ein paar Stunden ein.«

Die Frau holte tief Luft und verdrehte die Augen. »Also gut, wir kamen vom Dreh zurück. Das war so gegen achtzehn Uhr dreißig. Ich bin gleich auf mein Zimmer gegangen. Habe mich nicht wohl gefühlt. Der Magen. Stress schlägt mir immer auf den Magen. Ich habe mich hingelegt. Später dachte ich, Bewegung täte mir gut. Bin dann schwimmen gegangen. Hat aber nicht wirklich geholfen. Nach ein paar Bahnen bin ich wieder auf mein Zimmer. Das Zimmermädchen hat mir einen Tee gebracht und ich bin dann gleich zu Bett gegangen. Reicht das?«

»Hat Sie jemand im Schwimmbad gesehen?«

»Ja, Friedrich… also Herr von Arenz war auch da. Und kurz nach mir kam Herr Gunther.«

»Haben Sie mit einem der beiden Herren gesprochen?«

Kirsten Wagner schaute Kramer an, als überlege sie, worauf er mit dieser Frage hinauswollte. Langsam antwortete sie: »Ja … mit Herrn von Arenz.«

Kramer registrierte die verzögerte Reaktion.

»Worüber haben Sie gesprochen?«

Sie blickte zu Boden. »Was hat Ihnen denn Herr Arenz auf diese Frage geantwortet? Sicher haben Sie das doch auch schon von ihm wissen wollen, oder?«

»Frau Wagner, keine Spielchen. Antworten Sie auf meine Frage.«

Kirsten Wagner sah Kramer an, als könnte sie die richtige Antwort aus seinem Gesicht ablesen. Sie räusperte sich.

»Also gut. Er hat mich zurechtgewiesen, weil am Nachmittag so viel schief gelaufen war.«

»Das war alles?«

Die Frau öffnete den Mund, schloss ihn aber wieder, ohne etwas zu sagen. Sie nickte.

»Für die Aufzeichnung: Frau Wagner signalisiert Zustimmung durch Nicken«, ergänzte Biernatzky.

»Wissen Sie noch, wann Sie zum Schwimmen gegangen sind?«

»Keine Ahnung. Ich trage keine Uhr.« Sie streckte Kramer ihr Handgelenk hin.

»Woher wissen Sie dann, dass Sie um achtzehn Uhr dreißig im Hotel ankamen?«

»Das Auto. Auf dem Armaturenbrett ist ein Display. Das zeigt die Uhrzeit und die Außentemperatur an. Ich habe draufgeschaut, bevor wir ausgestiegen sind. Kann ich jetzt gehen?«

Kramer nickte.

Biernatzky ließ sich stöhnend auf den Stuhl fallen, auf dem gerade eben noch die Regieassistentin gesessen hatte.

»Also, wenn du mich fragst, dann haben die alle einen an der Waffel. Und bei jedem stimmt etwas nicht.«

Kramer zuckte mit den Schultern. »Zumindest erzählen sie uns nur die Hälfte. Kümmere dich mal um den Unfall des Regisseurs. Polizeiakten und Presse. Wenn es etwas Größeres war, gibt es einen Vorgang dazu. Vielleicht steht Arenz auch im Vorstrafenregister. Eventuell musst du ihn dir noch einmal vornehmen, wenn du nichts findest.«

»Mach ich. Lass uns trotzdem morgen Früh noch mal zum Hotel fahren.« Biernatzky streckte sich. »Wir können froh sein, dass die anderen Leute der Crew zur Tatzeit nachweislich außer Haus waren. Sonst wäre das gar nicht zu schaffen.«

»Ich halte Johanna Baum für eine wichtige Figur in diesem Gefüge. Sie scheint ganz unberührt. Allerdings nehme ich ihr diese Gleichgültigkeit nicht ab. Ihr Mann betrügt sie mit einer Jüngeren und sie lässt das kalt? Glaube ich nicht.«

Biernatzky grunzte Zustimmung. »Auch komisch, dass sie und der Regisseur immer aneinander geraten.«

»Und ihre merkwürdige Reaktion auf seine Wutausbrüche.«

»Vielleicht kriegen wir aus Gunther diesbezüglich noch was raus. Oder aus der Wagner. Selten eine so herzliche Person erlebt.«

Die beiden Kommissare stellten alles noch einmal genau zusammen: die Personen, die Vorgänge und ihre Reaktionen darauf. Schließlich schaute Biernatzky auf die Uhr. »Clemens, es ist gleich sieben. Wenn du es dir mit deiner Tochter nicht verderben willst, sollten wir jetzt fahren.«

Friedrich von Arenz setzte sich in seinen Regiestuhl. Pochender Schmerz ging von seiner linken Schläfe aus und zog sich über den ganzen Kopf. Er hoffte, dass sie die Klappe gehalten hatte. Sein Bein schmerzte ebenfalls. Er brauchte etwas zu trinken. Das Mädchen musste schweigen. Unbedingt. Notfalls musste er sie dazu zwingen. Es gab nicht mehr viel, woran ihm wirklich noch etwas lag.

Er blickte auf die Schauspieler, die immer noch dieselbe

Szene spielten. Immer und immer wieder von vorn, es hatte etwas Kafkaeskes. Gab es aus diesem Mist keinen Ausweg? Neben ihm stand Kirsten. Mit fragendem Gesichtsausdruck streckte sie einen Daumen nach oben. Von Arenz nickte und winkte ab. Noch drei Sätze des älteren Schauspielers und die Szene war fertig und im Kasten.

»Gestorben!«

Erleichterung machte sich breit.

»Oh, so ein Mist!«, rief auf einmal der Kameraassistent und schleuderte vor Wut seine Baseballkappe auf den Boden.

»Was ist?«, fragte Kirsten Wagner.

»Die Rolle ist durch!«

Von Arenz schaute Kirsten fassungslos an. Sie hätte sich das ausrechnen können! Sie kannte die Szenenlänge und musste immer informiert sein, wie viel noch auf die Filmrolle passte. Kirsten Wagner hatte versagt.

»Ich kann es nicht glauben!«, schrie von Arenz die junge Frau an. »Jetzt hatten wir die Szene endlich erträglich. So eine Scheiße! Du bist wirklich zu gar nichts zu gebrauchen.«

Kirsten Wagner duckte sich.

»Steh nicht blöd rum, hol eine neue Rolle! Wir machen dreißig Minuten Pause!«

Friedrich von Arenz kochte vor Wut. Stümperei konnte er nicht ausstehen. Kirsten war nicht mehr lange tragbar. Insgeheim befriedigte ihn das. Damit würde sich ein Problem fast von ganz allein lösen.

Nach einer halben Stunde Pause versammelten sich die Schauspieler wieder am Set. Auch Johanna Baum war zu den anderen gestoßen. Nach der Mordszene sollte die Szene gedreht werden, in der sie als Kommissarin zum Tatort gerufen wurde. Sie hoffte, dass es dazu an diesem Tag noch käme. Die Visagistin hatte sie bereits geschminkt. Johanna Baum stellte sich an den Rand des Sets, in Reichweite einer der großen Kameras. Sie liebte es, Szenen auch aus der Perspektive der Kameraleute zu beobachten. Es war gut zu sehen, wie die Dinge aus einer anderen Perspektive wirkten. Das half ihr bei ihrer eigenen Arbeit.

Der Dreh begann. Wieder wälzten sich die beiden Männer über den Rasen. Keuchten, deuteten Schläge an.

Friedrich von Arenz sah Kirsten Wagner hinter den Kameras herumlaufen. Sie schien in Gedanken und stolperte über ein Kabel. Plötzlich geriet einer der großen Scheinwerfer ins Wanken. Von Arenz sah, dass er gleich umstürzen würde. Und Johanna stand in Reichweite. Ihm stockte der Atem. Die Stimme schien ihm zu versagen.

»Johanna!«, bekam er schließlich heraus. »Zur Seite! Der Scheinwerfer!«

Johanna sah zu ihm hinüber. Sie schien nicht zu verstehen! Oh mein Gott, wenn sie nicht gleich zur Seite sprang, würde der Scheinwerfer… Von Arenz schrie laut auf. Der Kameramann, der direkt neben Johanna stand, schaute den Regisseur mit vor Schreck geweiteten Augen an. Dann machte er einen Satz zur Seite und wollte Johanna wegziehen. Doch es war zu spät. Mit lautem Krachen stürzte der Scheinwerfer herab. Von Arenz schloss die Augen.

»Frau Baum, alles in Ordnung mit Ihnen?« Kirsten Wagner war auf die Frau zugestürzt und half ihr vom Boden auf.

»Ja ja, mir ist nichts passiert.« Sie klopfte sich Erde und Gras von der Hose.

Friedrich von Arenz öffnete die Augen wieder. Nur einen Meter neben der Stelle, wo Johanna Baum gestanden hatte, war die riesige Lampe heruntergedonnert. Glassplitter bedeckten den Boden, die Linse war in tausend Stücke zerschellt.

Von Arenz ging hinüber zu dem Scheinwerfer. Das Stromkabel war aus der Verankerung gerissen. Er warf seiner Assistentin einen wütenden Blick zu.

Doch dann zog er die Luft ein. Er betrachtete den Scheinwerfer genauer. Die Sicherungsvorrichtung war nicht geschlossen! Jeder Scheinwerfer war am Gerüst verschraubt und dann noch mit einer Art Stahlseilschlinge gesichert. Doch hier hing das Stahlseil offen herunter! Wie konnte das sein? Das war sträflicher Leichtsinn. Doch es war Johannas Rettung gewesen. Wäre die Lampe fachgemäß gesichert gewesen, hätte die Schauspielerin keine Chance gehabt. Der Scheinwerfer hätte sie voll getroffen. So aber hatte sich die Lampe durch die Erschütterung aus ihrer Verankerung gelöst, während das Gestell umgekippt war. Die Lampe selbst war senkrecht nach unten gefallen. So gesehen hatte Kirsten Wagners Nachlässigkeit Johanna Baum das Leben gerettet.

Dennoch brüllte der Regisseur wütend: »Kirsten, das wird ein Nachspiel haben!«

Kramer öffnete die Tür zu Pacinis Pizzeria »Timone«. Er schaute sich um und entdeckte Pauline an einem Tisch in der Nähe des Eingangs zur Küche. Sie schmökerte in einer Jugendzeitschrift und sah gerade auf die Uhr. Signor Pacini kam durch die Schwingtür aus der Küche. Er trug eine Pizza Hawaii in der einen und eine Pizza Frutti di Mare in der anderen Hand.

»Buona sera, Signor Pacini«, begrüßte Kramer ihn. »Bringen Sie dasselbe bitte auch an unseren Tisch?«

»Ecco, il commissario! Ihre Tochter 'at schone bestellt!«

»Na, hoffentlich kein Tiramisu, weil ich mich verspätet habe«, lachte Kramer.

Er ging zu Pauline, begrüßte sie und setzte sich zu ihr an den Tisch.

»Du hast schon bestellt? Ich komme um vor Hunger.«

»Pizza Hawaii für mich und Pizza Frutti di Mare für dich. Und zum Nachtisch ...«

»Tiramisu natürlich!«, fiel Kramer ein. »Was hast du heute gemacht? Wie war's in der Schule?«

Pauline erzählte, dass alle ihre Schulkameraden wissen wollten, wie die Dreharbeiten vorangingen, wie die Schauspieler privat so waren und ob sie jetzt eine richtige Leiche im Haus hätten. Hortense und sie hatten gestern den ganzen Tag beim Drehen zugeschaut. Und Pauline hatte inzwischen von jedem Schauspieler ein Autogramm.

»Von Paloma Petrelli allerdings nicht«, fügte sie leise hinzu und sah ihren Vater an.

»Glaub mir, Pauline, es tut mir Leid, dass du das alles mitbekommst. Du weißt, ich will nicht, dass ...« Er unterbrach sich. Signor Pacini kam mit dem Essen.

»Vuole un Lambrusco, commissario?«, fragte er.

Kramer musste an seinen letzten Absturz in der Pizzeria denken. Lambrusco würde er freiwillig niemals trinken. Er schüttelte den Kopf. »Danke, lieber ein Wasser.«

»Beh, acqua minerale.« Violettas Vater verzog das Gesicht. »Ich bringe.« Kopfschüttelnd verließ er den Tisch.

»Und wie sind die Schauspieler nun wirklich?« Kramer schnitt seine Pizza in Viertel, die er dann wieder zerteilte. »Streiten sie sich? Oder verstehen sich manche besonders gut?«

Pauline strahlte. »Ist das eine offizielle Vernehmung?«

Kramer lächelte gequält. Welches Kind konnte wohl mit dem Begriff Vernehmung umgehen? Eine Polizistentochter zweifelsohne. Leidgeprüft.

»Würde ich dich dann nicht in die Direktion vorladen, Gnädigste? Ich führe Vernehmungen selten in einer Pizzeria durch. Und meist habe ich einen Assistenten dabei.« Kramer hoffte, dass Pauline nicht nachhakte. Sie war in diesem Fall mit Tod und Verbrechen konfrontiert worden, in gewissem Sinne war sie eine Zeugin. Doch er wollte sie so wenig wie möglich belasten.

Pauline berichtete von den Streitereien zwischen dem Regisseur und Johanna Baum. Von seiner schlechten Laune und von ihrer, wie Pauline fand, komischen Art. Im Großen und Ganzen deckten sich ihre Beobachtungen mit dem, was Kramer von Hortense gehört hatte.

»Aber Paloma, die war echt nett. Sie hat gesagt, dass sie nie auf einer Schauspielschule war. Sie hat einfach mal bei einem Casting mitgemacht und ist so zum Fernsehen gekommen. Eigentlich spielte sie bisher nur in ›Schloss Erlenbuch‹ mit. Eines Tages kam dann ein Regisseur und hat ihr noch eine andere Rolle angeboten. Ja, und jetzt ist sie berühmt. Toll, nicht?« Sie sah auf den Tisch. »War berühmt«, korrigierte sie sich. Seufzend nahm sie einen Schluck von ihrer Limonade. »Jedenfalls hab ich es gleich Violetta erzählt. Wir üben jetzt ein paar Stücke ein und dann will sie auch mal vorsprechen. Bestimmt suchen die immer wieder Leute.«

Kramer sah Pauline an, ohne ihr weiter zuzuhören. Die nette und allseits beliebte Paloma Petrelli. Warum musste sie sterben? Johanna Baum und Friedrich von Arenz. Wieso gerieten sie immer aneinander?

Er legte sein Besteck auf den Teller.

Johanna Baum legte das Manuskript aus der Hand und setzte ihre Lesebrille ab. Sie stand auf und ging zum Fenster. Das

Hotel trug den Namen »Seeblick« nicht zu Unrecht. Eine schöne Aussicht hatte man von hier.

Nachdenklich schaute sie hinaus auf den Bodensee. Es war kein Geheimnis mehr, dass ihr Mann sie betrog. Machte es ihr etwas aus? Sie konnte es nicht genau sagen. Als Mann bedeutete er ihr nicht mehr viel. Müsste es ihr nicht egal sein? Und doch ... War es Stolz, was an ihr nagte? Ein Mensch, der sie einst vergöttert und ihr jeden Wunsch von den Lippen abgelesen hatte, hinterging sie. Fing etwas an mit einer Frau, die beinahe zwanzig Jahre jünger war als sie und über dreißig Jahre jünger als er selbst. Lachte jemand über sie? Über die große Johanna Baum? Eine würde niemals mehr lachen. Hatte Paloma nicht verdient, was passiert war? Das Mädchen hatte einen unbekümmerten, naiven Eindruck gemacht. Ihn richtig zur Schau getragen. Sie war Schauspielerin, das durfte man nicht vergessen. Spielte das liebe Mädchen. Spielte. Eine Naturbegabung. Spielte sie, dass sie Johanna verehrte? Oder holte sie sich tatsächlich Rat von ihr? Jetzt war sie tot. Johanna Baum trat vor den Spiegel und zog ihren Lippenstift nach.

Biernatzkys Finger schwebte über den Klingelknöpfen. Bartels, Müller, Papadopoulos, Schmid, Metzendorf. Metzendorf, Valerie. Der Türöffner surrte. Axel hatte Valeries Einladung zum Abendessen angenommen. Er machte sich an den Aufstieg zur Dachwohnung und war etwas außer Atem, als er endlich im vierten Stock ankam. Valerie wartete in der Tür. Sie lächelte. Biernatzky reichte ihr die Rosen, die er im Blumenladen unweit der Direktion erstanden hatte. Sie nahm ihm den Strauß ab.

»Wie schön. Und was für ein herrlicher Duft! Sind das Freilandrosen? Um diese Jahreszeit? Wo hast du die gefunden?«

Biernatzky lächelte geheimnisvoll. Freilandrosen, ach so. Immerhin hatte er erkannt, dass es sich um Rosen handelte.

»Komm rein.« Valerie trat zur Seite. »Schau dich ruhig um.

Lange wirst du nicht dazu brauchen!«, lachte sie.

Die Wohnung gefiel ihm. Klein, aber nicht zu eng. Schräge Wände, die durch den hellen Anstrich freundlich wirkten. Durch den Flur kam er an einer schmalen Küche vorbei in ein großes Zimmer. Das große Bücherregal teilte den Raum. Vorn stand ein quadratischer Tisch; dahinter ein Bettsofa mit einem Überwurf, der wie ein Kuhfell gemustert war. Valerie hatte Kerzen und Teelichte angezündet, die das Zimmer in sanftes Licht tauchten.

»Möchtest du etwas trinken?« Sie kam aus der Küche und sah ihn an. Gut sah sie aus. Ihr langer, enger Rock war seitlich geschlitzt und gab den Blick auf ihre Beine frei. Die weite Bluse war leicht durchsichtig, sodass im Gegenlicht die Umrisse ihrer Figur zu ahnen waren.

»Was trinkst du denn?« Am liebsten hätte er ein Bier gehabt. Er lehnte sich an das Bücherregal, das leicht zu schwanken begann. Valerie lachte.

»Wie wäre es mit einem Glas Sekt als Aperitif?«, schlug sie vor.

Biernatzky nickte. Sie schenkte das perlende Getränk in zwei Gläser, reichte ihm eines davon und hob das andere.

»Worauf trinken wir?«

Biernatzky nahm die Schultern zurück. »Auf uns«, sagte er und sah ihr in die Augen. »Danke für die Einladung.«

Valerie trank und stellte ihr Glas ab. Ein Lippenstiftabdruck prangte am Rand. Axel betrachtete ihn und fuhr sich mit seiner Zunge über die Lippen.

»Wundere dich nicht. Wenn ich Alkohol trinke, bekomme ich rote Wangen«, sagte Valerie. »Auch jahrelanges Training hat nicht geholfen.« In der Küche rasselte ein Wecker. »Du kannst dich schon mal setzen, Axel.«

Mit einer Terrine in der Hand kehrte sie zurück. Sie gab Suppe in die beiden Teller und lächelte ihn an. »Guten Appetit!«

»Was essen wir denn?«

»Ach so, ja. Das ist Schwarzwurzelcremesuppe. Ich hoffe, sie schmeckt dir.«

Biernatzky hatte keine Ahnung, wie Schwarzwurzeln aussahen. Sollten sie nicht wenigstens fast schwarz sein? Warum war diese Suppe dann ganz hell? Er nickte jedoch wissend und nahm den Löffel.

»Hm, wunderbar.« Das war nicht gelogen. Die Suppe war wirklich außerordentlich gut.

»Ja? Freut mich.« Valerie lächelte.

Wenn sie sich vorbeugte, sah man die Stickerei am Rand ihres weinroten Büstenhalters.

»Weißt du, ich koche nicht allzu oft. Es ist immer wieder spannend.«

Biernatzky nickte. »Ganz anders als bei mir.« Sie sah ihn interessiert an. »Ich kann überhaupt nicht kochen. Aber du kannst dich vertrauensvoll an mich wenden, falls wir ein Pizzataxi brauchen. Ich habe die Nummern eingespeichert«, grinste er.

Mit einem fruchtigen Weißwein stießen sie ein weiteres Mal an. Ein angenehmes Gefühl ergriff nach und nach Besitz von ihm. Diese Frau war eine Wucht. Und diese Wucht hatte ihn hierher eingeladen, zu sich nach Hause. Er konnte sein Glück noch immer kaum fassen.

Sie plauderten über die Arbeit. Er erzählte von den Schauspielern und davon, wie Kramer am Nachmittag der Kragen geplatzt war.

»Das habe ich in der letzten Zeit nicht erlebt«, wunderte sich

Valerie. »Ich hätte gar nicht gedacht, dass das bei ihm vorkommt. Er wirkt so beherrscht. Fast zu beherrscht, eigentlich.«

»Clemens ist in Ordnung«, meinte Biernatzky seinen Chef verteidigen zu müssen.

Valerie beeilte sich zuzustimmen. »Trotzdem … Manchmal benimmt er sich schon merkwürdig. Ich erinnere mich an einen Schlagabtausch mit der Rechtsmedizinerin. Aus meiner Sicht grundlos … Sie wirkt allerdings für meinen Geschmack auch recht unterkühlt.«

Er winkte ab. »Daran liegt es nicht. Die beiden sind wie Katz und Maus. Von Anfang an schon. Mal wird es besser, dann wieder schlechter. Weiß der Teufel, warum.«

Valerie holte eine Auflaufform aus dem Ofen und stellte sie auf einen perlengewebten Untersetzer. Biernatzky lief das Wasser im Mund zusammen.

»Schweinefilet mit einer Soße aus Crème fraîche und geriebenem Käse überbacken. Ein Rezept meiner Mutter«, erklärte Valerie. »Ist ganz einfach zu machen und schmeckt – hoffentlich – sehr lecker«, fügte sie mit einem verschmitzten Lächeln hinzu.

Sie hob den Deckel der kleineren Schale. »Ich hoffe, du magst Wildreis.«

»Aber sicher.« Er nahm an, dass alles seine Richtigkeit hatte. Dass die langen Körner schwarz sein sollten und nicht hell, wie er Reis kannte und gelegentlich zu sich nahm. Helle Schwarzwurzeln und schwarzer Reis.

Das Dessert schließlich fiel beruhigend normal aus, zumindest, was die Farbkombination betraf.

»In der Eisdiele in Münster, wo ich oft war, heißt Vanilleeis mit heißen Himbeeren ›Flammendes Herz‹«, sagte Valerie und fuhr mit der Zunge über ihre Lippen, um einen Tropfen Himbeersauce abzulecken.

Biernatzky zog sein Jackett aus. Es war warm in dieser Dachwohnung.

Er sah sie an, räusperte sich. »Willst du wissen, ob mein Herz in Flammen steht?«

Sie sagte nichts, wandte ihren Blick jedoch nicht ab. Er blinzelte und sah weg. Versonnen betrachtete er ihre Haare, als er ihre Hand auf seiner spürte. Sie schaute auf seinen Mund.

Endlich küsste er sie.

»Ja, ich glaube schon. Ich glaube schon, dass du das Essen sehr passend ausgewählt hast.«

Sie lachte leise und stand auf. Biernatzky hatte sich ohnehin noch nie viel aus Süßem gemacht.

Die Kuhfelldecke war weich. Valeries Haar ebenso.

4

Svenja rieb sich die Augen und reckte sich. Ihr Blick fiel auf Lars, der diagonal im Bett lag und die Arme weit von sich gestreckt hatte. Sie setzte sich auf und betrachtete ihren Ex-Freund nicht ohne zärtliche Wehmut. Er war ein liebenswerter Kerl, sie hatte einiges von ihm gelernt. Die Leichtigkeit des Lebens beherrschte er wie kein anderer. Doch er brauchte viel Platz. Die Leichtigkeit begann unerträglich zu werden.

Sie erhob sich, ging in die Küche und begann Frühstück zu machen. Es war kein Brot mehr da. Rasch streifte sie sich ein paar Kleider über, nahm Schlüssel und Geldbeutel und zog leise die Tür hinter sich zu.

Schon von weitem sah sie, dass sich vor der Bäckerei eine Menschentraube versammelt hatte. Sie ging näher heran und versuchte den Grund dafür zu erkennen.

»Was ist denn los?«, fragte sie einen älteren Mann. »Ist etwas passiert?«

Er ging nicht auf Svenjas Fragen ein, sondern drängelte sich weiter vor und schaute gebannt in den Laden hinein.

»Entschuldigen Sie bitte, darf ich mal durch? Ich bin Ärztin. Vielleicht kann ich helfen?« Sie schob sich durch die Menge. Man konnte nie wissen. Es war ihre traurige Erfahrung, dass die Menschen bei Notfällen herumstanden und glotzten, ohne dass jemand half oder etwas unternahm. Es war ihnen vielleicht nicht einmal immer zu verübeln, wahrscheinlich wussten sie einfach nicht, was sie tun sollten. Doch es genügte ja, Hilfe zu holen. 110 konnte jeder wählen. Überall.

Unwillig machten ihr die Leute Platz. Sie hatte sich schon ein ganzes Stück vorgekämpft, als ihr jemand antwortete.

»Hier braucht keiner Ihre Hilfe. Außer vielleicht der Regisseur. Der typische Herzinfarkt-Kandidat. Sehen Sie sich die rote Birne an!« Die Umstehenden lachten.

Svenja schaute die Frau an, die gerade mit ihr gesprochen hatte. »Regisseur?«, fragte sie verdutzt.

»Ja, hier wird ein Krimi gedreht. Haben Sie die ganzen Filmautos nicht gesehen? Der da hinten, mit dem roten Kopf, ist der Regisseur. Man erkennt ihn am Geschrei.«

Svenja stellte sich auf die Zehenspitzen. Die ganze Bäckerei war voller Kameras und Schauspieler. Der Regisseur fuchtelte mit der Faust in der Luft herum.

Sie seufzte. Die nächste Bäckerei war ein ganzes Stück entfernt, und es war auch keine richtige Bäckerei, vielmehr ein Back-Shop, die Filiale einer Kette. Dort gab es zwar Backwerk in allen Varianten, aber sie schmeckten trotz ihres unterschiedlichen Aussehens alle ähnlich. Kopfschüttelnd drehte sie sich um und kämpfte sich wieder aus dem Pulk heraus.

Nach einem strammen Fußmarsch hatte sie den Laden schließlich erreicht. Etliche andere Kunden auch. Während sie wartete, kam ihr der Fall der getöteten Schauspielerin wieder in den Sinn. Auf den ersten Blick war es ungewöhnlich, dass jemand eine Frau wie Paloma Petrelli umbrachte. Natürlich wusste Svenja nichts über ihr Leben. Doch dieser Bertram Gunther hatte eine Affäre mit ihr oder sogar mehr, da war sie sich sicher. Man verabredete sich nicht in der Sauna, wenn man sich nicht sehr gut kannte. Oder nur im größeren Kreis.

Als sie die Tür zu ihrer Wohnung öffnete, sah sie, wie Lars die Espressomaschine auf den Herd stellte. Seine weizenblonden Haare standen nach allen Seiten ab. Er lächelte. »Gleich fertig. Hast du Brötchen geholt?«

Sie frühstückten in der Küche, Svenja an die Arbeitsplatte gelehnt, Lars darauf sitzend. »Alles klar? Du sagst gar nichts. Hab ich schon wieder was falsch gemacht?« Er schob sich den Rest seines Croissants in den Mund.

Svenja sah ihn an. »Nein. Was heißt falsch gemacht? Nein, du bist einfach Lars, wie immer.«

Er zog die Augenbrauen zusammen. »Was soll das heißen?«

»Du lebst dein Leben, völlig unbekümmert, tauchst manchmal auf, dann wieder wochenlang nicht … Wie es dir passt.« Sie zuckte mit den Schultern. »Das ist ja auch nicht schlimm«, beeilte sie sich hinzuzufügen, um keinen vorwurfsvollen Ton aufkommen zu lassen.

»Ich hatte den Eindruck, dass es dir nichts ausmacht, wenn ich manchmal bei dir übernachte.« Er goss Milch in seine leere Tasse und nahm einen Schluck. »Ich weiß, dass wir nicht mehr zusammen sind. Aber es ist doch auch so ganz nett, oder?« Mit schräg gelegtem Kopf sah er sie an und grinste. »Oder hast du doch wieder jemanden?«

»Nein. Das ist auch nicht der Grund ... Oder vielleicht doch. Nein, ich habe niemanden, aber wenn es mit uns so weitergeht, bleibe ich ... ich bin dann nicht frei.» Es fiel ihr schwer, aber sie spürte, dass der Moment gekommen war.

»Lars, ich habe dich sehr gern. An meiner Zuneigung für dich hat sich nichts geändert, aber auch wenn wir miteinander schlafen, empfinde ich nichts anderes als Freundschaft für dich. Trotzdem engen wir uns gegenseitig ein.« Sie schüttelte den Kopf. »Stopp. Ich sollte nur über mich sprechen.« Sie stellte ihre Tasse ab und fuhr sich durchs Haar. »Ich fühle mich nicht, als würde ich wirklich allein leben. Das ist nicht gut, denn wir haben schon lange gemerkt, dass unsere Beziehung keinen Bestand hat. Und vielleicht kannst du das auch irgendwann sehen – aber solange Konstanz deine ständige Anlaufstelle ist, wird sich bei dir auch nichts Ernstes ergeben.«

Er zuckte mit den Schultern.

»Nein, ich meine nicht das gelegentliche Vergnügen, das den Abend nach einem Auftritt versüßt. Du wirst nicht jünger, Lars. Irgendwann wird die Nummer des Sunnyboys mit der Gitarre schal.«

»Was heißt das jetzt?«

Svenja schwieg. Ja, was? Sollte er verschwinden? Er wollte ohnehin nur ein paar Tage bleiben. Wollte sie den Kontakt ganz abbrechen? Er würde ihr fehlen, doch sie spürte, dass das die bessere Lösung war.

Kramer und Biernatzky trafen sich am Vormittag gleich im Hotel »Seeblick«. Der Karmann Ghia und Biernatzkys Dienstwagen waren die einzigen Autos auf dem Parkplatz. Auch die Eingangshalle war wie leer gefegt. Die beiden Kommissare gingen zur Rezeption.

Sie fanden dieselbe Empfangsdame vor, die schon am Abend des Mordes Dienst gehabt hatte. An ihrer Kostümjacke hing ein Namensschild.

»Guten Morgen, Frau Winter. Wir hätten noch ein paar Fragen an den Direktor, doch vorher bitte ich Sie, uns noch einmal zu bestätigen, dass am Abend des Mordes niemand im Hotel war, der nicht zum Filmteam gehört.«

Die junge Frau nickte. »Außer den Filmleuten wohnen momentan nur noch Herr und Frau Wilhelm bei uns. Und die beiden haben den Abend im Konzert verbracht. Ich habe die Karten selbst besorgt und sie später zurückkehren sehen. Freilich haben sie sich dann erkundigt, was bei uns los ist.« Sie griff zum Telefon. »Und natürlich das Personal«, fügte sie hinzu, während sie wählte.

Wenig später trat der Direktor aus dem Fahrstuhl.

»Die Herren Kommissare, guten Morgen. Womit kann ich Ihnen dienen?«

Biernatzky musterte den Mann und runzelte die Stirn. Maximilian Fender trug einen Schnurrbart, dessen Spitzen nach oben gezwirbelt waren. Seine Haare waren dunkelbraun, er trug lange Koteletten. Er hatte die fünfzig längst überschritten, weshalb es verwunderte, dass sein Kopfhaar nicht dieselbe graue Melierung aufwies wie sein Bart. Gekleidet war er in einen Trachtenanzug. Feinster Loden, stellte Kramer fest. Er musste schmunzeln. Hier schien es einen Urbayern an den Bodensee verschlagen zu haben. In der Gastronomie kam man eben in der ganzen Welt herum.

»Herr Fender, wir hätten eine Bitte. Könnten Sie uns das gesamte Personal herbeirufen, das am Mordabend Dienst hatte?»

Der Mann verschränkte die Arme. »Wen meinen's da genau?«

»Jeden.«

»Von der Putzfrau bis zum Direktor«, fügte Biernatzky freundlich hinzu.

»Na, servus«, stöhnte Fender. »Gehn S' schon amal vor, Konferenzraum Meersburg. Frau Winter?«

Sie folgten der Empfangsdame in einen nüchternen Raum, der nach kaltem Rauch roch. Nach und nach traf das Personal des Hotels ein.

Kramer erhob die Stimme. »Guten Morgen, meine Damen und Herren. Wie Sie sicher alle bereits wissen, ist Ihr Arbeitsplatz, das Hotel, vorgestern Abend zum Schauplatz eines Verbrechens geworden. Das Opfer war ein Gast dieses Hauses, die Schauspielerin Paloma Petrelli. Zum Tathergang sage ich vorerst noch nichts. Der Täter ist noch nicht gefasst.«

Er sah in die Runde. Unterschiedliche Reaktionen waren zu beobachten. Interessierte Blicke, aber auch aufgerissene Augen, die Angst ausdrückten.

»Wir bitten Sie dringend, uns alles zu sagen, was Ihnen aufgefallen ist, auch, wenn es Ihnen unwichtig erscheint. Bitte versuchen Sie sich an den Abend zu erinnern. Wen haben Sie gesehen, wann und wo? Jedes Detail ist wichtig.«

Er hielt inne, um seinen Worten mehr Nachdruck zu verleihen. Die Hotelangestellten schienen beeindruckt; es war still im Raum. Kramer nickte dem Direktor zu.

»Für den Moment möchten wir gerne mit demjenigen vom Zimmerservice sprechen, der Frau Wagner einen Kamillentee gebracht hat. Außerdem mit Frau Winter von der Rezeption. Später kommen wir noch einmal auf Sie zu, Herr Fender.«

Kramer sah einen Mann an, der unruhig wirkte, richtete seine Worte jedoch erneut an die ganze Gruppe. »Hat jemand von Ihnen etwas Ungewöhnliches bemerkt? Wer hat gesehen, wie Herr Gunther, Frau Petrelli oder andere Gäste hinunter zum Schwimmbad gegangen sind?«

Der Mann räusperte sich. »Ich bin Herrn Gunther auf dem Flur begegnet. Er hatte seinen Bademantel und Badeschuhe an. Außerdem hielt er ein Buch in der Hand.«

»Sehr gut, Herr…?«, sagte Biernatzky.

»Bauer. Wilhelm Bauer. Roomservice.«

»Und können Sie uns auch sagen, um welche Zeit das war?«

»Das muss so gegen neunzehn Uhr gewesen sein. Mein Dienst war zu Ende. Ich wollte mich gerade umziehen gehen.«

Kramer und Biernatzky nickten synchron.

Kein weiterer Angestellter wollte etwas beobachtet haben. Der Hauptkommissar hob die Versammlung auf und wandte sich Claudia Winter zu. Die Empfangsdame konnte nur mit wenigen Fakten dienen. Sie hatte die Filmleute gegen achtzehn Uhr dreißig ankommen sehen. Alle hatten sich die Schlüssel geben lassen und waren dann nach oben auf ihre Zimmer gegangen. Kurz darauf hatte ein großer Teil von ihnen das Hotel zusammen wieder verlassen und war zum Essen gegangen. Die Empfangsdame hatte ansonsten niemanden kommen oder gehen sehen. In die Empfangshalle hatte sich auch niemand gesetzt. Den ganzen Abend über nicht. Die meisten Gäste benutzten allerdings den Fahrstuhl, wenn sie ins Schwimmbad wollten oder in das Restaurant, das sich von den Zimmern aus ebenfalls direkt mit dem Aufzug erreichen ließ. Nach einundzwanzig Uhr hielt Frau Winter sich normalerweise in dem kleinen Büroraum auf, der hinter der Rezeption lag, und erledigte Schreibarbeiten. Später an diesem Abend empfing sie einige Anrufe aus den Zimmern. Weckrufe für den nächsten Morgen wurden gewünscht; die Programmierung des Telefons für einen automatischen Weckruf scheuten die meisten Gäste noch immer. Allerdings hatten nicht die Personen angerufen, für die die Kommissare sich besonders interessierten.

Kramer bedankte sich und bat Frau Winter beim Hinausgehen, die Ablösung von Wilhelm Bauer vom Zimmerservice hereinzuschicken.

»Das ist der Beweis!«, rief Biernatzky. Kramer sah ihn irritiert an. »Es steht zweifelsfrei fest, dass die Uhr des Autos, in dem Frau Wagner saß, richtig ging.«

»Gute Laune, Axel? Das freut mich.«

Sabine Betel hatte an diesem Abend nur von neunzehn bis zweiundzwanzig Uhr Dienst gehabt. Sie war noch sehr jung und wirkte aufgeregt.

»Sie wurden von Frau Wagner gebeten, ihr etwas zu bringen, stimmt das?« Kramer lächelte das junge Mädchen aufmunternd an.

»Ja, einen Kamillentee.«

»Wissen Sie noch, um welche Uhrzeit das war?«

»Ich erinnere mich nicht mehr genau.« Sie begann an ihren Nägeln zu kauen. »Aber es muss so gegen zwanzig Uhr gewesen sein. Sie können die Uhrzeit allerdings überprüfen, denn alle Bestellungen werden in ein Formular eingegeben, das dann in den Computer übertragen wird. Wenn der Gast unser Haus verlässt, kommt alles mit auf die Rechnung.« Sie verhaspelte sich zwei Mal, während sie eifrig Auskunft gab.

Biernatzky lächelte sie zum Abschied an, worauf sie sich etwas beruhigte. »Darf ich noch …«

»Ja?« Kramer sah sie an.

»War das ihr Künstlername? Paloma Petrelli? Ich meine, so kann man doch nicht heißen, oder?«, fragte Sabine Betel. »Ich bin nämlich ein Fan von ihr. Sie hat doch in ›Schloss Erlenbuch‹ mitgespielt«, brachte sie zögernd hervor.

»Nein, sie hieß tatsächlich so«, erklärte Biernatzky. »Ihr Vater ist Italiener.«

»Oh«, flüsterte die junge Frau und lächelte.

»Na, da ist die Petrelli sicher noch in ihrer Achtung gestiegen«, sagte Biernatzky und schloss achselzuckend die Tür. Dann seufzte er. »Das ist ja mal wieder wie immer. Sie kann ja nichts dafür. Aber sonst, die anderen? Keiner weiß was, keiner hat was gesehen.«

Sie baten Maximilian Fender, sie zuerst zu jenem Flur zu führen, von dem Bertram Gunthers Zimmer abging. Außerdem mussten sie feststellen, wo die Zimmer von Herrn von Arenz, Frau Baum und Frau Wagner lagen.

Der Direktor nickte. »Hab ich mir schon gedacht, dass Sie das wissen müssen. Herrn Gunthers Zimmer liegt im zweiten Stock. Nummer 217. Direkt daneben wohnt Frau Baum, in Zimmer 216. Das Zimmer hat eine Verbindungstür. Die Eheleute wollten allerdings, dass die Tür verschlossen bleibt. Jeder halt, wie er's mag, nicht?« Der Direktor sah die beiden Kommissare an und fuhr fort. »Zimmer 215 wird von Herrn von Arenz bewohnt. Ihm gegenüber ist Frau Wagner untergebracht. In Zimmer 212.«

»Gut. Wären Sie so nett, Herr Fender, uns jetzt den Weg in die Sauna und ins Schwimmbad zu zeigen?« Biernatzky zog eine Stoppuhr aus der Tasche.

Sie gingen den Gang entlang, riefen den Fahrstuhl, fuhren hinunter in das Souterrain, traten auf den Flur und gingen dann geradeaus, bis sie vor dem Eingang zur Sauna standen.

»So, hier rechts durch den Torbogen. Wenn Sie weiter geradeaus und vorne links durch die Glastür gehen, kommen Sie direkt ins Schwimmbad«, erläuterte der Hotelchef.

»Man muss auf jeden Fall an der Sauna vorbeigehen, wenn man ins Schwimmbad will?«, fragte Kramer.

Fender nickte.

»Aber von der Sauna aus kann man durch die Duschen auch direkt in das Schwimmbad gehen?«

Erneut nickte Fender. »Den Duschbereich kann man von zwei Seiten betreten. Die eine Tür geht von der Sauna zu den Duschen, die andere vom Schwimmbad.«

»Vielen Dank, Herr Fender, wir kommen jetzt allein zurecht.«

Nachdem der Direktor sich empfohlen hatte, drehte Kramer sich seinem Assistenten zu. »Was denkst du?«

»Dasselbe wie du. Wir können uns die Zeitstopperei eigentlich gleich sparen, denn so, wie die Sache aussieht, kann jeder, der auf dem Weg ins Schwimmbad war, hier vorbeigegangen sein und den Stuhl vor die Sauna gestellt haben. So, wie eigentlich auch jederzeit einer vom Schwimmbad durch die Dusche oder auf dem anderen Weg hier vorbeigekommen und auf demselben Weg dann wieder verschwunden sein kann. Und natürlich kann auch jemand einfach hierhergekommen sein und den Stuhl hingestellt haben, ganz ohne Schwimmbad, Duschen oder Sauna.«

»Hier kommen wir jedenfalls nicht weiter«, stimmte Kramer zu. »Dennoch sollten wir zusammen mit der Spurensicherung den vermutlichen Tathergang nachstellen. Lass uns jetzt noch mal hochgehen zu den Zimmern. Werden nicht um diese Zeit die Betten gemacht?«

Biernatzky grinste. Er wusste, worauf Kramer spekulierte. Einen Durchsuchungsbefehl hatten sie nicht.

Svenja stieg auf den Startblock und atmete tief ein. Während sie sprang, atmete sie aus. Nach einem gekonnten Startsprung tauchte sie fast geräuschlos ins Wasser, nutzte den Schwung und schwamm los. Die gewohnte Euphorie stellte sich nach kurzer Zeit ein. Euphorie über das Element Wasser, über die

Bewegung ihres Körpers, über die schwindende Anspannung. Sie zog Bahn um Bahn. Mit der Zeit wurden ihre Armschläge langsamer und ruhiger. Die Gedanken flossen davon wie das Wasser, das sie mit ihren Armen wegpflügte. Nachdem sie sich genug verausgabt hatte, hielt sie sich am Rand fest, lockerte ihre Beine ein wenig und machte sich dann auf den Weg in die Sauna. Sie legte ihr Handtuch auf eine Bank und genoss die Wärme, die nach dem Schwimmen in dem kalten Wasser gut tat. Sie musste wieder an die tote Schauspielerin denken und war plötzlich froh, nicht allein in dieser Schwitzbox zu sitzen. Wie mochte diese Frau sich gefühlt haben? Sie musste völlig verzweifelt gewesen sein, nachdem ihr klar geworden war, dass sie dort nicht mehr lebend herauskommen würde. Was dachte man in solch einem Moment? Schloss man mit seinem Leben ab und ließ das Schöne und das weniger Schöne Revue passieren? Dachte man an seine Freunde, an seine Eltern? Oder war man so in Panik, dass man gar nichts denken konnte? Vielleicht hatte die junge Frau bis zum Schluss darauf gehofft, dass ihr Geliebter zurückkommen und sie retten würde? Merkwürdigerweise fand Svenja diesen Gedanken tröstlich. Auch wenn es keine Rettung gegeben hatte… Sie selbst würde lieber mit als ohne Hoffnung sterben.

Sie stand auf.

Unter der kalten Dusche schnappte sie nach Luft und schüttelte sich. Danach legte sie sich, in ihren leuchtend blauen, flauschigen Bademantel eingepackt, in den Ruheraum. Sie genoss das Gefühl der Wärme, die wieder in ihren Körper strömte, und fühlte sich angenehm frisch und gleichzeitig müde.

Bevor sie die Augen schloss, meinte sie zu sehen, wie eine Frau in ihrem eigenen Bademantel näher kam. Verwundert sah sie an sich herunter. Sie hatte ihren Frottiermantel an, kein Zweifel.

»Svenja, hallo! Hast du heute auch frei?« Es war Rosi Tiefenbach, die Sekretärin ihres Chefs Paschke.

»Rosi, na, das ist eine Überraschung!« Svenja blickte an der Kollegin hoch. »Ich musste gerade zweimal hinschauen. Dein Bademantel sieht fast aus wie meiner.«

Rosi sah von Svenja zu sich und lächelte. »Meiner ist sicher mindestens eine Nummer größer… Aber du hast Recht. Wir könnten uns ja mit Gerd einen Spaß erlauben. Er ist noch in der Sauna.«

Svenja sah sie nachdenklich an. »Ihr beide geht gemeinsam aus?«

»Ach, während des Tages und hier im Bad wagen wir es manchmal.« Rosi lächelte. »Es ist ja eigentlich auch ganz egal. Aber wir könnten uns hier ja immer zufällig getroffen haben.«

»Das heißt, es gibt gar keinen Grund für eure Zurückhaltung?«

»Nicht mehr, nein. Wir genießen inzwischen eher die Situation. Vielleicht ist es auch eine Marotte geworden. Aber es hat etwas Besonderes. Und besonders ist unsere Beziehung wirklich.«

Svenja sah die Kollegin an. Rosi strahlte eine Ruhe und Zufriedenheit aus, um die sie sie beneidete. Sie wollte nicht fragen, wie die Sache zwischen ihr und Schussi begonnen hatte, doch sie vermutete, dass es eine romantische Geschichte war.

»Wie lange seid ihr jetzt schon ein Paar?«

»Ein richtiges Paar sind wir erst seit sechs Jahren. Wir kennen uns allerdings schon seit fast fünfundzwanzig Jahren.«

»Du liebe Zeit!«, entfuhr es Svenja.

Rosi lachte. »Ja, das hört sich sehr seltsam an, ich weiß. Aber es hat sich vorher einfach nicht ergeben.«

Svenja versuchte nicht mehr, ihre Neugier zu unterdrücken. »Habt ihr tatsächlich nach all der Zeit erst festgestellt, dass ihr euch gegenseitig mehr bedeutet? Kam das plötzlich?«

»Nein.« Rosi seufzte. »Mir war es schon immer klar. Vom ersten Moment an. Ich kam nach der Höheren Handelsschule damals als Sekretärin zunächst zur Polizeidirektion. Gerd war Polizeimeister. Nach zwei Jahren habe ich gewechselt, weil die Tätigkeit für Paschkes Vorgänger einen Aufstieg bedeutete. Und der Rechtsmediziner war ein wirklich netter und feiner Chef. Trotzdem hatte ich beruflich manchmal mit Gerd zu tun. Er war so nett und ich merkte, dass auch er sich immer sehr freute, wenn wir uns zufällig trafen.«

»Aber?«

»Ich war damals verlobt. Du musst überlegen, welche Zeit das war... Konstanz war damals noch nicht so, wie du es kennst. Die Universität hat das Gesicht dieser Stadt erst nach und nach verändert – sehr zum Besseren übrigens. Bis in die späten Siebzigerjahre hinein waren die Leute hier sehr katholisch, vor allem, was die guten Sitten betraf. Man konnte nicht einfach tun, was man wollte. Als junge Frau traute ich mich das auch gar nicht. Mein damaliger Zukünftiger war ein imposanter Kerl; er sah gut aus und studierte Medizin, was meine Eltern gerne sahen. Als er sein Studium endlich beendet hatte und seine Facharztausbildung in der Psychiatrie begann, wurde bald klar, dass er eine Behandlung dringender brauchte als jeder seiner Patienten.«

Svenja sah sie an.

»Eine andere Geschichte. Er hatte eine psychopathische Persönlichkeitsstörung und ist aus der Klinik nicht wieder herausgekommen. Soviel ich weiß, ist er immer noch dort.«

»Wie schrecklich!« Svenja schlang die Arme um ihren Oberkörper.

»Eigentlich nicht. Es ist gut, dass es so gekommen ist. Wäre ich bereits mit ihm verheiratet gewesen, hätte ich es schwerer gehabt. Körperverletzung und Vergewaltigung in der Ehe waren damals noch keine Straftatbestände.«

Svenja holte Luft. Sie konnte es kaum fassen. Es gehörte wirklich etwas dazu, einer solchen Situation etwas Positives abzugewinnen.

»Gerd hat mich damals gerettet. Auch das ist eine längere Geschichte. Er wurde zu diesem denkwürdigen Einsatz von seinem eigenen Polterabend weggeholt. Weitergefeiert hat er nicht mehr, aber er hat am nächsten Tag Brigitte geheiratet, die Mutter seiner beiden Kinder. Die kamen eineinhalb Jahre später auf die Welt. Zwillinge.«

Svenja hörte aufmerksam zu. Aus Rosis Mund hörte sich die Geschichte ganz alltäglich an, aber ein solcher Lebensweg war sicherlich alles andere als einfach gewesen.

»Wie hast du all die Jahre gelebt?«

»Nach dem Erlebnis mit Karl hatte ich lange Zeit kein Bedürfnis, mich einem Mann zu nähern. Gerd wäre die Ausnahme gewesen, aber nachdem er gesehen hatte, dass ich an meiner Verlobung festhielt, hat er eben die Sandkastenfreundin geheiratet. Das hat mich geschmerzt, sicher«, nickte Rosi, als sie Svenjas fragenden Blick sah. »Aber da war nichts zu machen, ich war sogar selbst schuld, dass es so gekommen ist. Hätte ich den Mumm gehabt, zur richtigen Zeit mit Karl Schluss zu machen, hätten sich die Dinge anders entwickelt. Die Gefühle für Gerd sind über die Jahre allerdings nicht verblasst, im Gegenteil. Je länger ich ihn kannte und mit ihm zusammenarbeitete, desto tiefer wurden sie. Ich wusste, dass es sich um eine Art Seelenverwandtschaft handelte. Noch immer handelt, übrigens.« Sie lächelte. »Als seine Ehe nach einigen Jahren zerrüttet war, hat er mir offenbart, dass er dieselben Gefühle hegte wie ich. Schon immer gehegt hatte, von Anfang an. Damals kannten wir uns knapp zehn Jahre. Ich war überwältigt und verwirrt, dachte, vielleicht würde sich nun doch alles wenden. Aber in diesen Tagen, ausgerechnet, lernte ich bei einem

Betriebsfest seine Frau kennen. Brigitte war kein einfacher Mensch, sie ist sprunghaft und unzufrieden. Und es war klar, dass sie es ohne Mann mit den beiden Kindern nicht schaffen würde. Da ich zur Freizeitgeliebten nicht tauge, habe ich innerlich einen Schlussstrich gezogen. Ich habe Gerd überredet, zur Eheberatung zu gehen. Für ihn wäre es ohnehin nicht infrage gekommen, seine Kinder im Stich zu lassen.«

Sie hielt inne und blickte in Svenjas Gesicht. »Ich überschütte dich mit einem Wortschwall ohnegleichen. Das muss daran liegen, dass ich die Geschichte noch fast nie erzählt habe.«

»Das weiß wirklich niemand? Ich kann mir das gar nicht vorstellen«, erwiderte Svenja. »Aber wie ging es weiter?«

Rosi lachte. »Die nächsten neun Jahre gingen ohne besondere Ereignisse ins Land. Ich habe ein oder zwei Mal versucht, einen Partner zu finden. Das ging natürlich so nicht, jedenfalls nicht lange. Von dem Vergleich mit Gerd kam ich nie los, und mit all den Zugeständnissen zu leben, nur um nicht allein zu sein, erschien mir wie Selbstbetrug. Gerds Kinder wurden älter und schließlich erwachsen. Brigitte schmiss den ganzen Familienkrempel, wie sie sich ausdrückte, schließlich hin und zog zu einer Freundin nach Ibiza. Sie hat übrigens nie geahnt, dass Gerd etwas mit mir verband. Tja, und so kam es, dass er und ich vor ein paar Jahren zufällig zum ersten Mal sozusagen gleichzeitig frei waren.«

Svenja war gespannt. »Und was passierte dann? Seid ihr euch glücklich in die Arme gesunken?«

»Du wirst lachen, nein. Das ist vielleicht verrückt, aber ich hatte richtig Angst. Es war immer ein ganz besonderes Gefühl gewesen, wenn Gerd und ich uns sahen. Unsere Blicke, jede zufällige Berührung … Was, dachte ich, wenn sich das als Irrtum herausstellen würde? Wenn vielleicht nur diese Situation, die uns wie die Königskinder nicht zusammenkommen ließ, die Ursache war, dass es kribbelte, und mehr nicht? Ich habe tatsächlich lange gezögert, fürchtete mich davor, ein Vierteljahrhundert einem Gefühlsirrtum aufgesessen zu sein. Das wäre schlimmer gewesen als dieser gar nicht so unangenehme Zustand, in dem ich mich befand. Schließlich war ich mir seiner Zuneigung sicher, das war sehr schmeichelhaft. In diesem Sinne war die ganze lange Zeit für mich auch keine verlorene Zeit. Auf meine Art habe ich sie durchaus genossen.« Sie musste lachen. »Nein, so weltfremd bin ich dann doch nicht. Dass es dann geklappt hat, und zwar richtig gut, ist die Krönung der Geschichte.« Erneut sah sie Svenja an. »Voilà, junge Frau. Das Happyend.«

Svenja schüttelte den Kopf. »Ich bin ganz fertig.« Sie sah sich um. »Wo ist denn dein Mann aller Männer überhaupt?«

»Gerd hat vorhin durch die Glastür signalisiert, dass er schwimmen geht. Ich denke, er wollte uns nicht stören«, erwiderte Rosi. Sie sah auf die Uhr. »Es ist schon spät. Lass mich noch kurz wissen, wie es dir geht. Im Institut frage ich nicht so gern. Du weißt schon.«

»Unser gemeinsamer Chef?« Svenja grinste schief. »Sicher würde er sich auf charmante Weise am Gespräch zu beteiligen wissen.« Die Kollegin wartete noch auf eine Antwort. Svenja wusste, dass sie nicht aus Höflichkeit fragte. Sie zuckte mit den Schultern. »Ganz gut, doch. Alles läuft – die Arbeit ist interessant, die Stadt wunderschön.« Sie betrachtete ihre Hände. »Ich hätte es mir leichter vorgestellt, Leute kennen zu lernen. Aber ich bin auch nicht der Mensch, der mit offenen Armen auf andere zugeht.«

»Und was denkst du über die neue Stellensituation?«

»Was meinst du?«

In diesem Moment klopfte Gerd Schussmann erst an die Tür und dann an seine Uhr. Rosi nickte und erhob sich.

»Du wirst gehört haben, dass der Sektionsleiter deinen Namen ins Spiel gebracht hat, als über die neue Planstelle gesprochen wurde.« Sie nahm ihr Handtuch. »Ich muss. Lass uns ein anderes Mal weitersprechen.« Spontan legte sie Svenja die Hand auf die Schulter. »Wir sollten uns mal wieder am Abend treffen.«

Als sie Rosi durch die vordere Tür gehen sah, musste Svenja daran denken, wie abweisend ihr die ältere Kollegin in der ersten Zeit vorgekommen war. Sie war auf für Svenjas Geschmack übertriebene Weise korrekt gewesen, aber das war sie eigentlich immer noch. Vielleicht baute man sich einen solchen Schutzschild, wenn man seinen Gefühlen jahrelang nicht nachgeben durfte.

Die Sache mit der Stellenbesetzung hatte sie jedenfalls gerade zum ersten Mal gehört. Aber Paschke würde ihr ohnehin ein Bein stellen, da brauchte sie sich keine Hoffnungen zu machen. Sie erhob sich und beschloss, noch einmal schwimmen zu gehen.

Als Hortense das Rosgartencafé betrat, war es bereits kurz nach zehn. Sie hatte sich mit ihrer Tochter Sybille für zehn Uhr verabredet. Sybille kam nicht gern zu ihr nach Hause, in das Haus im Weinberg, das wusste sie. Teilweise mochte das daran liegen, dass sie Clemens nicht treffen wollte; sie sahen sich ohnehin häufig in der Polizeidirektion. Doch Hortense vermutete auch, dass es ihrer Tochter etwas ausmachte, die häusliche Idylle dort auf sich wirken zu lassen. Sie hatte Sybille damals bei der Trennung gesagt, dass sie einen Fehler mache. Und dass sie, Hortense, sich um Pauline und damit indirekt auch um Clemens kümmern werde. Sybille hatte das teils erleichtert, teils geringschätzig aufgenommen. Hortense kannte ihre Tochter. Auch bei den Treffen mit ihr hatte sie diese beiden Seiten. Wenn sie Hortense kritisierte, sprach aus irgendeinem kleinen Winkel ihres Herzens doch die Sorge um die Mutter. Hortense wusste das, doch sie konnte die Gefühlskälte, die Sybille nach außen verkörperte, nicht akzeptieren.

Sie blickte sich im Café um. Ein Stück weiter hinten sah sie

Sybille an einem kleinen Zweiertisch sitzen. Ihre Tochter sah ungeduldig auf die Uhr und trommelte mit den Fingern auf die Tischplatte. Vor ihr stand eine Tasse Cappuccino.

»Wo bleibst du denn?« Sybille sah ihre Mutter ungnädig an.

Hortense erklärte geduldig, sie sei aufgehalten worden, setzte sich und bestellte sich ein Kännchen Kaffee und ein Stück Apfelkuchen. Sybille fragte nach dem Ergebnis von Hortenses letzten Arztbesuchen. Hortense antwortete ausweichend und verschwieg, dass sie einen der Termine abgesagt hatte, da sie sich zu dem Zeitpunkt bereits viel besser fühlte. Sie erzählte von den Dreharbeiten.

»Und Clemens hat nichts dagegen, dass in seinem Haus ein solches Durcheinander veranstaltet wird?« Sybille musterte ihre Mutter ungläubig.

»Was für ein Durcheinander? Die Filmleute sind gut organisiert. Da läuft alles wie am Schnürchen. Und weißt du, diese Johanna Baum ist schon eine tolle Schauspielerin. So gut wie ihr Vater. Er war mal in Bregenz bei den Festspielen. Dein Vater hatte Karten gekauft. Weißt du das noch? Aber nein, ich täusche mich, da warst du noch gar nicht auf der Welt.« Hortense schenkte sich Kaffee nach.

»Bitte, Mutter, lenk nicht vom Thema ab. Was sagt Clemens wirklich zu den Dreharbeiten in seinem Haus?«, beharrte Sybille.

Zögernd erzählte Hortense, dass er sich vorübergehend ausquartiert hatte. Sie konnte ihre Tochter nicht anlügen, auch wenn sie wusste, was folgte.

»Clemens hat was gemacht? Er ist ausgezogen? Und lässt dich und Pauline im Haus allein?« Auf Sybilles Hals bildeten sich rote Flecken. »Das kann ich nicht glauben!«

»Aber Sybille, jetzt beruhige dich doch. Es ist doch nur für zwei Wochen. Wir kommen prima zurecht. Auch für Pauline ist das spannend.«

Die Tochter sah die Mutter mit kaltem Blick an. »Clemens

vernachlässigt seine Aufsichtspflicht und überlässt seine Tochter lieber einer alten …« Sie hielt inne.

Hortense ließ die Kuchengabel sinken und starrte ihre Tochter an.

»Du gehst zu weit, Sybille. Das muss ich mir von dir nicht bieten lassen.« Sie stand auf und nahm ihre Handtasche. »Vielen Dank für die Einladung.«

Sie drehte sich um, ohne ihre Tochter noch einmal anzusehen, und verließ das Café.

Biernatzky und Kramer traten aus dem Aufzug. Kramer hatte Recht gehabt. Vor einem Zimmer stand ein Wagen mit Bettzeug, Reinigungsmitteln und einem Müllsack. Das Zimmermädchen kam gerade aus Zimmer 217 heraus.

»Guten Morgen. Wären Sie bitte so nett und würden uns kurz einen Blick in die Zimmer 217, -16, -15 und -12 werfen lassen? Wir bringen auch nichts durcheinander.« Das Zimmermädchen sah Kramer zweifelnd an. Als Biernatzky seinen Dienstausweis zückte, schloss sie die Zimmertüren auf.

»Du weißt, dass wir nichts von dem, was wir jetzt eventuell finden, vor Gericht verwenden können, ja? Wir haben keinen Durchsuchungsbefehl«, wendete Biernatzky ein.

»Was, keinen Durchsuchungsbefehl? Lass das mal nicht die Staatsanwältin wissen!«, grinste Kramer.

Auch wenn er Korrektheit schätzte und selbst praktizierte, wann immer es ging, war ihm der kleine Dienstweg in manchen Dingen näher. Bei Aktionen wie dieser ging es ihm weniger darum, mögliche Beweismittel zu finden. Vielmehr hing es oft von seinem persönlichen Eindruck ab, ob sie in einem Fall den entscheidenden Schritt weiterkamen. Die Umgebung der Beteiligten half ihm, ein Bild von den Menschen zu bekommen. Dass es sich hier nur um Hotelzimmer handelte, war nicht gerade hilfreich, jedoch nicht zu ändern.

Er öffnete die Tür zu Bertram Gunthers Zimmer. Die Männer

sahen sich um. Sie warfen einen Blick in das Badezimmer und in den Schrank. Nichts Auffälliges. Biernatzky schnupperte an Gunthers Rasierwasser. Auf dem Nachttisch lag ein Buch mit dem Titel »Die Kunst des Liebens«.

»Ich dachte immer, Fromm liest man nach dem ersten Liebeskummer«, meinte Kramer.

»Wat meenste?« Biernatzky schaute Kramer stirnrunzelnd an. »Is det so 'ne Art Kamasutra?«

Kramer überging den Einwurf seines Kollegen. »Oder er beschäftigt sich wieder neu mit dem Thema«, überlegte er.

Biernatzky prüfte die Verbindungstür. Sie war tatsächlich verschlossen.

Sie verließen das Zimmer und betraten das nächste. Kramer ging auf den Schrank zu, während Biernatzky sich wieder mit dem Badezimmer beschäftigte.

»Schau mal, Clemens.« Es klirrte. »Oh Mist!«

»Was machst du denn, Axel?«, seufzte Kramer.

»Nüscht passiert. Mir ist nur das Parfum hier heruntergefallen. Ist aber heil geblieben. Guck dir das mal an. Sieht hier aus wie in einer Parfümerie. Hautstraffende Körperlotion, Anti-Cellulite-Gel, Q-10-Nachtcreme, Gesichtsmaske für die frische Haut, Fältchencreme für die Augen…«, las Axel die Etiketten der zahlreichen Fläschchen, Tuben und Tiegel vor. »Hier scheint jemand viel für die Schönheit zu tun.«

»Oder gegen das Alter…«

»Vielleicht hatte sie Angst, sie könnte mit der makellosen Haut von Paloma Petrelli nicht mithalten. Meinst du, sie hat sie deshalb umgebracht?«

Kramer zuckte die Schultern. Sein Blick fiel auf den Schreibtisch, auf dem eine Menge Papiere lagen. Kramer schaute sich jeden Stapel an. Obenauf lag das Drehbuch des Krimis. Daneben fand er ein Textbuch von »Cyrano de Bergerac«. Kramer erinnerte sich daran, es im Französischunterricht gelesen zu haben. Damals hatte es ihn berührt. Er legte das Buch auf den

Tisch zurück. Eine Dreiecksgeschichte, die älteste aller Geschichten. Nur, dass Cyrano seine Eifersucht bewältigt zu haben schien. Das passierte im wirklichen Leben fast nie. Die Schauspieler hatten offensichtlich einen Hang zu großen Gefühlen. Aber was war mit dem Mord? Ebenfalls eine Tat aus Leidenschaft? Wusste Johanna Baum von der Affäre ihres Mannes und tötete Paloma Petrelli, weil sie nicht wollte, dass ihr Mann sie verließ? War es das klassische Eifersuchtsmotiv?

Die Zimmer der Regieassistentin und des Regisseurs schienen weniger wichtig. Dennoch warf Biernatzky einen Blick in 212 und Kramer sah sich bei Friedrich von Arenz um. Der Assistent stieß nach wenigen Minuten zu Kramer.

»Nichts. Und bei dir?«

Kramer öffnete wortlos den Kleiderschrank, auf dessen Boden drei leere Whiskyflaschen, zwei leere Weinflaschen und eine Flasche, in der einmal Grappa gewesen war, standen.

»Hat der gestern eine Party gefeiert?«

»Die Mischung sieht mir eher nach Eigenbedarf aus. Axel, es wird Zeit, dass du den Geheimnissen des Herrn hier auf den Grund gehst.«

Biernatzky nickte. »Ich werfe mich gleich nachher an den Computer. Fitzelrecherche ist eine meiner Stärken.«

»Ich weiß.« Kramer schloss die Tür und trat auf den Flur. »Lass uns was essen gehen. Bei so viel Hochprozentigem bekomme ich Hunger auf etwas Handfestes.«

Sie fuhren zu Ismails Dönerstand. Biernatzky bestellte sich einen Döner mit viel Zwiebeln und extra viel Tsatsiki. Kramer entschied sich für die vegetarische

Variante. Sie suchten sich einen freien Stehtisch.

»Was ist denn mit dir los?«, fragte Biernatzky erstaunt.

»Pauline hat mir nahe gelegt, weniger Fleisch zu essen. Im Greenteam beschäftigen sie sich gerade mit Massentierhaltung.« Er zuckte mit den Schultern. »Und sie hat ja Recht. Ungesund ist es außerdem«, erklärte Kramer.

Biernatzky warf einen zweifelnden Blick auf das viele Gemüse zwischen Kramers Fladenbrothälften. Schweigend aßen sie.

»Was meinst du, wer hat die Petrelli umgebracht?«, fragte Biernatzky schließlich.

Kramer betrachtete seinen Döner. Das Problem mit vegetarischen Gerichten war oft, dass sie nebenbei und als Notlösung bereitet wurden und deshalb fad schmeckten. Aus diesem Grund kam er immer wieder auf seine alten Lieblingsgerichte zurück. Er seufzte und wünschte sich weit weg in den Schwarzwald zu seinem Freund Claus Weitbrecht. Vielleicht hätte ein gutes Essen seine Gedanken auf Trab bringen können? Momentan wusste er nur, wer Paloma Petrelli vermutlich nicht getötet hatte. Aber nicht einmal da konnte er sich sicher sein. In all den Jahren, die er nun schon als Kriminalkommissar arbeitete, hatte er gelernt, dass man sich in Menschen grundlegend täuschen konnte. Doch er wusste auch, wann seinem eigenen Gefühl zu trauen war. In diesem Fall hatte sich aber ein solch starkes Gefühl noch nicht eingestellt.

»Hm. Ich glaube noch immer nicht, dass es Gunther war. Warum sollte er seine Geliebte töten?«, antwortete er.

»Vielleicht hatte sie zu große Ansprüche und er stellte fest, dass er vom Regen in die Traufe gekommen war?«

»Als Mordmotiv ist das zu schwach. Er hätte ihr ja nur den Laufpass geben müssen.« Er zog die Stirn in Falten. »Eine merkwürdig blasse Figur ist noch die Regieassistentin. Kümmern wir uns zu wenig um sie?«, überlegte Kramer.

Biernatzky nahm einen Schluck Ayran und fuhr sich mit der

Zunge über die Oberlippe. »Welchen Grund sollte sie haben? Es sieht nicht so aus, als hätte sie mit der Petrelli irgendwas zu tun gehabt. Sie kann nicht neidisch auf ihre Rolle gewesen sein, weil sie keine Schauspielerin ist. Gunther ist auch nicht ein solcher Traummann, dass man glauben würde, er hätte noch eine junge Verehrerin. Klar, sie benimmt sich abweisend und unwirsch, aber bei ihr sehe ich nun überhaupt kein Motiv, nicht einmal ein schwaches.«

Kramer ging zu Ismail und bestellte sich noch einen Espresso. Er brachte Biernatzky eine Serviette mit.

»Also, ich finde, dass die Baum verdächtig ist.« Biernatzky hatte die Spuren des Mittagessens beseitigt. »Überleg doch mal. Ihr Mann hat eine Affäre mit einer Frau, die beinahe ihre Tochter sein könnte. Und dass sie davon nichts wusste, kannste mir nicht erzählen. Wieso treffen sich dieser Gunther und die Petrelli sonst sichtbar für alle in der Sauna? Sie hat in ihrem Bad eine halbe Drogerie stehen. Das ist doch alles mehr als auffällig. Übrigens kann bisher niemand bezeugen, dass sie wirklich auf ihrem Zimmer war.«

Kramer warf den Rest seines Mittagsmahls in den Müll. »Ich kann mir allerdings vorstellen, dass mehrere Damen im gesetzten Alter solch eine Drogerie in ihrem Bad aufstellen, ohne deshalb gleich unter Mordverdacht zu geraten«, erwiderte er. »Manche Menschen vertragen das Altern schlecht. Und für Schauspielerinnen ist ihr Körper einfach ihr Kapital. Lass uns ins Büro fahren. Ich will heute noch mit ihrer Agentin telefonieren.«

Auf dem Rückweg vom Schwimmbad hatte Svenja einen Abstecher auf den Markt gemacht. Mit Tüten beladen kam sie schließlich nach Hause und sah, dass Lars nicht mehr in der Wohnung war. Seine Sachen hatte er mitgenommen. Svenja atmete auf. Das bedeutete, dass es vorerst keine Diskussionen mehr gab. Doch sie war sich nicht sicher, ob sie wirklich den

Kontakt zu ihm ganz abbrechen wollte. Sie hatten einige Jahre zusammen verbracht; als Freund wollte sie ihn nicht verlieren.

Sie hatte Hunger. Im Dienst aß sie mittags meist belegte Brote oder ging zu einem Stehimbiss. An freien Tagen wie heute kochte sie ab und zu ganz gern. Dabei konnte sie außerdem am besten nachdenken. Der Mord an der Schauspielerin ging ihr immer noch im Kopf herum. Sie packte ihre Einkäufe aus und begann zu kochen.

Als der kleine Auflauf im Ofen brutzelte, packte sie ihre Badesachen aus. Das Handtuch steckte sie gleich in die Waschmaschine. Als sie den Bademantel aus der Tasche zog, dachte sie daran, was für ein Zufall es war, dass Rosi beinahe denselben Mantel hatte wie sie selbst. Sie überlegte. Was hatte Rosi vorher gesagt? »Wir könnten uns mit Gerd einen Spaß machen?« Sie meinte, er hätte sie verwechseln können. Über der Schilderung ihrer Geschichte hatten sie dann gar nicht mehr daran gedacht.

Aber irgendetwas war los mit dem Bademantel. Er beschäftigte Svenjas Gedanken noch beim Essen. Es musste mit dem Mord zusammenhängen. Den Bademantel der Getöteten hatte sie liegen sehen, bevor sie die Sauna betrat. Natürlich hatte sie ihn getragen, als sie in den Wellnessbereich kam. Er war weiß, wie alle ... Ja, natürlich! Er war weiß, wie alle Hotelbademäntel! Oder zumindest die meisten. Svenja schüttelte den Kopf. Es konnte auch sehr gut sein, dass Paloma Petrellis eigener Bademantel weiß war. Dennoch – das bedeutete nicht, dass er nicht hätte verwechselt werden können. Das Fenster zu der Schwitzbox war klein; wo das spätere Opfer saß, konnte von draußen nicht erkannt werden. Jeder hätte in der Sauna sein können. War es möglich, dass der Mörder jemand anderen hatte umbringen wollen? Aber wen?

Svenja ließ die Gabel sinken. Sie stand auf und sah aus dem Fenster. Je länger sie darüber nachdachte, desto unwahrscheinlicher erschien ihr der Gedanke wieder. Dieser Mord war eine gezielte Tat, da war sie fast sicher. Man unternimmt keinen Mordversuch, wenn man nicht gewiss sein kann, dass es sich um die verhasste Person handelt. Aber man konnte von außen nicht erkennen, dass die Petrelli in der Sauna saß, daran war nicht zu rütteln.

Die Spurensicherung hatte den Mantel für alle Fälle mitgenommen, wie auch die Handtücher und alles andere, was noch im Wellnessbereich gefunden worden war. Sie musste nur Schussi anrufen und ihn fragen, ob der Bademantel ein Hotelemblem hatte und ob sie etwas Besonderes gefunden hatten.

Svenja wählte die Nummer des Kollegen von der Spurensicherung. Keiner antwortete. Quatsch, fuhr es Svenja durch den Kopf. Schussi hatte ja heute ebenfalls frei! Er und Rosi waren wie sie selbst im Schwimmbad gewesen.

Sollte sie diesen unwahrscheinlichen Gedanken wirklich weiterverfolgen? Sie überlegte. Eine Möglichkeit war es immerhin. Es war ihr klar, dass sie die Idee nicht mehr aus dem Kopf bekäme, bis sie sie jemandem mitgeteilt hatte. Kramer war nach den unliebsamen Begegnungen, die sie mit ihm hatte, wenn sie eine Meinung zu einem Fall vertrat, nicht gerade ihr Wunschkandidat. Doch es blieb keine andere Möglichkeit. Am Telefon wollte sie es ihm aber jedenfalls nicht sagen. Sie beschloss, zu Kramers Haus zu fahren. Sein Gesicht und seine Reaktion konnte sie sich schon lebhaft vorstellen. Aber es half nichts.

Biernatzky ließ sich gleich am Computer nieder. Kramer setzte sich an seinen Schreibtisch. Er zog die Visitenkarte mit der Telefonnummer von Johanna Baums Agentin aus der Tasche und tippte die Nummer in die Tastatur seines Telefons. Es war ein Anschluss in Stuttgart.

Beim dritten Klingeln nahm Karen Garbrecht ab.

»Guten Tag. Mein Name ist Clemens Kramer von der Kriminalpolizei in Konstanz. Wie Sie vielleicht schon gehört haben, ist bei den Dreharbeiten zu dem Krimi, bei dem Frau Baum mitspielt, eine Schauspielerin ums Leben gekommen, Frau Paloma Petrelli. Ich rufe Sie an, weil Sie sie beide vertreten.« Kramer hörte zu und runzelte die Stirn. »Ihre Diskretion in allen Ehren, Frau Garbrecht. Ich kann darauf keine Rücksicht nehmen. Es geht um Ermittlungen in einem Mordfall.« Er verdrehte die Augen. »Nein, ich bin nicht von der Presse. Um sich zu vergewissern, dürfen Sie mich gern in der Polizeidirektion zurückrufen. Kriminalhauptkommissar Kramer, Clemens Kramer.« Er legte auf, erhob sich und ging zum Fenster. Nachdenklich sah er hinaus. Nach einigen Minuten drehte er sich um und sah das Telefon an. Es war richtig aufgelegt. Ärgerlich nahm er den Hörer und drückte auf die Wahlwiederholung.

Die Agentin entschuldigte sich damit, dass sie zwischendurch einen weiteren Anruf bekommen habe. Sie erklärte sich bereit, mit ihm zu sprechen, doch nicht am Telefon.

Kramer erwog die Möglichkeit, einen Stuttgarter Kollegen um Hilfe zu bitten. Einiges sprach dagegen. Der persönliche Eindruck würde ihm fehlen; er musste darauf vertrauen, dass sich im Laufe des Gesprächs weitere Hinweise ergaben. Jemand, der mit der Sache noch nichts zu tun gehabt hatte, konnte dies kaum erkennen. Andererseits … würde sich die Fahrt lohnen? Er seufzte und sah auf die Uhr. Karen Garbrecht schlug als Treffpunkt die Stufen vor dem Opernhaus vor. Das Große Haus, dachte er. So hatte es geheißen, als er seine Mutter noch zu den Abonnementvorstellungen begleitet hatte. Sie hatte die Plätze aufgegeben, als die Inszenierungen immer moderner geworden waren. Bis sechzehn Uhr konnte er dort sein. Es gab keine nennenswerte Spur in diesem Fall. Er konnte sie immerhin zu dem Opfer und auch zu einer Verdächtigen befragen.

Biernatzky blickte hoch. »Clemens, ich habe im Punkteregister in Flensburg nach unserem trinkfesten Regisseur geschaut. Da war ein Führerscheinentzug wegen Trunkenheit am Steuer, das ist schon ein paar Jahre her, aber er scheint sein Punkteregister mit einem Rabattheftchen zu verwechseln. Der ist fleißig am Sammeln.«

»Was ist mit unseren eigenen Akten? Gibt es etwas über den Unfall?«

»Nichts. Aber nach zwanzig Jahren … Wer weiß, wo das war und wie das aufgenommen wurde.«

»Bleib dran, Axel. Ich würde gern wissen, woher die Gehbehinderung stammt. Etwas an seiner Reaktion auf die Frage war merkwürdig. Auch wenn ich nicht sicher bin, ob uns das weiterbringt. Ich werde …«

Weiter kam Kramer nicht mehr, denn plötzlich wurde die Tür zu dem Büro der beiden Kommissare aufgerissen. Es war Sybille Kramer-Wieland anzusehen, dass sie keine gute Laune hatte.

»Clemens, ich muss mit dir reden.«

Biernatzky zog seine Baseballkappe zurecht und lächelte Kramer aufmunternd an. Er stand auf. »Wollte sowieso eben neuen Kaffee holen gehen.« Er verließ den Raum.

Kramer lehnte sich zurück und verschränkte die Arme vor der Brust. »Sybille. Worüber möchtest du denn gern reden?« Die wirksamste Waffe, die er gegen ihre gelegentlichen Angriffe hatte, war, gelassen zu bleiben.

Sie wurde ärgerlich. »Ich habe mich heute Vormittag mit Hortense getroffen. Ich glaubte, meinen Ohren nicht zu trauen. Du bist ausgezogen?«

Kramer musste grinsen.

»Ich wüsste nicht, was es da zu grinsen gibt!«, fauchte sie. »Du hast Verantwortung für ein Kind übernommen, schon vergessen?« Sie trommelte mit den Fingern auf das Bücherregal, neben dem sie stand. »Wo bist du hingezogen, wenn man fragen darf?«

Er legte den Kopf schräg und sah sie nachdenklich an. War Sybille etwa eifersüchtig?

»Das geht dich nichts an«, sagte er ruhig. »Ich wohne ein paar Tage woanders, weil ich ermitteln muss und meine Objektivität gefährdet wäre, wenn ich mit möglichen Verdächtigen unter einem Dach lebe.« Das entsprach zwar nicht ganz der Reihenfolge der Ereignisse, aber er hatte keine Lust auf ausufernde Diskussionen. »Außerdem ist Pauline ja nicht allein zu Hause. Deine Mutter Hortense kümmert sich wie immer eher zu viel als zu wenig um sie. Es steht mir zu, meine Aufsichtspflicht vorübergehend einer anderen geeigneten Person zu übertragen.«

Sybille Kramer-Wielands Augen funkelten noch immer. »Aber es werden Zeiten kommen, da wird Hortense mit ihr nicht mehr fertig werden«, zischte sie.

»So weit ist es noch lange nicht«, erwiderte Kramer, »und überhaupt: Hältst du deine Tochter für ein Monster? Sybille. Natürlich ist mein Beruf nicht weniger zeitraubend als deiner. Aber wir haben uns beide nichts vorzuwerfen. Pauline geht es gut und sie entwickelt sich bestens. Ich verstehe deine Bedenken. Ich mache mir selbst oft Gedanken darüber, ob wir für Pauline zu wenig Zeit haben. Es gibt keine Antwort darauf. Doch das Kind ist ausgeglichen, in der Schule unauffällig und gesund.«

Es war, als weiche die überschüssige Luft aus einem zu prallen Ballon. Sybilles Schultern senkten sich. Was sollte sie tun, wenn sie kein schlagkräftiges Argument für Paulines Vernachlässigung hatte? Sie nickte matt.

»Also gut, Clemens! Aber ich werde genau beobachten, was weiterhin passiert«, kündigte sie an.

Ja ja, dachte Kramer. Bis übermorgen. Und dann bist du wieder viel zu sehr mit deiner Arbeit beschäftigt, um dich um Pauline kümmern zu können. Aber er sagte nichts mehr.

Sybille wandte sich zur Tür. Kramer erhob sich und verließ mit ihr zusammen das Büro. Seine Ex-Frau ging nach rechts, er nach links. Als er zur Treppe kam, begegnete er Biernatzky.

»Axel, ich fahre nach Stuttgart. Die paar Stunden scheinen es mir wert. Es geht um die Aussage der Agentin; sie kennt wohl beide Schauspielerinnen näher. Und wir haben ansonsten so wenige Möglichkeiten, etwas über die beiden zu erfahren. Den Dienstwagen lasse ich stehen, ich nehme mein Auto. Der Schlüssel ist in meiner Schublade. Ich rufe dich später von unterwegs an.«

Der Assistent nickte. »Okay. Ist sie noch da?«, spielte er auf die Staatsanwältin an. »Brennt das Büro?«

Kramer grinste. »Keine Sorge. Es ging ganz glimpflich ab. Ach so …« Er drehte sich um, doch Sybille war nicht mehr zu sehen. »Ich habe vergessen, ihr den ersten Bericht zu geben. Würdest du das machen? Kannst ihn einfach in die Hauspost geben. Er liegt ganz oben im Ablagefach.«

Kramer stieg in seinen Karmann Ghia und startete. Er fuhr auf die Bundesstraße und über das Hegnauer Kreuz auf die Autobahn. Lieber wäre ihm die Route über Land gewesen. Doch er wollte nicht noch mehr Zeit investieren. Wenn er nicht in einen Stau geriet, konnte er es in zwei Stunden nach Stuttgart schaffen. Die zwanzig Minuten, die sein Oldtimer länger brauchte als einer der Dienstwagen, waren bereits einkalkuliert.

Er stellte das Radio an, schob die Kassette mit Al Jarreau ein und hing seinen Gedanken nach. Es war tatsächlich so: Sie wussten kaum etwas über die Schauspieler, das Opfer und die Verdächtigen. Über einander erzählten die Kollegen nicht gern etwas, sie hatten fast nichts herausbekommen. Es gab so gut wie keine Angehörigen, keine anwesenden Freunde. Das Filmteam war eine Art abgeschlossener Kosmos für sich. Und wer war überhaupt verdächtig?

Paloma Petrelli. Wer konnte sie so hassen, dass er sie einen grauenvollen Tod sterben ließ? Eine der wichtigsten Fragen, und sie stellte sich immer wieder ohne Aussicht auf eine Antwort. Sie waren nicht weitergekommen. Der vorläufige Obduktionsbericht lag neben ihm auf dem Beifahrersitz. Er hatte ihn bereits überflogen und nichts Auffälliges finden können. Wenn sie schwanger gewesen wäre, hätte Svenja es hier bereits angemerkt. Der endgültige Bericht stand zwar noch aus, doch er rechnete nicht mit neuen Erkenntnissen. Hatte die Kollegin gesagt, wann sie damit fertig sein würde? Er versuchte sich zu erinnern. Ihr verärgertes Gesicht fiel ihm ein, als er ihr den Bericht ohne viel Aufhebens im Vorübergehen aus der Hand genommen hatte. Er würde sie anrufen. Dann konnte er auch gleich fragen, ob sich ihrer Meinung nach noch etwas Unerwartetes ergeben könne.

Bei Sindelfingen wurde der Verkehr dichter und kam schließlich zeitweise zum Stillstand. Kramer schlug auf das Lenkrad. Er ließ die Kassette herausschnappen und stellte lauter, bis der Verkehrshinweis kam. Ein Unfall – zwölf Kilometer zäh fließender Verkehr. Er nahm sein Mobiltelefon, wählte die Nummer der Agentin und kündigte seine Verspätung an. Karen Garbrecht riet ihm, die nächste Ausfahrt zu nehmen, und erklärte ihm einen Schleichweg über den Schattenring.

Svenja knallte die Tür ihrer Ente zu. Auf der Suche nach den Filmleuten war sie zuerst noch einmal zu der Bäckerei gefahren, in der am Morgen Dreharbeiten stattgefunden hatten. Dort war niemand mehr gewesen. Dann war sie ins Hotel »Seeblick« gefahren, hatte dort jedoch auch niemanden angetroffen. Also machte sie sich doch auf den Weg zu der kleinen Straße »Im Weinberg«, zu Kramers Haus.

Sie öffnete die Gartentür und ging auf das Haus zu. Die Tür stand offen. Leute schwirrten auf dem Flur herum. Die Tür zum Wohnzimmer war geschlossen. »Bitte nicht stören« stand auf einem Schild, das schief darangeklebt war. Geradeaus lag die Küche und dort sah Svenja Pauline, die gerade mit einem weiteren Mädchen Kuchenstücke auf einen Teller legte.

Sie sah überrascht hoch. »Svenja! Hallo!«

Svenja begrüßte die beiden.

Pauline sah von Svenja zu Violetta. »Kennst du meine Freundin Violetta eigentlich? Stell dir vor, Violetta und ich proben gerade an einer Rolle. Sie will dem Regisseur vorsprechen.« Pauline strahlte. »Es ist alles echt spannend. Willst du auch bei den Dreharbeiten zuschauen?«

Svenja lächelte und schüttelte den Kopf. »Nein, ich bin sozusagen beruflich hier. Ich muss zu Herrn Gunther. Hast du ihn gesehen?«

»Ja, er sitzt draußen auf der Terrasse. Frau Baum spielt gerade im Wohnzimmer eine Szene. Da darf niemand rein.« Sie zuckte mit den Schultern. »Herr Gunther ist ihr Mann. Ich glaube, er ist traurig. Er hat sich einen Stuhl genommen und ist rausgegangen. Sitzt schon eine ganze Weile da.«

»Vielleicht kann ich ihm ja eine Tasse Kaffee mitbringen, was meinst du? Deine Großmutter hat doch sicher nichts dagegen.«

»Du kannst natürlich auch Kuchen mitnehmen«, bot Pauline großzügig an. Svenja überlegte. Schließlich ließ sie sich von den Mädchen zwei Stückchen Kuchen geben.

»Kommst du noch bei mir im Zimmer vorbei, bevor du gehst?«, fragte Pauline.

»Gerne«, versprach Svenja. »Wo ist es denn?«

Kramers Tochter erklärte es ihr.

Dann goss Svenja aus einer großen Thermoskanne Kaffee in eine Tasse, nahm die beiden Teller und ging auf die Terrasse.

Bertram Gunther saß zusammengesunken auf einem Stuhl und starrte ins Leere. Svenja erschrak, als sie seine fahle Gesichtsfarbe und die Ringe unter den Augen sah.

»Herr Gunther, guten Tag. Ich weiß nicht, ob Sie sich an mich erinnern. Svenja Michelsen, Rechtsmedizinerin. Ich habe Ihnen einen Kaffee und etwas Kuchen mitgebracht. Besonders den Kaffee sollten Sie trinken.«

Der Mann sah sie für einen Moment verständnislos an. Dann nickte er.

»Haben Sie etwas herausgefunden?«

»Nicht direkt.« Sie zögerte. »Eigentlich sind die Ermittler diejenigen, die Sie fragen müssten. Ich möchte Sie allerdings auch gerne etwas fragen. Frau Petrelli und Sie ... Sie waren ein Paar, oder?«

Gunther sah sie lange an. Dann senkte er den Blick und starrte in seinen Kaffee. Endlich nickte er. »Das habe ich aber gestern schon dem Kommissar erzählt.«

Svenja sah hoch und ließ ihren Blick durch den Garten schweifen. Wunderschön war es hier. Das Grundstück genoss offensichtlich keine regelmäßige Pflege, sondern verwilderte stellenweise, wodurch es zusammen mit dem Haus einen romantischen Eindruck erweckte. Unaufdringlicher Blickfang war eine leicht verwitterte steinerne Nymphe, die in ihren zu einem Kelch geformten Händen Wasser zu schöpfen schien. Allein wegen dieser alten Figur, die in keiner Weise kitschig war, hätte sie hier stundenlang sitzen können. Sie wandte sich wieder ihrem Gesprächspartner zu.

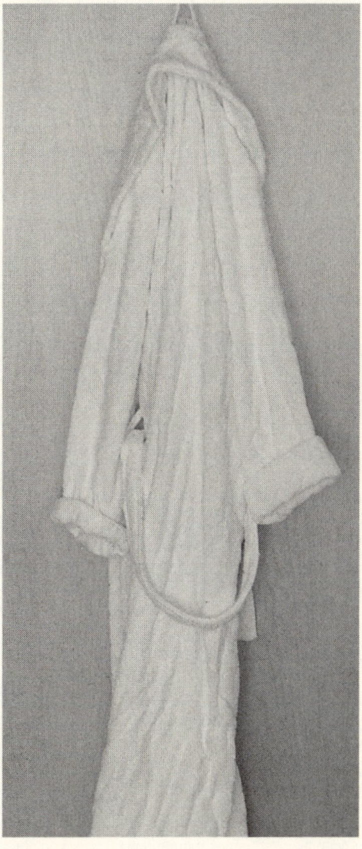

»Ich will auf etwas anderes hinaus, Herr Gunther.« Sie überlegte, ob der Mann, mit dem das Opfer nicht einmal zusammengelebt hatte, wissen konnte, was sie interessierte. »Frau Petrellis Bademantel – können Sie sich erinnern, wie er aussah?« Gunther runzelte die Stirn. »War es ihr eigener Bademantel, den sie trug?«

»Ich weiß, dass Frau Petrelli keinen Bademantel mitgenommen hatte. Sie hat mich selbst noch darauf aufmerksam gemacht, dass in den Badezimmern des Hotels Bademäntel bereitlagen. Da ich auch keinen mitgenommen hatte, habe ich gern auf den hoteleigenen Mantel zurückgegriffen.«

»Beschreiben Sie mir den Bademantel, bitte?«

»Es ist ein ganz einfacher, weißer Bademantel aus Handtuchstoff, wie heißt so was ...«

»Frottee?«

Gunther nickte. »Auf der Brusttasche ist ein S eingestickt. S wie Seeblick, nehme ich an.«

»Ich weiß, Sie haben das alles schon dem Kommissar erzählt. Und ehrlich gesagt habe ich keine Befugnis, Sie auszufragen.« Svenja sah ihn an. »Aber mir geht der Fall dieser jungen Frau nicht aus dem Kopf. Besonders ein Gedanke lässt mich nicht mehr los. Könnten Sie noch einmal wörtlich wiederholen, was Sie zu Frau Petrelli in der Sauna gesagt haben?«

Er sah sie an. Sie konnte sehen, dass sie seine Sympathie gewonnen hatte, allein dadurch, dass sie Interesse an ihm und am Schicksal seiner Geliebten zeigte.

»Natürlich. Befugnisse sind hier doch sowieso ganz egal.« Er schloss die Augen, wie um sich besser erinnern zu können. »Als ich aus der Sauna kam, wollte sie gerade hineingehen. Ich sagte zu ihr: ›Liebling, da bist du ja. Wo warst du denn so lange? Ich gehe unter die Dusche.‹ Dann betrat sie die Sauna, während ich gleichzeitig duschen ging.«

Svenja nickte. Sie hatte es geahnt. Die Möglichkeit, die sie gesehen hatte, war kein Hirngespinst. Sie musste ernsthaft in Betracht gezogen werden. Nun konnte sie nicht länger warten. Sie musste gleich in die Polizeidirektion und Kramer davon erzählen.

Es war bereits nach fünf, als Kramer endlich in der Tiefgarage aus dem Auto stieg. Wenigstens hatte er sich in Stuttgart nicht mehr verfahren. Er schaltete sein Handy aus und warf es ins Auto, bevor er die Tür zuschlug. Eine halbe Stunde konnte er vertreten, nicht erreichbar zu sein. Dann ging er die Treppen hinauf und kam an der Längsseite des Theatergebäudes ans Tageslicht. Vor den großen Treppen, die in das Haus hineinführten, stand eine Frau.

»Frau Garbrecht?«

Sie nickte.

»Ich bin Kriminalhauptkommissar Kramer.« Er sah auf die Uhr. »Sie mussten länger warten.« Er sah an ihr vorbei. Er hatte diese Fahrt wegen ihr antreten müssen. Sich für die Verspätung entschuldigen zu müssen, ärgerte ihn. »Es ging leider nicht schneller.«

Als er seinen Dienstausweis hervorziehen wollte, winkte Karen Garbrecht ab. »Schon gut. Wegen der Warterei ... Ich kenne den Verkehr rund um Stuttgart. Aber wenn ich mein Telefon dabeihabe, kann ich überall arbeiten. Wollen wir der Einfachheit halber gleich hier in die Theaterkantine gehen?«

Kramer schätzte die Agentin auf Ende vierzig. Sie hatte schulterlanges Haar in einem honigfarbenen Ton, das glatt herabfiel. Ihre Erscheinung passte zu seinem Eindruck am Telefon. Sie war zurückhaltend, hatte aber eine freundliche Ausstrahlung. Ihre Augen waren wach und blickten ihn direkt an, doch ihr Gesicht hatte einen traurigen Zug. Sympathisch, dachte er.

»Wie ist das Wetter am schwäbischen Meer?«, fragte sie, während sie voranging. »Ich habe mit meinem Freund ein Boot in Überlingen. Im Sommer sind wir jedes zweite Wochenende dort.«

Sie gingen auf den Pförtner zu, der sich erhob, Karen Garbrecht ansah und sich nach ihrem Befinden erkundigte. Kramer sah, dass es keine Höflichkeitsfloskel war.

»Geht schon.« Sie schloss kurz die Augen, nickte und lächelte den Mann an. »Danke, Herr Schlosser.«

Kramer folgte ihr, als sie sich wieder vorwärts wandte. Es ging abwechselnd in verschiedene Richtungen; Treppen hinauf und wieder hinunter. Schließlich öffnete sie eine Tür und betrat die Kantine. Kramer sah aus dem Fenster. Die Kantine befand sich im Erdgeschoss, nur wenige Meter von der Pforte entfernt.

»Erstaunlich, nicht? Aber es ist nicht die Schuld eines einzelnen Architekten. Die beiden Häuser sind durch einen Anbau verbunden worden. Immerhin wurde vermieden, dass man aus Versehen plötzlich auf der Bühne steht«, kommentierte die Agentin seinen Gesichtsausdruck.

Sie holten sich an der Theke Kaffee und Tee und setzten sich an einen Tisch am Fenster.

»Frau Garbrecht, Sie haben am Telefon bestätigt, dass Sie nicht nur Johanna Baums Agentin sind, sondern auch Paloma Petrelli vertreten«, begann Kramer.

Sie sah ihn an. »Das stimmt. Johanna Baum vertrete ich schon, seit ich als Agentin arbeite. Und das sind nun beinahe zehn Jahre. Frau Petrelli trat vor ungefähr eineinhalb Jahren an mich heran.«

»Wussten die beiden voneinander? Ich meine, wusste Frau Baum davon, dass Sie Frau Petrelli vertreten und umgekehrt?«

»Ich denke schon. Keine von beiden hat mich je darauf angesprochen. Frau Baum ist achtundvierzig, Paloma dreißig. Die beiden passen in den seltensten Fällen auf eine Rolle. Außerdem ...« Sie hielt inne und stellte ihre Tasse ab.

»Ja?« Kramer sah sie an. Sie erwiderte seinen Blick. Sie schien abzuwägen.

»Frau Baum und Paloma sind ... Sie haben ganz unterschiedliche Ansätze.«

»Inwiefern?«

Wieder sah sie ihn schweigend an. Kramer zog die Augenbrauen zusammen und setzte an, ihr klar zu machen, dass es sich bei ihrem Gespräch um eine Vernehmung handelte. Sie kam ihm zuvor.

»Ich weiß. Sie haben die Fahrt auf sich genommen, weil Sie sich von meiner Aussage Hinweise versprechen. Ich weiß nicht, inwieweit ich Ihnen helfen kann, doch glauben Sie mir, ich will auch nicht ausweichen.« Sie hielt kurz inne und sprach dann leiser weiter. »Wenn ich nicht einfach so drauflosrede, hat das mehrere Gründe. Nicht nur die Boulevardpresse, die den Schauspielern ständig auf den Fersen ist, hat mich vorsichtig werden lassen, schließlich habe ich eine gewisse Verantwortung für meine Klienten. Ich habe... ich bin zu der Überzeugung gelangt, dass man sich zu schnell ein falsches Bild von den Menschen macht. Das gilt besonders, wenn man sie nicht persönlich kennt, sondern nur von ihnen hört. Ich kenne Sie nicht, Herr Kramer. Sie haben Fragen, ich versuche, sie zu beantworten, und bitte Sie, nicht zu einfachen Urteilen zu gelangen.«

Kramer sah sie an. Karen Garbrecht wirkte trotz ihrer ernsten Worte noch immer freundlich. Er hatte sich keine Vorstellungen von einer Agentin gemacht, die Schauspieler vermittelte, doch ganz sicher hatte er nicht vermutet, dass sie an seine menschliche Integrität appellierte.

Er nickte. »Ihre Einleitung lässt mich aufhorchen. Ich bin gespannt.«

Sie schüttelte den Kopf. »So aufregend ist es gar nicht. Der langen Rede kurzer Sinn: Frau Baum ist vom ganzen Werdegang das genaue Gegenteil von Paloma Petrelli. Sie hat eine ausgezeichnete Schauspielausbildung, war am Max-Reinhardt-Seminar in Wien und hatte nur die besten Lehrer. Etliche Jahre war sie in Wien am Burgtheater. Paloma Petrelli hat nie eine Schauspielschule besucht, auch noch nie Theater gespielt. Ihre Karriere begann sozusagen modern, sie hat bei einer Soap angefangen. Auf eine Anzeige in der Zeitung hin war sie gecastet worden. Bei dieser Serie hat sie dann mehr als fünf Jahre gespielt. Vorher hat sie Werbespots gedreht und bei einem studentischen Projekt der Filmakademie in Ludwigsburg mitgewirkt, allerdings nur in Statistenrollen.«

»Wie kam sie an diese Rolle in Konstanz?«

»Durch mich. Verstehen Sie mich nicht falsch, Paloma war nicht untalentiert. Sie war ungeschliffen, das schon, aber sie hatte eine natürliche Begabung. Während der Arbeit für die Serie hatte sie durchaus Erfahrung gesammelt. Ihr Auftreten war positiv, charmant, und das gefiel den Leuten. Dass viele Schauspieler hauptsächlich sich selbst spielen, ist übrigens nicht neu. Auch männliche Schauspieler tun dies reihenweise. Meiner Ansicht nach rührt daher der ganze Personenkult, den die Menschen um Schauspieler veranstalten. Wer würde schon jemanden anhimmeln, der gar nicht zu greifen ist, weil er wirklich völlig mit wechselnden Rollen verschmilzt? Daher ist meine Aufgabe auch meist, den richtigen Typ für eine Rolle zu finden.« Sie blickte aus dem Fenster. »Natürlich ist es auch so, dass nach einer Zeit die Leute dann auf ein Genre festgelegt werden und gar keine anderen Rollen mehr angeboten bekommen.«

»Bei Johanna Baum ist das anders?«

»Ja. Johanna Baum ist eine Schauspielerin mit einem riesigen, fast unbegrenzten Repertoire. Ihr Körper, also vor allem das Alter, setzt ihr da engere Grenzen als ihre Vorstellungskraft. Zusammen mit ihrer Ausbildung ergibt das ein erstaunliches Können. Verstehen Sie?«

Sie sah Kramer an, der nickte. Er wollte sie nicht unterbrechen.

»Aber zurück zu Paloma. Die einzige größere Schwäche, die sie hatte, war, dass sie sich den Text nicht merken konnte. Beim Theater wäre sie damit natürlich verloren. Aber beim Film werden einzelne Szenen gedreht, übersichtliche Abschnitte. Und diese Szenen kann man endlos oft wiederholen.

Ich habe Drago Mertin, den bekannten Münchner Regisseur, überzeugen können, Paloma eine Chance zu geben. Auch in seinem nächsten Film hat sie eine Rolle bekommen. Das war ihr Durchbruch.«

»Hat in einem der Filme auch Johanna Baum mitgewirkt?«

Frau Garbrecht nickte. »In beiden.« Sie sah auf ihre Tasche, in der ein Mobiltelefon ertönte, und erhob sich, während sie danach suchte. »Entschuldigen Sie mich einen Moment.«

Kramer sah sich in der Kantine um. In einer Ecke saßen drei junge Mädchen und kicherten. Sie waren zierlich und bewegten sich elegant, obwohl sie herumalberten. Er nahm an, dass es sich um Tänzerinnen handelte, denn sie hatten ihre Haare zu einem strengen Dutt zusammengesteckt. An der Theke stand ein Mann und bestellte sich mit tiefer, klangvoller Stimme ein Stück Kuchen. Er war unglaublich dick und wog wahrscheinlich so viel wie die Mädchen zusammen.

»Ein buntes Publikum, nicht wahr? Ich mag die Atmosphäre.«

Kramer hatte die Agentin nicht kommen hören. Sie setzte sich wieder und schien auf die nächste Frage zu warten.

»Was wissen Sie über Paloma Petrellis Privatleben?«

Die Agentin hatte sich noch einen Tee, Kramer eine zweite Tasse Kaffee mitgebracht. Sie nahm einen Schluck.

»Bis vor gut einem Jahr war sie Single. Dann erzählte sie mir, sie habe einen außergewöhnlichen Mann kennen gelernt.« Sie lächelte. ›Ganz toll‹ waren ihre Worte, wenn ich mich richtig erinnere.« Sie machte eine Pause und schüttelte den Kopf. »Ich hatte früher gedacht, sie würde das sagen, wenn ein Mann ihr Geschenke machte, sie häufig zum Essen ausführte und so weiter. Das tat der tolle Mann wohl auch, doch das war es anscheinend nicht. Er sei einfach anders, behauptete sie. Als wir uns das letzte Mal trafen, trug sie einen Brillantring von ihm. Jedenfalls hatte ich Paloma lange Zeit unterschätzt – aber sie war ja inzwischen auch kein Kind mehr. Obwohl sie manchmal so wirken konnte«, fügte sie hinzu.

»Hat sie Ihnen gesagt, wie der Mann hieß? Das ist sehr wichtig.«

Die Agentin schüttelte den Kopf. »Nein. Ich habe allerdings auch nicht danach gefragt.«

Daran zweifelte Kramer nicht – sie schien an Klatschgeschichten wirklich nicht interessiert zu sein. Erneut erstaunte ihn diese Eigenschaft im Zusammenhang mit ihrem Beruf.

Er sah sie an. »Können Sie sich an irgendetwas entsinnen?«

Sie zögerte. »Na ja, ich kann nicht mehr genau sagen, warum, aber ich hatte den Eindruck, dass der Mann um einiges älter sein musste als sie.«

Kramer nickte. Es handelte sich ganz offensichtlich um Bertram Gunther; ein zweiter Liebhaber schien nicht im Spiel zu sein.

»Lassen Sie uns noch einmal auf Johanna Baum zurückkommen. Sie ist mit Bertram Gunther verheiratet. Wissen Sie etwas über ihn?«

»Nun, auch er ist etliche Jahre älter als seine Frau. Ein alter Freund ihres Vaters; Quentin Baum ist ja früh gestorben. Ich weiß nicht, ob er Ihnen ein Begriff ist…«

Kramer unterbrach sie. »Ja, ich weiß, wer er war. Momentan interessiert mich vor allem Johanna beziehungsweise die Ehe zwischen ihr und Gunther.«

»Die beiden sind schon sehr lange verheiratet.« Achselzuckend fügte sie hinzu: »Wer hätte da nicht seine Krisen? Ich denke, das ist normal. Obwohl Bertram neuerdings sogar wieder öfter zu den Dreharbeiten mitreist. Das scheint mir ein gutes Zeichen zu sein.«

Kramer konnte erkennen, dass sie den wahren Grund für Gunthers Begleitung tatsächlich nicht ahnte.

»Ist es für ältere Schauspielerinnen nicht schwierig, noch gute Rollen zu bekommen? Wie ging Frau Baum damit um?«, wechselte er das Thema. »Machte es ihr generell etwas aus, älter zu werden?«

»Wenn man auf die fünfzig zugeht, bekommt man natürlich nicht mehr dieselben Rollen angeboten wie mit dreißig. Aber vielleicht will man diese Rollen auch nicht mehr spielen. Frau Baum dreht momentan hauptsächlich Filme fürs Fernsehen. Und da gibt es in letzter Zeit mehr und mehr gute Rollen für reife Frauen. Insgesamt muss man natürlich als Schauspielerin sehr auf sein Äußeres achten. Die Kamera lügt nicht – aber die Technik kann vieles kaschieren und weich zeichnen.«

Kramer runzelte die Stirn. Was sollte diese allgemeine Bemerkung? Er sah sie an. Zum ersten Mal wich sie seinem Blick aus. Kramer spürte, dass sie etwas verschwieg. Er erkannte ihren Respekt vor der Persönlichkeit ihrer Klienten an, sie musste natürlich so diskret wie möglich sein. Doch er konnte darauf keine Rücksicht nehmen. Er schwieg und blickte sie durchdringend an, bis sie wieder zu ihm hinsah.

»Frau Garbrecht. Was ist da noch?«

Sie atmete tief ein und überwand sich. »Johanna und ich haben vor etwa zwei Wochen telefoniert. Sie erzählte mir von einer Rolle, für die sie sich beworben hatte.«

Kramer wartete. Die Agentin schien ihre Worte sorgfältig zu überlegen. »Normalerweise bin ich es, die sich, natürlich in Absprache mit den Künstlern, um geeignete Rollen bemüht. Wenn nicht ein Regisseur direkt an den Schauspieler herantritt, der dann aber wiederum auf mich verweist. Ich kümmere mich um das Vertragliche.«

»Was war das für eine Rolle?«

»Die Rolle war… Sie war ungeeignet für Johanna.«

Kramer wurde ungeduldig. »Kommen Sie bitte zum Punkt. War Frau Baum zu alt für die Rolle?«

Karen Garbrecht nickte. »Deshalb habe ich Johanna gar nicht in Erwägung gezogen. Paloma Petrelli allerdings passte für die Rolle sehr gut. Wegen ihr stand ich mit dem Regisseur sogar bereits in Verhandlungen.«

»Haben Sie ihr das gesagt?«

»Nein, ich spreche nie mit Schauspielern über die Engagements von Kolleginnen und Kollegen.«

»Kann sie es trotzdem gewusst haben?«

Die Agentin zuckte mit den Schultern. »Natürlich. So etwas spricht sich herum.«

Kramer räusperte sich. »Noch etwas?«

Karen Garbrecht schüttelte langsam den Kopf. Es war ihr anzusehen, dass es sie große Überwindung gekostet hatte, ihm diese Dinge zu sagen, aber darauf ging Kramer nicht ein.

»Ich danke Ihnen. Wenn ich noch Fragen habe, melde ich mich. Bitte rufen Sie mich an, wenn Ihnen noch etwas einfällt.« Er legte seine Karte auf den Tisch. Sie wollten sich gerade zur Tür wenden, als eine wogende Gestalt auf sie zuschwebte und die Agentin in die Arme schloss.

»Karen! How are you? Du siehst müde aus. Ich wollte dich anrufen. Hast du gehört? Die junge Schauspielerin ist tot. Hast du von Johanna gehört? Können wir einen Kaffee trinken? Hast du zehn Minuten?«

Karen Garbrecht erwiderte die Umarmung und stellte die Dame dann Kramer vor.

»Rozina Shane. Sie ist übrigens eine Freundin von Johanna Baum. Die beiden kennen sich noch aus Wien, wo auch Rozina studierte. Rozina ist Opernsängerin, momentan im Engagement hier in Stuttgart.«

Erst jetzt sah Kramer, wie stark die Frau geschminkt war, offensichtlich hatte sie noch einen Auftritt. Er schätzte die Sängerin auf höchstens einen Meter fünfundsechzig. Sie wog sicher hundert Kilo, wenn nicht sogar mehr. Ihr Busen wogte, als sie seine Hand schüttelte.

Kramer war es inzwischen mehr als leid, dass die Informationen über seine Schauspieler so dünn gesät waren. Er witterte eine weitere Chance und zögerte nicht.

»Frau Shane, vielleicht können wir die Gelegenheit nutzen, uns kurz über Paloma Petrelli, aber vor allem über Frau Baum zu unterhalten.«

Die Sängerin war ungehalten. »Ich muss leider hinter die Bühne …«

»Die zehn Minuten, die Sie noch haben, werden reichen.« Er deutete auf den Stuhl neben sich.

Rozina Shanes Blick verfinsterte sich, doch sie nahm Platz.

»Frau Shane, als Freundin von Johanna Baum können Sie mir vielleicht etwas über ihre Ehe erzählen. Gab es Differenzen zwischen Herrn Gunther und Frau Baum?«

»Differenzen … Nicht, dass ich wüsste.«

»Bitte drücken Sie sich genauer aus.«

»Nun, in den letzten Jahren schienen sich die beiden miteinander arrangiert zu haben. Jeder lebte sein Leben.«

»Wie kommt es dann, dass Herr Gunther überall zu Dreharbeiten mitreiste?«

Rozina Shane blickte kurz zu Karen Garbrecht hinüber, bevor sie antwortete. Die nickte ihr zu. »Man munkelt, dass Bertram eine Affäre hatte.«

»Sie meinen Paloma Petrelli?«

Beide Frauen sahen Kramer überrascht an.

»Also stimmt es tatsächlich?« Die Sängerin schüttelte den Kopf. »Schlimme Sache, das alles. Weiß man schon, wer sie getötet hat? Kann es auch ein Unfall gewesen sein?«

Kramer verneinte beides. »Noch einmal zu Frau Baum. Hatte sie auch jemand Neuen gefunden?«

Rozina Shane verneinte vehement. »Nach der schrecklichen Geschichte damals in Salzburg gab es so etwas für Johanna nicht mehr. Aber das ist alles viele Jahre her. Nein, junger Mann«, sie schüttelte den Kopf, »dazu sage ich nichts, wenn Sie noch nicht mit Johanna selbst gesprochen haben. Das wäre unfair.«

Kramer sah, dass es zwecklos war, ihr noch weitere Fragen zu stellen.

Svenja hatte Pauline und Violetta nicht vergessen. Als sie wieder in die Küche kam, stand dort Hortense und räumte die Spülmaschine ein. Sie begrüßte die jüngere Frau herzlich und bot ihr Kaffee und Kuchen an. Svenja gestand, dass sie bereits von beidem probiert hatte und erzählte dann, dass Pauline wollte, dass sie in ihrem Zimmer vorbeisähe.

Hortense lachte. »Die beiden hecken wieder irgendetwas aus. Wahrscheinlich ist Violetta zur Schauspielerin erkoren worden. Nachdem es mit dem Musical nicht geklappt hat …«

Svenja erinnerte sich mit gemischten Gefühlen an die Sache, die mit ihrem ersten Fall zu tun hatte. Er war nicht ganz ohne Komplikationen abgegangen. Die Diskussion um den Bau einer Musicalhalle, die damals eine Rolle spielte, war noch immer im Gang.

Als sie an Paulines Tür klopfte, hörte sie Gekicher. Sie öffnete die Tür, schaute hinein und musste lachen. Violetta stand am Fenster und hatte sich die Gardine über den Kopf gezogen. Es sollte wohl ein Schleier sein. Sie trug ein altmodisches Kleid.

»Also, Mädels, wie sieht's aus? Bekomme ich nun eine Privatvorstellung von Lady Violetta?«

Violetta und Pauline kicherten wieder. Svenja setzte sich auf den Boden und lehnte sich ans Bett.

Der künftige Star setzte eine tragische Miene auf.

»Was klagt ihr? Warum weint ihr? Freuen solltet ihr euch mit mir, dass meiner Leiden Ziel nun endlich naht, dass meine Bande fallen, mein Kerker aufgeht und die frohe Seele sich auf… sich auf… Ach Mist, ich kann mir das einfach nicht merken!«

»… auf Engelsflügeln schwingt zur ew'gen Freiheit.«

Violetta und Pauline staunten.

»Woher weißt du denn, wie es weitergeht?«

»Mit ›Maria Stuart‹ verbindet mich eine lange Hassliebe«, lächelte Svenja. »Aber findet ihr das nicht ein bisschen zu dramatisch?«

»Paps hat nicht so viele Theaterstücke im Bücherschrank. Außer dem hier haben wir nur noch etwas Englisches gefunden.« Pauline schaute Svenja fragend an. »Meinst du, das ist nicht gut?«

»Schiller ist natürlich große Literatur«, beeilte sich Svenja zu versichern. »Andererseits wäre es doch netter, wenn Violetta etwas vorspricht, das zu ihrem Alter passt. Es muss euch so richtig gefallen. Wie wäre es zum Beispiel mit…« Ihr Blick fiel auf Paulines Bücherregal, wo Michael Endes »Momo« stand. »Mit dem hier?« Sie zog das Buch aus dem Regal.

Pauline sah Svenja fragend an. »›Momo‹ ist aber gar kein Theaterstück.«

»Eigentlich nicht. Aber es ist auch schon aufgeführt worden. Ich will mal sehen, ob ich nicht im Internet was dazu für euch finde. Ich schaue später gleich danach, dann bringe ich die Ausdrucke deinem Vater ins Büro; ich muss morgen ohnehin in die Direktion. Versprochen.«

»Also gut«, sagte Pauline. »Aber vergiss es nicht. Morgen Nachmittag ist nämlich ein Vorsprechen für die neue Rechtsmedizinerin, hat uns die Regieassistentin erzählt.«

In der Polizeidirektion traf Svenja nur Axel Biernatzky an. Er telefonierte und bemerkte sie zuerst gar nicht.

»Das geht leider nicht, ich komme bei meiner Recherche hier nicht weiter. Ich muss es noch im Archiv der Konstanzer Zeitung versuchen. Hm … ich weiß nicht … Warum nicht?«

Endlich bemerkte er Svenja. »Ich muss Schluss machen. Wir sehen uns dann heute Abend.« Er legte auf. »Frau Michelsen, hallo. Was kann ich für Sie tun?«, wandte er sich ihr zu.

Svenja war es nicht unrecht, mit Kramers Assistenten allein zu sprechen. In wenigen Sätzen berichtete Svenja dem Kommissar, was sie sich überlegt und herausgefunden hatte. Als sie geendet hatte, sah sie ihn an.

»Ein neuer Aspekt«, nickte Biernatzky und rieb sich nachdenklich das Kinn. »Paloma Petrelli starb nur aus Versehen. Der Mörder hatte es auf jemand ganz anderen abgesehen. Der Bademantel hat ihn in die Irre geführt und Gunthers Anrede ›Liebling‹ hat ihn darin bestärkt. Nach dieser Theorie kann der Mord eigentlich nur einer Person gegolten haben …«

»Genau.«

»Das muss Kramer sofort wissen.« Er griff erneut zum Hörer. »Mist!«, fluchte er kurz darauf. »Clemens sollte ein Handy bekommen, das man an seinem Handgelenk festkettet.« Er sah zu Svenja und zuckte mit den Schultern. »Ich werde es weiter versuchen. Danke jedenfalls erst mal.«

Sie nickte und erhob sich. Das war eindeutig besser gelaufen, als wenn Clemens selbst da gewesen wäre. Bedankt hätte er sich für ihre Einmischung sowieso nicht. Trotzdem hätte sie gerne sein Gesicht gesehen, wenn er davon hörte.

Biernatzky fuhr den Computer herunter und schaltete den Drucker aus. Er schaute auf die Uhr. Schon kurz nach fünf. Eilig verließ er die Polizeidirektion.

Er entschloss sich, zu Fuß zu gehen. Die Luft war noch angenehm mild und die Lokalredaktion der Konstanzer Zeitung in der Altstadt war nicht allzu weit entfernt.

Schon von weitem entdeckte er Valerie.

»Es ist selten, dass eine Praktikantin so arbeitswütig ist«, begrüßte er sie.

»Ich dachte, du freust dich über meine Begleitung.« Sie sah ihm in die Augen.

»Ja, klar«, erwiderte er. »Für ein Date ist es allerdings ein unromantischer Ort.«

»Das beurteilen wir hinterher«, antwortete Valerie lächelnd.

Sie meldeten sich am Empfang und verlangten Eckhard Ehrmann. Nicht einmal fünf Minuten später kam Kramers Freund herunter. Er begrüßte beide und führte sie zum Aufzug.

»Das Archiv ist im Keller. Ganz altmodisch, wie früher. Auch darin sieht es noch aus, wie man es aus alten Kinofilmen zu kennen meint. Am Ende eines Jahres wurden die Zeitungen immer in Bände zusammengefasst. Allerdings nicht in Jahresbände, sondern in Monatsbände, da die Zeitung ja täglich erscheint. Dann kamen die Mikrofiche-Geräte. Hier sind die Zeitungen der letzten zwanzig Jahre erfasst«, erklärte Eckhard. »Vor etwa fünf Jahren ist man dazu übergangen, die Daten per Computer zu erfassen. Ich hoffe, ihr habt Glück und findet, was ihr sucht. Soll ich euch noch erklären, wie Mikrofiche funktioniert?«

Valerie schüttelte den Kopf. Sie wusste Bescheid, wie sie den beiden Männern erklärte.

»Computerrecherche wird uns nichts bringen. Zwanzig Jahre, plus oder minus, das ist die Frage. Am besten kümmert sich Valerie um die Mikrofiche-Geschichte, ich wälze die Schinken hier.« Biernatzky verabschiedete sich von Eckhard und bedankte sich noch einmal.

»Darf ich mal was fragen?« Valerie zupfte am Ärmel des Kommissars.

Biernatzky sah sie an.

»Es gibt doch sehr gute Suchmaschinen im Internet …«

»Inter-Netz? Wat soll det sein?« Er grinste, als er Valeries sorgenvollen Blick sah. »Ick hoffe ja, du glaubst nicht im Ernst, dass ich mich hier in die Katakomben begäbe, wenn es genügend Infos aus den bewährten Quellen gegeben hätte. Aber manche Dinge, alte Geschichten vor allem, sind nicht mehr gespeichert oder schlichtweg zu uninteressant, als dass sie aufgenommen werden. Ich bin auf der Suche nach einem bestimmten Artikel. Eher klein wahrscheinlich. Ein Unfall, Verkehrsunfall vermutlich.«

»Und wie groß ist die Chance, dass ausgerechnet in der Konstanzer Zeitung darüber etwas berichtet wurde?«

Biernatzky zuckte mit den Schultern. »Versuchen müssen wir es«, sagte er.

Sie arbeiteten eine Weile schweigend vor sich hin. Biernatzky nieste. Die Wälzer waren ziemlich staubig. Er putzte sich geräuschvoll die Nase.

»Zwanzig Jahre ist der grobe zeitliche Rahmen, ja? Dann wird es nichts bringen, allzu viel spätere Ausgaben durchzusehen?«, fragte Valerie und rieb sich die Augen.

»Nein. Wir machen hier nicht zu lange. Clemens wollte im Bilde sein, wenn er sich von Arenz noch mal vornimmt. Aber wenn das nichts wird, muss er eben so dazu befragt werden, es hilft ja nichts.« Biernatzky stellte sich hinter Valeries Stuhl.

Sie hörten Schritte; die Tür ging auf. Beide drehten sich um. Ein Mann kam auf sie zu, Biernatzky schätzte ihn auf kurz vor dem Rentenalter. »Ich habe schon gehört, dass Sie hier recherchieren. Wollte Ihnen nur sagen, dass ich jetzt Schluss mache. Der Kollege weiß aber wohl Bescheid, dass Sie da sind, er kommt etwas später. Viel Erfolg noch.« Er schloss die Tür wieder.

Biernatzky stand noch immer hinter Valerie und schaute ihr über die Schulter. Ihr Haar kitzelte ihn. »Wir sind hier ganz allein«, murmelte er in ihren Nacken. »Was kommen dir da für Ideen?«

»Tja, Axel. Was kommen dir denn für welche?« Valerie drehte sich ihm halb zu.

Er sah sie an. Valerie war eine tolle Frau – wie oft hatte er das in den letzten Tagen gedacht? Trotzdem wich er innerlich zurück, wenn sie ihn einfach beim Wort nahm oder seine lockeren Sprüche lässig parierte. Mädchenhafte Schüchternheit oder Bewunderung war bei ihr nicht zu erwarten; doch das waren die weiblichen Reaktionen, bei denen er sich bislang stark und sicher gefühlt hatte. Er grinste sie ein wenig schief an. Sie wandte sich wieder dem Monitor zu und bewegte die Scheibe mit dem Mikrofiche-Film weiter.

»Unfall… Ich schaue jetzt einfach alle Unfallmeldungen an, die nicht die Region betreffen. So viele sind das ja nicht; hier ist wieder ein Artikel. Meist sind Prominente betroffen oder es ist eine größere Sache. Von Friedrich von Arenz ist hier allerdings nicht die Rede.«

Sie näherten sich beide dem Monitor, um die kleine Schrift besser entziffern zu können. Ein Artikel aus dem Kulturteil, er titelte »Jedermann von ernstem Unfall überschattet«. Biernatzky überflog den Artikel.

»Das ist mehr als neunzehn Jahre her. Könnte das sein, was wir suchen.« Er notierte die Ausgabe und das Datum der Zeitung, damit er sich später eine Kopie anfertigen lassen konnte.

Er hatte den Stift noch nicht abgesetzt, da brummte der Monitor kurz, woraufhin sein Licht verlosch. Im selben Moment gingen die Deckenleuchten aus. Valerie und Biernatzky hörten, wie ein Schlüssel herumgedreht wurde und Schritte sich entfernten. Um sie herum herrschte Dunkelheit.

Kramer verabschiedete sich von den beiden Frauen und machte sich auf den Weg zur Tiefgarage. Er war froh, sich noch mit der Sängerin unterhalten zu haben. Die Sache in Salzburg konnte ein wichtiger Hinweis in dem Fall sein, auch wenn Rozina Shane nicht konkret geworden war. Kramer wühlte in seiner Tasche nach seinem Handy. Er wollte Biernatzky anrufen. Wo war den bloß sein Telefon? Er versuchte es noch in seinen Hosentaschen. Dieses blöde Ding! Endlich fiel ihm ein, dass er es im Auto gelassen hatte. Nun gut, auf die fünf Minuten kam es auch nicht mehr an. Kramer bezahlte das Parkticket und stieg in seinen Wagen. Er wählte Biernatzkys Nummer; erstaunlicherweise war die Netzverbindung in der Parkgarage stark genug.

»Der Teilnehmer ist vorübergehend nicht zu erreichen. Bitte versuchen Sie es später noch einmal.« Kramer warf das Handy wieder auf den Sitz, nachdem er die Liste der Anrufe in Abwesenheit durchgesehen hatte. Außer Biernatzky hatte noch Huber versucht ihn zu erreichen. Er steckte den Schlüssel ins Schloss und drehte die Zündung. Nichts. Sein Auto sprang nicht an.

Er stöhnte. Was war es diesmal? Die Batterie konnte es nicht sein, denn er hatte darauf geachtet, das Licht und das Radio auszuschalten, bevor er das Auto verlassen hatte. Die Lichtmaschine war ein weiterer Schwachpunkt des guten Stücks. Konnte es sein, dass sie die Ursache war? Er schob den Wagen im Leerlauf ein Stück zurück, öffnete die Motorhaube und stützte sich auf die beiden Kotflügel. Aber er sah nichts, keinen Anhaltspunkt, was es hätte sein können.

Kramer überlegte, was er tun konnte. So, wie er die Lage einschätzte, konnte er die Rückfahrt nach Konstanz für heute vergessen. Wenn er jetzt den ADAC riefe, würden die ihn nur in eine Werkstatt abschleppen. Und dann konnte er den folgenden Tag auch noch abschreiben, das ging einfach nicht. Er lehnte seinen Kopf zurück und schloss die Augen. Er war in Stuttgart. Plötzlich fiel ihm ein, wen er anrufen konnte.

»Wat is denn jetzt los?«, sagte Biernatzky in die Dunkelheit hinein.

»Hast du Saboteure auf den Fersen?«, witzelte Valerie. »Werden wir bedroht?«

»Ach was, die Pfeifen haben bloß vergessen, dass wir noch da sind!«, entgegnete Biernatzky. Der Kommissar konnte der Situation nichts Lustiges abgewinnen. Er begann zu rufen, doch die Schritte des Schließdienstes waren bereits verhallt. Dann tastete er nach seinem Handy und drückte eine Taste, damit das Display sich erhellte.

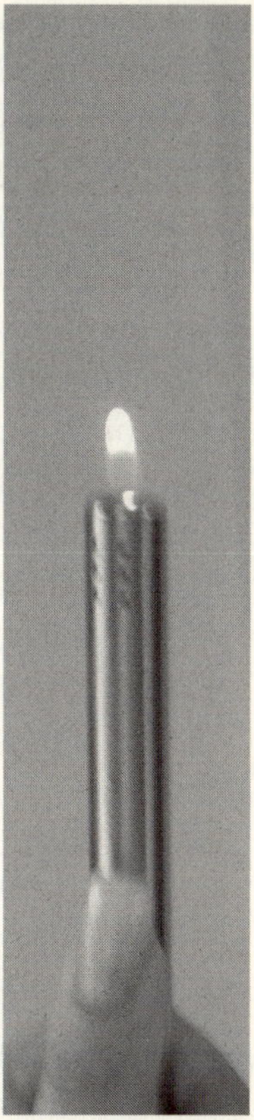

»Mist! Kein Empfang«, fluchte er.

Die Dunkelheit nervte, man konnte noch nicht einmal Umrisse im Raum erkennen. Axel kramte in seiner Hosentasche. Das Feuerzeug – endlich konnte er es zu einem sinnvollen Einsatz bringen. Er hatte es stets bei sich getragen, um in der Lage zu sein, attraktiven Frauen Feuer zu geben. Schnecken, wie er sich ausgedrückt hatte. Er musste trotz der ärgerlichen Situation grinsen.

Mit einem Klick erhob sich die kleine Flamme und Biernatzky leuchtete in die Dunkelheit.

Im Schein des kleinen Lichts sahen sich die beiden rasch um und tasteten sich zur Tür. Wie erwartet war sie verschlossen. Eine dicke Stahltür. Keine Chance, dachte Biernatzky.

»In öffentlichen Gebäuden gibt es überall Notausgänge. Eigentlich müssten sie beleuchtet sein«, überlegte Valerie.

»Ich glaube nicht, dass diese Vorschrift für Zeitungsarchive gilt«, gab Biernatzky zu bedenken. Sie gingen den großen Raum einmal an den Wänden entlang ab. Es gab noch eine kleinere Tür, die aber ebenfalls verschlossen war. Wie es aussah, war sie nur der Durchgang zu einem weiteren Archivraum.

»Hier kommen wir nicht raus. Was für ein blöder Mist!« Wütend trat er gegen einen Stahlschrank. Die Vorstellung, hier im Archiv eine Nacht zu verbringen, war ihm mehr als zuwider. Dabei ging das Feuerzeug aus.

»Oh nein, nicht auch noch das …«

Doch beim nächsten Klick sprang es wieder an.

»Lass es mal aus, Axel. Überlegen können wir auch im Dunkeln.« Valerie hatte sich auf einen Tisch gesetzt, der an der Wand stand.

»Ganz unromantisch ist es aber eigentlich nicht, was?«, kam ihre Stimme aus dem Dunkel.

»Mensch, Clemens, alter Junge!« Kramer spürte, wie der Besitzer der dröhnenden Stimme seine kräftige Hand auf seine Schulter krachen ließ. »Hört man von dir auch mal wieder was?«

»Nichts Gutes, Albert, nichts Gutes«, ging Kramer auf die Frage ein.

Die beiden Männer nahmen sich in die Arme und klopften einander herzlich auf die Schultern. Albert Häbich war ein Kollege Kramers. Die beiden hatten einander vor Jahren kennen gelernt, als die Stuttgarter und die Konstanzer Kriminalpolizei gemeinsam ermittelten. Albert war Ende fünfzig, ein alter Polizeibär. Er konnte auf beinahe vierzig Jahre Berufserfahrung zurückblicken. Kramer schätzte seinen Rat. Erfahrung war seiner Meinung nach ebenso wichtig wie minutiöse Kleinarbeit. Jetzt war Albert Häbich gekommen, um ihm aus seiner unangenehmen Situation herauszuhelfen.

»Ich weiß nicht, was es ist«, erklärte Kramer.

»Hm.« Albert rieb seinen weißen Vollbart. »Ich rufe meine Jungs, damit sie deinen Liebling zu uns in die Fahrmeisterei schleppen. Die Kollegen von der Bereitschaft sollen sich gleich darum kümmern, damit du morgen Früh wieder zurück nach Konstanz fahren kannst.«

Kramer runzelte die Stirn. »Ich will hier niemanden um seinen Feierabend bringen.«

Häbich lachte. »Keine Sorge, du wirst für diese Arbeit vielleicht sogar ein paar Fans dort finden. Ersatzteile haben sie natürlich nicht, aber für die Rückfahrt kriegen sie deinen Wagen sicher wieder flott.«

Häbich telefonierte, während Kramer sein Mobiltelefon, den Obduktionsbericht und seine Jacke aus dem Auto nahm. Auch er wählte, um Eckhard zu sagen, dass er sein Nachtlager heute woanders aufschlug. Er hatte Katrin am Apparat, die ihn bedauerte. Dann versuchte er es noch einmal bei Biernatzky, erneut ohne Erfolg. Unter Hubers Anschluss ertönte das bekannte »Bitte versuchen Sie es später noch einmal«. Sein Chef hatte merkwürdigerweise keine Mailbox eingerichtet.

Während sie warteten, erkundigte sich der Stuttgarter Kollege nach den Dingen in Konstanz. Er hatte damals ein paar Tage in der Bodenseestadt verbracht und sich dort sehr wohl gefühlt, wie er beim Abschied beteuerte.

»Hast du schon gegessen?«, fragte Häbich, als der Karmann Ghia nicht ohne amüsierte Kommentare abgeholt worden war.

Kramer verneinte.

»Na, dann ist das doch das Nächste. Und später bettest du dein müdes Haupt auf mein Sofakissen.«

»Danke, Albert«, nickte Kramer. Heute Nacht konnte er ohnehin nichts mehr tun. Er stieg zu seinem Freund ins Auto, der auf direktem Wege das Leonhardsviertel ansteuerte und nur wenige Minuten später in Sichtweite der Weinstube Widmer parkte. Kramer freute sich über diese Wahl. Er kannte sich in Stuttgart nur mäßig gut aus, aber hier war er schon einige Male gewesen. Nie mit Sybille, der Weinstuben generell zu volkstümlich waren. Doch er mochte das alte Lokal, das eine gute Atmosphäre hatte, trotz oder vielleicht gerade wegen seiner Lage mitten im Rotlichtviertel Stuttgarts. Obwohl sie nur wenige Meter zurücklegten, wurde Albert von allen Seiten gegrüßt – wartende Frauen ebenso wie in Eingängen stehende Männer hoben die Hände; er nickte zurück.

Die beiden Männer setzten sich an einen Tisch zu einer Gruppe älterer Damen und bestellten. Kramer wählte eine Maultaschenvariante, die er anderswo noch nie bekommen hatte.

»Hat dich etwas Dienstliches nach Stuttgart getrieben?« Der ältere Kollege hob sein Glas, in dem schwäbischer Trollinger rot funkelte.

Kramer berichtete von seinem Fall, während Albert zurückgelehnt zuhörte, ohne ihn zu unterbrechen.

»Da wurde also ein Liebling umgebracht«, fasste er schließlich Kramers Bericht zusammen. »Aber nicht die Ehefrau, die wohl zunächst jeder für den Liebling halten würde.« Er zog die Augenbrauen hoch und sah ihn bedeutungsvoll an.

Kramer kratzte sich am Kinn. »Du spielst auf eine Verwechslung an. Der Gedanke darf nie fehlen, ich weiß. Aber das Motiv für einen Mord an Johanna Baum hätte nach momentanem Kenntnisstand vor allem Gunther, falls er wegen seiner jungen Freundin seine Ehefrau loswerden wollte. Und er war es nicht. Außerdem wusste er ja, wen er vor sich hatte.«

»Trotzdem. Wenn sich ganz und gar kein Motiv bietet, verdient die Möglichkeit weitere Beachtung. Wenn Gunther als Täter ausscheidet, drängt sich auf, dass jemand zufällig vorbeikam und eine Chance gewittert hat. Er sieht den Mann vor der Sauna, hört, wie er ›Liebling‹ sagt, und kombiniert, dass es die Frau von Gunther sein muss, also diese Baum.«

Kramer spielte mit dem Henkel seines Glases. Er musste dem Umfeld von Johanna Baum mehr Beachtung schenken. Wieder dachte er an Biernatzky und wählte zum letzten Mal an diesem Abend dessen Nummer. Der Kollege schien Feierabend gemacht zu haben, wobei es verwunderlich war, dass er das Mobiltelefon ausgeschaltet hatte. Das kam selten vor. Vielleicht war er im Kino und hatte keine Netzverbindung.

Kramer zahlte nach kurzem Protest des Freundes die Rechnung und sie gingen drei Straßen weiter zu Häbichs Wohnung im Bohnenviertel. Als er sich schließlich auf dem ausgeklappten Sofa niederließ, war es nach eins. Den vorläufigen Obduktionsbericht, den er zusammen mit dem Telefon neben sich auf den Boden legte, hatte er noch kurz durchgesehen. Wie erwartet hatten sich keine neuen Erkenntnisse ergeben. Er dachte an Svenja. Er würde sie anrufen. Morgen.

»Ich sehe keine Möglichkeit, wie wir hier rauskommen«, sagte Biernatzky.

Valerie musste ihm zustimmen. Sie überlegte. »Was ist mit dem Mobiltelefon? Könntest du noch mal auf der anderen Seite des Raumes schauen, ob es dort Empfang gibt?«

Axel holte das Feuerzeug hervor und versuchte, ob er dort trotz des schwachen Netzes eine Verbindung herstellen konnte, doch sobald er gewählt hatte, brach die Verbindung zusammen.

»Das können wir vergessen. Wenn dies ein feuersicherer Raum ist, gibt es keine Chance. Der ist völlig abgeschirmt. So ein Mist!» Seine Stimme wurde laut. »Wenn ich den Penner erwische, der uns das eingebrockt hat ...«

»Das bringt uns jetzt auch nichts, Axel.« Valerie seufzte. »Wir sollten schauen, dass wir irgendwas finden, wo wir einigermaßen gemütlich sitzen oder liegen können. Komm wieder her und mach das Feuerzeug noch mal an.«

Sie sahen sich um. Der kahle Raum bot nichts, was irgendwie einladend war. Das einzige, was nicht hart und kantig war, waren ein paar Plastiksäcke mit geschreddertem Papier, die in der Nähe der Tür zur Abholung bereit standen.

»Die Luft wird reichen bis morgen Früh. Schade, dass es kein Wasser gibt«, sinnierte Valerie. »Du hast nicht zufällig Klaustrophobie oder andere Ängste dieser Art?«

»Na, und wenn, wäre ich bei der Psychologin hier ja in besten Händen.« Sein Sarkasmus deutete darauf hin, dass er sich langsam an den Gedanken gewöhnte, die Nacht hier zu verbringen. »Hältst du mal das Feuerzeug? Ich baue uns ein

Bett. Valerie leuchtete, während Axel aus dicken Archivwälzern die Begrenzung stapelte, in die er die Säcke mit den Papierschnipseln warf.

Svenja hatte noch einen Abstecher durch die Innenstadt gemacht und war auf dem Heimweg, als ihr Mobiltelefon klingelte. Gerd Schussman fragte, ob sie wisse, wo sich Kramer und Biernatzky befanden.

Sie verneinte und konnte sich die Frage nicht verkneifen, ob es neue Erkenntnisse gebe. »Falls du mir das sagen darfst«, fügte sie ironisch hinzu.

Schussmann lachte. »Na ja, vielleicht ist das was Neues. Es geht darum, dass wir hier schon seit über einer Stunde im Hotel warten, am Tatort. Kramer wollte eine Nachstellung des vermutlichen Tathergangs mit uns, mit Zeitspielraum und allem. Eine eigene Inszenierung, sozusagen.«

Svenja lachte ebenfalls. »Die Mobilnummern hast du versucht, nehme ich an?«

»So schlau war ich bereits, ja.«

»Tja. Bei mir ist er leider nicht.«

»Leider?«

»Schussi, wenn du jetzt neben mir stündest, wäre ein Klaps fällig! Wieso arbeitest du überhaupt?«

Schussmanns Lachen dröhnte erneut an ihr Ohr. »Ich wollte Kramer den Gefallen tun, wäre ja in ein paar Minuten erledigt gewesen. Aber im Ernst. Was machen wir? Röber und ich haben die Arbeit bereits gemacht. Wir haben die ganze Sache nachgestellt und … Ich kann es dir ebenso gut gleich sagen, denn es betrifft auch dich.«

Svenja war gespannt. Ihre Erkenntnisse waren eindeutig gewesen, aber man konnte nie sicher sein, dass man nicht doch etwas übersehen hatte. Die Pathologie war ein weites Feld.

Der Kollege fuhr fort. »Der Stuhl, der angeblich vor der Sauna stand und verhindert hat, dass die Tür von innen geöffnet wird, ist an der Lehne so niedrig, dass er die Klinke überhaupt nicht blockiert. Da fehlen genau die entscheidenden dreieinhalb Zentimeter. Die Tür geht auf. Röberle jedenfalls ist dem schleichenden Saunatod spielend entkommen. Und jeder andere hätte das auch geschafft.«

Svenja wusste, dass Schussmanns Art, über den Mord zu sprechen, keine Respektlosigkeit gegenüber dem Opfer bedeutete. Man brauchte einfach ein dickes Fell in dem Job. Jeder verarbeitete das anders.

»Soll ich mal zu euch rauskommen?«

»Das bringt nichts. Ich meine nur, dass es auch dich betrifft, weil die Todesart vielleicht noch mal infrage gestellt werden muss, wie ich Kramer kenne. Wir ziehen jetzt hier ab. Schönen Abend, junge Frau!«

5

Kramer parkte den Karmann Ghia vor der Direktion. Er kontrollierte, ob er Radio und Licht ausgeschaltet hatte. Der Wagen hatte trotz notdürftiger Reparatur prima durchgehalten; um die Details würde er sich kümmern, wenn er wieder mehr Zeit hätte.

In der Polizeidirektion herrschte bereits rege Betriebsamkeit. Als Kramer die Tür zu seinem Büro öffnete, blickte er als Erstes auf den Hinterkopf von Kriminaloberrat Huber; gleich darauf sah er dahinter Biernatzkys belämmertes Gesicht. Der Kollege wollte etwas sagen, doch Huber redete noch. Er klang verärgert. Das war ungewöhnlich für ihn. Kramer grüßte und blieb stehen. Huber wandte sich ihm zu.

»Morgen, Kramer.« Hubers Ton war nicht ironisch. Er war zu korrekt, ihm sein spätes Eintreffen vorzuwerfen, ohne den Grund dafür zu kennen.

»Ich erkläre gerade dem Kollegen, dass es für mich ein untragbarer Zustand ist, meine beiden leitenden Ermittler in einem aktuellen Mordfall nicht erreichen zu können. Ich habe gestern Nachmittag meine Wahlwiederholung stark strapazieren müssen – allerdings ohne Erfolg.« Er runzelte die Stirn. »Sie haben sicher Ihre Gründe, weshalb Sie nach Stuttgart gefahren sind und Ihr Mobiltelefon abgestellt haben«, an dieser Stelle zuckte Biernatzky entschuldigend mit den Schultern, »und auch Herr Biernatzky hat nicht auf der faulen Haut gelegen. Er hat mir schon erklärt, dass er im Archiv der Zeitung eingeschlossen war. Sie wissen, dass ich Ihnen vertraue und Sie weit gehend freie Hand haben. Dennoch muss gewährleistet sein, dass …«

»Sie haben Recht.« Kramer unterbrach seinen Chef, da dieser sich langsam in Rage zu reden schien. »Dass ich mein Telefon im Auto gelassen hatte, war reine Gedankenlosigkeit. Eine Vernehmung hatte sich länger hingezogen als vermutet. Es tut mir Leid, dass Sie mich nicht erreicht haben. Ich habe es später selbst noch einmal bei Ihnen probiert.« Er sparte sich die ganze Folgegeschichte, da er wusste, dass Huber an Details nicht interessiert war. Es galt, sich um den Grund für Hubers Anrufe gestern zu kümmern, wobei er bereits ahnte, dass der Vorgesetzte unter Druck gesetzt worden war. Er sah ihn an und wartete.

»Die Medien lassen sich nicht mehr mit allgemeinen Informationen abspeisen. Und ich spreche nicht von seriösen Tageszeitungen. Wir haben einen Fall mit großer Öffentlichkeitswirkung.«

Kramer sah aus dem Fenster. Eigentlich hatten die meisten Morde als spektakuläre Verbrechen eine gewisse Öffentlichkeitswirkung, doch er wusste, was Huber meinte. Natürlich war es anders, wenn eine Schauspielerin das Opfer war, auch wenn sie noch nicht zu den ganz bekannten zählte. Er wunderte sich ohnehin, dass Sybille sich deshalb noch nicht gemeldet hatte. Gestern war ihr dringlichstes Problem gewesen, dass er, ihr Ex-Mann, nicht zu Hause schlief.

Huber fuhr fort. »Staatsanwältin Kramer-Wieland wird mich nachher im Büro aufsuchen. Bitte kommen Sie dazu. Ich rufe Sie an, wenn sie da ist.«

Natürlich, Sybille steckte doch dahinter. Es konnte auch gar nicht anders sein, dachte Kramer. Als sein Chef die Tür hinter sich geschlossen hatte, ließ er sich auf seinen Stuhl fallen.

»Morgen erst mal«, begrüßte ihn der Kollege. »Hab schon gehört, dass du mit deinem guten Stück mal wieder stehen geblieben bist. Bin auch noch nicht so lange da.« Er berichtete von seiner unbequemen Nacht im Zeitungsarchiv.

Kramer grinste. »Da hatte ich es ja angenehmer als du, wer hätte das gedacht?«

»Sag das nicht. Ich hatte charmante Begleitung. Oder Beistand, wie du es nennen willst.«

»Gratuliere. Ich frage gar nicht nach Details. Hat sich das Ganze wenigstens gelohnt?«

Biernatzky grinste.

»Nein, ich spreche davon.« Er deutete auf die Kopien der Zeitungsartikel, die vor dem Assistenten lagen.

»Ach so. Ja, und es gibt noch mehr, was wir dringend besprechen sollten, bevor wir rübergehen. Außerdem hat die Spurensicherung sich noch mal gemeldet. Schussmann wollte dich sprechen.«

Kramer sah auf. Die Nachstellung! Er hatte den Termin mit den Kollegen völlig vergessen. Er würde gleich nachher dort vorbeischauen.

Da Biernatzky gerade von einem Croissant abbiss, gab Kramer zunächst wieder, was er von der Agentin erfahren hatte und berichtete von der Äußerung der Opernsängerin.

»Gerade diese starke Reaktion über eine Sache, die schon zwanzig Jahre zurücklag, hat mich stutzig gemacht.« Er stand auf und ging zur Pinnwand, wo die Kärtchen mit den Namen aller Personen des Umfeldes von Paloma Petrelli ohne erkennbares System befestigt waren. Er nahm die Karte »Johanna Baum« ab und betrachtete sie.

»Es ist nicht unwahrscheinlich, dass die Baum erfahren hat, dass Paloma Petrelli für eine Rolle vorgeschlagen war, die sie selbst wollte. Es muss ihr sofort klar gewesen sein, dass sie keine Chance hat. Je nachdem, wie wichtig ihr diese Rolle war, könnte das ein Mordmotiv sein.« Kramer warf Biernatzky einen fragenden Blick zu.

Der Assistent kaute und schluckte. »Wieso hatte sie keine Chance? Weil sie zu alt war? Aber bringt sie die Konkurrentin dann tatsächlich um?«

Achselzuckend befestigte Kramer das Kärtchen weiter oben. Es hing nun auf gleicher Höhe wie der Name des Opfers. »Und du?« Er sah den Kollegen an.

»Zweierlei. Zunächst die Geschichte mit dem Unfall.« Biernatzky las die markierten Stellen seines Artikels aus dem Kulturteil der Konstanzer Zeitung vor: Es handelte sich um die Meldung, dass Friedrich von Arenz, damals hoffnungsvoller

Nachwuchsschauspieler, und Johanna Baum, Tochter des berühmten und früh verstorbenen Schauspielers Quentin Baum, beide bewusstlos bei einem auf dem Dach liegenden Auto aufgefunden worden waren. Der Artikel enthielt weiter keine Einzelheiten, die mit dem Unglück zu tun hatten, sondern bezog sich auf die künstlerische Karriere von Arenz' und die Rolle, die er bis zum Unfall bei den Salzburger Festspielen hatte. Biernatzky sah Kramer an.

Der nickte. »Ein Anhaltspunkt, immerhin. Wir müssen ihn danach fragen. Was noch?«

Biernatzky räusperte sich. »Tja, Svenja Michelsen war gestern hier. Sie wollte sicher eigentlich zu dir...« Er sprach nicht weiter.

»Komm auf den Punkt, Axel, bitte.«

»Ja, also, sie sagt, dass ihr aufgefallen sei, dass diese Bademäntel im Hotel alle gleich aussahen. Und man sicher nicht eindeutig erkennen konnte, wer es tatsächlich war, der – beziehungsweise in diesem Fall ja die – in die Sauna ging.«

»Die Verwechslungstheorie.« Kramer fuhr sich durch die Haare und drehte sich wieder zur Pinnwand. Musste Johanna Baum tatsächlich als mögliches Opfer gesehen werden? Er seufzte. Wenn das so war, musste sie so schnell wie möglich unter Personenschutz gestellt werden. Der Mörder wäre zwar zunächst vorsichtig, aber irgendwann schlüge er wieder zu.

Biernatzky sah ihn an. »Hast du auch schon daran gedacht?«

»Glaubst du wirklich, ich brauche Svenja Michelsen, damit sie uns auf geistreiche Gedanken bringt?« Er war unsachlich und ärgerte sich sofort über seine eigene Reaktion. Warum beschäftigte es ihn derart, dass Svenja ihre Gedanken äußerte? Er musste zugeben, dass er selbst die Möglichkeit der Verwechslung nur am Rande bedacht hatte, bevor Albert Häbich sie erneut ins Spiel brachte. Er schüttelte den Kopf.

»Zurück zum Thema. Wenn der Täter die beiden Frauen tatsächlich verwechselt hat, kann er von der Beziehung zwischen der Petrelli und Gunther nichts gewusst haben, sonst wäre ihm der Fehler nicht passiert. Es ist wichtig, dass wir uns erstens um Frau Baums Sicherheit bemühen und zweitens ihr persönliches Umfeld noch stärker durchleuchten.«

»Für die erste Maßnahme passt unser Termin mit den Chefs ja«, fügte Biernatzky hinzu. Das hat Frau Baum dann aber doch der Michelsen zu verdanken, dachte er weiter, aber er sagte es nicht laut. »Da können wir den Personenschutz gleich genehmigen lassen. Und was die Baum betrifft ... Da wird der Regisseur doch gleich sehr verdächtig. Auch wenn man diesen Artikel betrachtet.« Er tippte auf die Kopie. »Arenz und Baum haben eine gemeinsame Vergangenheit.«

Kramer nickte. »Pauline und Hortense haben ja bereits angedeutet, dass der Umgangston zwischen den beiden merkwürdig ist.«

Kramer, der an der Kante seines Schreibtisches gelehnt hatte, stieß sich ab und ging zur Tür. »Bin gleich wieder da. Hütest du das Telefon, solange wir diesen wichtigen Anruf erwarten?«

»Ehrensache.«

Als er nach der Klinke greifen wollte, öffnete sich die Tür von außen. Svenja Michelsen wich zurück, als sie sah, dass sie direkt vor Kramer stand. Er trat ebenfalls auf den Flur und sah auf die Blätter, die sie in der Hand hielt.

»Hallo. Ich wollte dir das hier vorbeibringen. Eigentlich ist es für Pauline. Ich hatte ihr versprochen ...« Sie hielt inne, als sie seinen abweisenden Blick sah, und seufzte. »Ich weiß, ich weiß. Ich sollte mich aus dem Ermittlungen raushalten. Ich habe kein Recht, Vernehmungen durchzuführen.«

Kramers Gesicht entspannte sich etwas. »Schon gut. Die Sache mit der Verwechslung ist nicht von der Hand zu weisen. Wir müssen uns ernsthaft damit auseinander setzen.«

Er sah sie an. Ihre Haare waren zu einem Dutt geschlungen, was ihr Gesicht schmaler aussehen ließ als sonst. Verletzlich.

Es irritierte ihn, dass seine Reaktionen, und sei es nur ein Gesichtsausdruck, auf sie einschüchternd wirkten. Er bemühte sich um einen freundlichen Ton, was ihm nicht ganz leicht fiel, denn er schätzte es nicht, dass jemand sich mit Pauline beschäftigte, ohne dass er davon wusste.

»Was ist mit meiner Tochter?«

»Als ich gestern Bertram Gunther am Drehort meine Frage stellte, habe ich mit Pauline und ihrer Freundin geplaudert. Sie üben ein Stück ein, denn Violetta peilt eine Schauspielerkarriere an.« Svenja lächelte. »Maria Stuart« schien mir nicht ganz passend. Ich habe einen netten kleinen Text gefunden, den du ihnen geben kannst.«

Kramer nahm ihr die Ausdrucke ab und bedankte sich.

»Noch mal zu den Ermittlungen …«, begann sie.

Kramer zog die Augenbrauen hoch, sagte aber nichts.

»Hat Schussi dich schon erreicht?«

»Nein, ich gehe gleich zu ihm. Um was geht's denn?«

»Sprich am besten selbst mit ihm.« Sie hob die Hand und ging den Flur hinab.

Er stand da und sah ihr nach. Offensichtlich war sie doch verschnupft. Sie musste selbst mit der Sache zu tun haben, wenn sie sie erwähnte. Er ging ins Büro zurück, legte die Blätter auf den Tisch und wollte sich wieder zur Tür wenden, als das Telefon klingelte. Auf dem Display leuchtete Hubers Nummer. Der Kriminaloberrat bat beide Kommissare zu sich.

Sybille Kramer-Wieland saß bereits auf einem Stuhl der Besuchersitzgruppe, als Kramer und Biernatzky Hubers Büro betraten. Wie immer war sie tadellos gekleidet. Das dunkelgraue Kostüm saß perfekt und die hellblaue Bluse, die sie dazu trug, schimmerte seidig. Kramer hatte trotz allem den Eindruck, dass sie müde wirkte. Bereits gestern hatte sie ungewöhnlich rasch aufgehört, mit ihm zu streiten. Sie schien sich kurz sammeln zu müssen, bevor sie das Wort ergriff.

»Es geht um den Fall Petrelli. Mir scheint es wichtig, dass wir uns hier noch stärker als sonst koordinieren. Wir sollten zu jeder Zeit Rücksprache halten können.« Sie warf Huber einen Blick zu, der jedoch abprallte.

Kramer sah, dass sein Vorgesetzter in der Lage gewesen war, das kurzzeitige Verschwinden der Kommissare am vorigen Tag für sich zu behalten.

»Der erste Bericht war alles andere als aufschlussreich. Ich kann nur hoffen, dass dies nach beinahe zwei Tagen nicht unsere einzigen Erkenntnisse sind.«

Sie kniff die Augen zusammen und sah Kramer an; langsam schien sie zu ihrer alten Form zurückzukehren. Er ertappte sich bei dem Gedanken, dass ihn dies erleichterte.

»Clemens?«, sprach sie ihn direkt an.

Kramer ging durchs Zimmer und lehnte sich an den Fenstersims.

»Es gibt etwas Neues.« Nachdem er von der Befragung der beiden Frauen in Stuttgart berichtet hatte und von der Theorie, dass Paloma Petrelli das Opfer einer Verwechslung geworden war, ließ er Biernatzky seine unter Einsatz einer ganzen Nacht im Zeitungsarchiv erworbenen Erkenntnisse zusammenfassen.

»Wir nehmen also vorläufig Abstand vom Verdacht der Täterschaft Bertram Gunthers«, fasste Sybille schließlich zusammen.

Kramer bestätigte dies. »Gunther wusste ja, wen er vor sich hatte.«

»Die Theorie, dass dem Mordmotiv in irgendeiner Weise die außereheliche Beziehung zwischen der Petrelli und Gunther zugrunde liegt, ist damit allerdings noch nicht vom Tisch«, überlegte die Staatsanwältin. »Warum wird die Baum von euch als Täterin eigentlich so wenig in Betracht gezogen?«

»Die Möglichkeit kann natürlich nicht ganz ausgeschlossen werden.«

Biernatzky kam Kramer zu Hilfe und gab wieder, dass kein Zeuge sie in der Nähe des Tatorts beobachtet hatte.

»Ist das alles?«, warf Sybille ein. »Das sagt gar nichts. Sie könnte unbeobachtet wieder nach oben gegangen sein. Problemlos – und wie jeder andere Hotelbewohner auch.«

Kramer fügte hinzu, dass auch das Eifersuchtsmotiv nicht viel hergab. Er erwähnte den Eindruck sowohl der Agentin als auch der Opernsängerin, die sich seines Wissens nicht abgesprochen hatten, dass die Ehe von Johanna Baum und Bertram Gunther nur noch auf dem Papier bestand.

»Rasende Eifersucht ist daher eher auszuschließen. Die materiellen Verhältnisse prüfen wir noch. Gunther scheint wohlhabend zu sein, eine Größe in der Wirtschaft. Doch Frau Baum ist noch immer gut im Geschäft, sie müsste auch bei einer Trennung keine Not befürchten.«

»Also?«

Huber, der bislang nur beobachtend dagesessen hatte, schaltete sich ein. »Zurück zur Verwechslung. Auch wenn sie nur eine Möglichkeit ist: Frau Baum könnte sich ernsthaft in Gefahr befinden, daran sollten wir denken.«

Kramer drehte sich um und sah aus dem Fenster. »In jedem Fall ist sie eine zentrale Figur. Es ist wichtig, dass wir ihr

Umfeld und ihre Verbindung zu von Arenz genau durchleuchten. Dies und ihre Überwachung müssen unsere nächsten Schritte sein.«

Er sah zu Sybille. Bei dem andauernden Personalmangel war Personenschutz nicht leicht durchzusetzen. Doch sie nickte bereits, schien allerdings gedanklich abwesend zu sein. Kramer hatte das Gefühl, dass es ihr nicht gut ging. Sybille konnte Schwäche nicht zeigen, die typischen Anzeichen bei ihr waren, dass sie müde und abgespannt wirkte. Wer sie nicht kannte, nahm an, dass es sich um eine vorübergehende berufliche Überlastung handele.

Sie schien seinen Blick zu spüren und richtete sich in ihrem Sessel auf. »Was ist mit den Medien? Es ist hoffentlich allen klar, dass wir der Öffentlichkeit ...«

»Hier haben wir ein Problem«, fiel Kramer ein. »Wenn es tatsächlich eine Verwechslung war, wäre es vielleicht nicht klug, diese Erkenntnis auch nur als Möglichkeit publik zu machen. Wir würden einen wertvollen Vorsprung aufgeben.«

»Könnten wir eine Pressekonferenz geben, die nur den Stand von gestern wiedergibt? So würde sich der Täter in Sicherheit wiegen«, schlug Huber vor.

»Und es vielleicht noch mal versuchen«, ergänzte Biernatzky. »Dann lohnt sich der Personenschutz wenigstens.« Seine sarkastische Bemerkung brachte ihm einen giftigen Blick der Staatsanwältin ein.

»Das gefällt mir nicht. Einen Mörder herauszufordern birgt ein großes Risiko.« Kramer rieb an der Narbe auf seiner Wange entlang. »Können wir die lückenlose Bewachung von Frau Baum garantieren? Jemandem aus dem Schauspielerkreis – und wir gehen ja davon aus, dass unser Täter in diesem Umfeld zu suchen ist – fällt dies in jedem Fall auf. Sie selbst muss auch einverstanden sein«, gab er zu bedenken.

»Unsere Rücksichtnahme muss sich hier in Grenzen halten. Wir stellen eine Polizeibeamtin ab, die sie auf Schritt und Tritt begleitet.« Auch Huber sah noch einmal zur Staatsanwältin hinüber.

Kramer nickte. »Es wird uns nicht viel anderes übrig bleiben. Er sah auf die Uhr. Der Termin für die Pressekonferenz? Ginge morgen Vormittag? Dann hätte ich noch Zeit, mich mit Haase abzustimmen.« Er sah Sybille an. »Wenn wir uns schon dazu entschlossen haben, sollten auch wirklich die großen Medien anwesend sein. Müsste man sie extra einladen?«

Sie schüttelte den Kopf. »Gute Güte, wo lebst du eigentlich? Sie hängen alle hier in der Stadt herum und warten nur darauf, dass wir etwas sagen. Ich kann sie noch hinhalten, aber auch nur mit dem konkreten Termin der PK morgen.«

Huber nickte. »Ich informiere Haase. Er wird sich bei Ihnen melden.«

Haase war der Pressesprecher der Polizei. Er war für seine Besonnenheit und sein rigoroses Abblocken, wo nötig, bekannt. Kramer schätzte ihn sehr. Sie hatten schon manche Pressekonferenz souverän gemeistert, was keine Selbstverständlichkeit war. Es gab durchaus auch Verantwortliche in dieser Position, die ihrem Hang zur Selbstdarstellung nachgaben und zum Ärgernis der Ermittler eine ganz eigene Informationspolitik verfolgten.

Die Kommissare hatten sich auf dem Parkplatz verabredet. Kramer war bei der Spurensicherung gewesen, um sich von Schussmann ins Bild setzen zu lassen. Sie trafen sich bereits im Treppenhaus und traten ins Freie.

»Das darf doch nicht wahr sein!« Biernatzky blieb stehen, als Kramer ihm Schussmanns Erkenntnisse eröffnete.

Kramer nickte. »Ist es aber. Es eröffnen sich wieder ganz andere Möglichkeiten. Wenn die Todesart einer weiteren Überprüfung standhält, die Petrelli also ganz sicher in der Sauna und an der Hitze gestorben ist, könnte es beispielsweise sein, dass jemand die Tür zugehalten hat. Da Paloma Petrelli eine gesunde, junge und normal kräftige Frau war, muss es wohl ein Mann gewesen sein, der ihr nach dem Leben trachtete. Ich bezweifle, dass eine Frau ihren Kräften in Todesangst gewachsen gewesen wäre.«

»Was für ein Mist! Und jetzt?«

»Ich spreche als Erstes mit Svenja Michelsen. Alles andere lassen wir so weiterlaufen, bis wir Genaueres wissen. Die Sache mit dem Stuhl weist natürlich wieder auf Gunther hin, seine Aussage war demnach falsch ... Wir werden ihn jedenfalls damit konfrontieren.«

Kramer blinzelte, als ihm die Sonne direkt ins Gesicht schien.

»Ich fahre«, sagte Biernatzky. Kramer warf seinem Assistenten die Schlüssel zu.

Sie stiegen ein und er startete, worauf der Dienstwagen sogleich aufheulte. Biernatzky hatte den Fuß bereits auf dem Gaspedal gehabt. Er löste die Handbremse und mit einem Hopser und quietschenden Reifen fuhren sie los.

»Axel«, begann Kramer mit stoischer Gelassenheit. »Wenn du die Kupplung nicht schnappen lassen würdest, könnten wir losfahren, ohne dass die diensthabenden Streifen einander informieren, dass du am Steuer sitzt. Du hattest doch schon mal gute Fortschritte gemacht!«

»Ja, und dann bist du im Krankenhaus gelandet, als ich gefahren bin. Seitdem geht's wieder schlechter.«

Der Assistent hatte nicht verwunden, dass Kramer blutend neben ihm zusammengebrochen war, als sie während einer Verfolgungsjagd von einem Streifenwagen gerammt worden waren. Obwohl er nicht viel hätte machen können, um dies zu verhindern, das hatte ihm Kramer seither mehrmals versichert. Bis sie in den Weinberg einbogen, hatte der Berliner seinen Fahrstil in den Griff bekommen.

Sie öffneten das Gartentor und gingen über den Rasen. Die Atmosphäre des Gartens umfing Kramer sogleich, er liebte sein altes Haus und den verwilderten Garten. Es war erstaunlich ruhig. Keine Kameras drückten den Rasen platt, keine Anweisungen hallten durch den Garten. Keine Schauspieler, Kameraleute oder andere Filmhelfer waren zu sehen.

An der Wäschespinne sahen sie Hortense.

»Guten Morgen, Clemens!«, begrüßte sie ihren Schwiegersohn erfreut. »Guten Morgen, Herr Biernatzky. Wollt ihr einen Kaffee? Es gibt auch Kuchen.«

»Wie immer«, stellte Kramer fest. »Es ist so ruhig hier. Wie kommt das?«

»Heute sind keine Dreharbeiten«, klärte Hortense ihn auf. »Am Nachmittag findet ein Vorsprechen statt für die neu zu besetzende Rolle der Rechtsmedizinerin.«

In der Küche schenkte Hortense den Männern zwei große Becher Kaffee ein. »Wie kommst du mit der Situation klar, Hortense? Ist es dir nicht zu turbulent?«

Sie lächelte. »Na, selbst wenn, da müsste ich dann ja durch – war schließlich meine Idee, das Haus zu vermieten. Aber nein, ich finde, es ist mal eine nette Abwechslung. Turbulent ist es allerdings wirklich – die sind schon ganz schön launisch, diese Leutchen. Gestern kam es zu einem unangenehmen Streit. Richtig böse.« Die Realität hatte Hortenses Begeisterung für

die Film-Crew inzwischen wieder eingeholt. Film-Menschen waren auch nur Menschen, das war ihr klar geworden.

»Der Regisseur wieder?«, vermutete Kramer.

»Ja, er hat herumgebrüllt und getobt. Dieses Mal war Frau Baum die Zielscheibe – aber das war sie ja schon öfter.«

»Er hat sich mit Frau Baum gestritten? Worum ging es?«, schaltete sich Biernatzky ein.

»Na, einen Grund braucht der Kerl eigentlich nie. Da reicht schon, dass er einen in der Krone hat – er trinkt ganz gern, habe ich den Eindruck.«

Biernatzky nickte. Dass der Regisseur ein Alkoholproblem hatte, war klar.

»Es ging um ihre Tochter.«

»Johanna Baum hat Kinder?« Kramer horchte auf. »Was hat von Arenz damit zu tun?«

»Nein, nein, sie hat keine. Jedenfalls nicht, dass ich wüsste. Im Film, meine ich. Die Kommissarin hat eine Tochter. Die ist in üble Kreise abgerutscht und Frau Baum als Kommissarin soll sich Sorgen machen. Von Arenz hat mitten in der Szene angefangen zu schreien und die Sache abgebrochen.«

»Was hat er gesagt?« Biernatzky nahm sich das zweite Stück Kuchen vom Blech.

»Er hat gebrüllt, sie sei unglaubwürdig. Und dass es wohl besser sei, dass sie selbst keine Kinder habe.«

»Wie hat sie reagiert?«

»Sie ist eine bemerkenswerte Frau. Man kann sich gar nicht vorstellen, wie sie sich in solchen Situationen beherrschen kann. Doch man konnte sehen, wie sie mit den Tränen kämpfte. Dieser Rüpel!«

»Sagte sie etwas zu dem Regisseur?«

»Allerdings.« Kramer, Biernatzky und Hortense drehten sich überrascht zur Tür. Ohne dass sie es bemerkt hatten, war die Regieassistentin hereingekommen. Sie hatte dunkle Ringe unter den Augen und sah müde aus.

»Und was, Frau Wagner?«

»Die bemerkenswerte Frau sagte laut und deutlich ›Du bist ein Schwein, Friedrich!‹«

»Wer wollte ihr das verdenken, nach solch einer Beleidigung?«, warf Hortense ein. »Aber ihr hättet von Arenz dann sehen müssen: Er war selbst den Tränen nah und verkroch sich in eine Ecke, als wolle er Abbitte tun. Eigentlich drehen sie hier keinen Film, sie sind schon der Film …«

Kramer schüttelte den Kopf.

»Was machen Sie eigentlich hier, Frau Wagner? Ist heute nicht drehfrei?« Er schaute die Frau an. Ihr schien es nicht gut zu gehen, sie war noch blasser als sonst.

»Heute Nachmittag wird nachgecastet, die Rechtsmedizinerin. Wie Sie sicher gehört haben. Und irgendeiner ist eben der Dumme, der alles vorbereiten muss.«

»Sie mögen Frau Baum offensichtlich nicht.«

Kramer beobachtete sie genau. Bevor Kirsten Wagner antwortete, verließ Hortense die Küche und murmelte, dass sie in ihre Wohnung gehe, falls Kramer sie suche.

Die Frau winkte ab. »Ach was. Sie ist eigentlich ganz nett. Ich verstehe nur den ganzen Wirbel nicht. Jeder lobt sie über den grünen Klee, dabei ist sie auch nur eine Schauspielerin, die ihre besten Jahre hinter sich hat.« Sie wollte sich wieder zum Gehen wenden.

»Bitte setzen Sie sich doch einen Moment. Ich würde mich gerne noch mit Ihnen unterhalten. Kaffee?« Kramer hielt die Kaffeekanne in die Höhe und sah die Frau auffordernd an. »Vielleicht sogar Kuchen?«

Kirsten Wagner schien zu überlegen. Sie schaute Kramer und Biernatzky nacheinander an. Schließlich zog sie einen Stuhl zurück und ließ sich darauf niedersinken. Sie nahm sich ein Stück Kuchen, trank dazu aber nur ein Glas Wasser.

»Die Belastung als Regieassistentin scheint sehr groß zu sein«, begann Kramer.

Das Gesicht der jungen Frau verschloss sich. Sie zog die Augenbrauen zusammen. »Was wollen Sie damit sagen? Glauben Sie, ich schaffe das nicht?«

»Ich? Nein, warum? Und selbst wenn – das wäre ja ganz unerheblich.« Der Hauptkommissar sah sie nachdenklich an.

Kirsten Wagner starrte verständnislos zurück. Sie schien zu überlegen, worauf er hinauswollte.

»War das immer Ihr Traumberuf?«, fragte Biernatzky interessiert.

»Traumberuf Depp vom Dienst? Haha«, sie lachte ironisch. »Ich wollte Schauspielerin werden. Hat aber nicht geklappt.«

»Haben Sie als Assistentin die Möglichkeit einer weiteren Laufbahn? Etwa, selbst einmal Regie zu führen?«

»Das kommt darauf an.«

»Worauf?«

»Wie gut man ist und wen man so kennt. Und bei Frauen auch noch, mit wem man ...« Den Rest des Satzes ließ sie offen und lächelte zynisch. Sie steckte sich das letzte Stück Kuchen in den Mund. Plötzlich wurde sie von einem Moment auf den anderen blass. Hastig stand sie auf, stieß dabei beinahe den Stuhl um und stürzte aus dem Zimmer.

Kramer und Biernatzky sahen einander fragend an. Sekunden später hörten sie, wie Kirsten Wagner sich in der Toilette übergab. Kramer erinnerte sich daran, dass sie bei der Vernehmung angegeben hatte, sie habe sich einen Kamillentee bringen lassen, weil ihr schon den ganzen Tag übel gewesen sei. Das Zimmermädchen hatte diese Aussage später bestätigt.

Einige Minuten später kam sie zurück. Sie sah wieder etwas besser aus.

»Ich habe in letzter Zeit einen extrem nervösen Magen. Sie müssen wissen, ich vertrage keinen Salat. Esse ihn aber so gerne. Von Zeit zu Zeit versuche ich es wieder. Manchmal klappt es, manchmal geht es schief. Das letzte Mal scheint es schief gegangen zu sein.« Sie grinste.

Die ausführliche Erklärung kam Kramer merkwürdig vor. Er erinnerte sich, etwas über eine Krankheit gehört zu haben, bei der die Verdauung von Salat gestört war. War es eine Form von Gastritis? Oder hatte die Frau doch eher eine Essstörung und wollte das nicht zugeben? Er konnte Svenja dazu befragen, wenn sich eine Gelegenheit böte.

»Frau Wagner, geht es wieder?« Sie nickte. »Können Sie uns etwas über das gespannte Verhältnis zwischen Herrn von Arenz und Frau Baum sagen?«

»Gespannt.« Wieder das zynische Lächeln. Ihr Blick schien in die Ferne zu schweifen.

»Nicht?«, hakte Biernatzky nach.

»Sicher. Aber der Typ geht doch auf uns alle los. Da ist die – wie sagte Frau Wieland vorhin? Die bemerkenswerte Frau? Sie ist eben in diesem Fall keine Ausnahme.«

»Weiter ist Ihnen nichts aufgefallen bei den beiden?«

Kirsten Wagner sah Kramer an. Es dauerte einen Moment, bis sie antwortete. »Keine Ahnung. Ich halte mich da völlig raus.«

»Es ist also nicht ganz einfach, für Friedrich von Arenz zu arbeiten«, versuchte er es in einer anderen Richtung.

»Er ist Choleriker, außerdem Alkoholiker, was soll man da noch sagen?« Sie zuckte die Achseln. »Ich muss mich an die Arbeit machen.« Ohne ein weiteres Wort stand sie auf und ging hinaus.

»Tschüss auch.« Biernatzky verdrehte die Augen.

Kramer stand auf und trug Teller und Tassen zur Spülmaschine.

»Wer weiß, ob Gunther oder die Baum heute Vormittag hier noch mal anzutreffen sind. Lass uns in die Direktion zurückfahren. Wir suchen sie von dort aus.«

Während Biernatzky auf der Toilette verschwand, wählte Kramer Svenjas Nummer. Sie war bereits wieder an ihrem Schreibtisch.

»Kramer. Hier ist Clemens, meine ich.« Er räusperte sich. »Ich war jetzt bei Schussi.«

»Dann weißt du das mit dem Stuhl?«

Er bejahte. Wie konnte er ihr sagen, dass sie ihre Ergebnisse noch einmal überprüfen musste? Sie würde ihm unterstellen, dass er an ihrer Sorgfalt zweifelte.

»Und jetzt willst du, dass ich noch mal scharf nachdenke, ob es auch eine andere Möglichkeit gibt, wie das Opfer umgekommen sein könnte.«

»Es muss einfach ausgeschlossen werden, dass sie auf andere Art starb. Wir müssen sichergehen, dass wir nicht nur das Offensichtliche für bare Münze genommen haben. Sie lag tot in der Sauna, die Tür schien blockiert, also haben wir quasi nur daran gearbeitet, die Schlussfolgerung zu bestätigen, dass das ihr Tod war. Auch eine natürliche Todesursache käme ja immerhin in Frage.«

»Bin schon dabei. Die natürliche Todesursache können wir uns allerdings höchstwahrscheinlich aus dem Kopf schlagen. Leider. Denn sie war ansonsten völlig gesund. Das andere ist eine rein theoretische Angelegenheit. Ich kann nur Literatur wälzen, um nach vergleichbarer Symptomatik zu suchen. Die Ausbeute wird nicht allzu groß sein.« Sie machte eine Pause. »Du wirst doch nicht etwa an meiner Arbeit zweifeln?« Sie lachte.

Erleichtert stieg er auf ihr Spiel ein. »Das kannst du doch nicht ernsthaft glauben? Du weißt, ich halte sehr viel von …«

»Von mir als Kollegin. Ich weiß und fühle mich geschmeichelt. Wenn ich was finde, melde ich mich.«

Er musste anerkennen, dass sie sich, was die Zusammenarbeit betraf, wirklich bemühte. Es war ihm klar, dass er selbst nicht immer den richtigen Ton traf. Woran mochte das liegen? Sie war ihm nicht gleichgültig, das hatte er nicht nur vorgestern Abend schmerzlich spüren müssen, als er dachte, sie sei tot. Die denkwürdige Begegnung damals, die er mehr oder weniger erfolgreich verdrängte, hatte Spuren in ihm hinterlassen. Svenja schien ihm in der Folgezeit distanziert, weshalb er den Gedanken, sich mit ihr zu treffen, wieder verworfen hatte. Dennoch dachte er ab und zu daran.

»Clemens?« Biernatzky stand bereits vor der Tür.

Die beiden Männer riefen einen Abschiedsgruß zu Hortense hinauf und gingen zum Auto. Unterwegs begegneten sie Frau Wagner noch einmal, die schwer bepackt über den Rasen lief. Hinter dem Dienstwagen der Kommissare stand ein Lieferwagen der Filmfirma, dessen hintere Tür offen stand.

Als Kramer und Biernatzky in die Polizeidirektion zurückkamen, sahen sie, dass aus dem Faxgerät mehrere Seiten quollen. Rund um den Tisch herum, auf dem der Apparat stand, lagen Blätter auf dem Boden. Die Seiten, die noch im Fax steckten, hatten sich um- und ineinander gewickelt.

»Das kann nur der Bericht aus Salzburg sein.«

Kramer sah ihn fragend an.

»Der Unfall. Von Arenz ist doch in Salzburg verunglückt. Ich habe die Kollegen aus Österreich gebeten, uns alles zu faxen, was sie dazu finden. Hab extra noch Faxpapier nachgefüllt.« Er sammelte die Blätter vom Boden auf und begann sie zu sortieren.

»Sieh es dir schon mal an«, schlug Kramer vor. »Ich rufe die Baum an.«

Er erreichte die Schauspielerin im Hotel. Ohne eine Begründung nennen zu wollen, teilte er ihr mit, dass sie Personenschutz bekäme und bis die Beamtin eingetroffen war, ihr Zimmer nicht verlassen solle. Sie protestierte, doch er brach die Diskussion mit dem Hinweis ab, dass er sie später zu einer weiteren Vernehmung aufsuchen werde.

»Und?«, fragte er in Biernatzkys Richtung, als er aufgelegt hatte.

Biernatzky sah hoch. »Also, wie das hier aussieht, war es tatsächlich ein ganz normaler Unfall aufgrund überhöhter Geschwindigkeit. So, wie der Unfall hinterher rekonstruiert wurde, ist er zu schnell in eine Kurve gefahren und hat die Kontrolle über das Auto verloren. Der Wagen schoss über die Leitplanke und überschlug sich mehrmals. Beide waren nicht angeschnallt. Zudem war das Auto eine alte Kutsche. Keine Airbags, kein ABS. Gab es damals noch nicht«, stellte Axel fest.

»Dann ist hier noch eine Akte der Staatsanwaltschaft.« Er las und gab die Informationen in Kurzform weiter. »Es wurde ein Verfahren eingeleitet, wegen Trunkenheit am Steuer und fahrlässiger Körperverletzung. Dabei wurde ermittelt, dass die Baum gefahren ist und nicht er. Die beiden Krankengeschichten sind hier beigefügt. Von Arenz' Kniescheibe war zertrümmert, er bekam ein künstliches Kniegelenk. Wegen einer schweren Depression haben sich die Rehabilitation und der Heilungsprozess verzögert. Johanna Baum erlitt eine Fehlgeburt, offensichtlich war sie schwanger gewesen. Es ist davon die Rede, dass sie keine Kinder mehr bekommen kann. Im Laufe des Prozesses kam es bei ihr zu einem Nervenzusammenbruch.«

»Verurteilung?«

»Nein. Schwerste Anschuldigungen, die aber zu nichts führten.«

»Wer beschuldigte wen?«

»Von Arenz warf Johanna Baum vor, sie habe sein Leben zerstört. Ihr Anwalt wies dies zurück. Sie selbst hatte dann den Nervenzusammenbruch. Merkwürdig ist allerdings, dass Gunther hier keine Rolle spielte. Schließlich hat auch er sein Kind verloren. Er trat aber nicht als Nebenkläger auf.«

Kramer nahm den Hörer seines Telefons ab und wählte die auf dem Anschreiben angegebene Nummer. Doch auch nach mehreren Versuchen war niemand mehr aufzutreiben, der die Berichte durch weitere Informationen oder Erinnerungen ergänzen konnte.

»Wenn wir mal an Tatmotive denken«, überlegte er, »was können wir daraus machen?«

»Friedrich von Arenz war offensichtlich ein junger Schauspieler am Anfang einer viel versprechenden Karriere«, fantasierte Biernatzky drauflos. »Nehme ich jedenfalls mal an. Vielleicht hat er eine Affäre mit Johanna Baum, einer ebenfalls jungen Schauspielerin, die auch am Anfang ihrer Karriere steht. Eines Abends, sie wollen ins Hotel fahren, setzt sie sich ans Steuer, weil er betrunken ist. Sie baut einen Unfall. Er wird verletzt und bleibt behindert. Seine Karriere als Schauspieler ist beendet. Wie man heute noch merkt, empfindet er Hass gegen sie. Also nützt er einen günstigen Moment und bringt sie um.«

»Das mit der Affäre könnte stimmen, nach Rozina Shanes Andeutung. Aber ein Mord aus Leidenschaft nach zwanzig Jahren? Ich weiß nicht. Es stellt sich Frage, warum er einen Film mit ihr dreht, wenn er sie noch immer hasst?«

»Okay, noch mal anders: Hältst du es für möglich, dass Gunther mit der Petrelli nur eine Affäre hatte, um es seiner Frau heimzuzahlen? Die junge Frau hat dann zu viele Forderungen gestellt und er wollte sie loswerden. Er hat die Sache so arrangiert, dass wir irgendwann draufkommen, dass eigentlich seine Frau das Opfer hätte sein sollen. Er glaubt aber, wir dächten nicht im Traum daran, dass er seine Geliebte tötet, also verdächtigen wir ihn von vornherein gar nicht. Und deshalb hat er nun freie Bahn.«

»Freie Bahn? Wofür? Das ist doch total verstiegen. Aber wir sollten trotzdem auch Bertram Gunther ein wenig durchleuchten.« Kramer rieb sich die Augen. »Was mir nach wie vor komisch vorkommt, ist, dass sich jemand für etwas rächen will, das bereits zwanzig Jahre zurückliegt.«

Er wurde vom Klingeln des Telefons unterbrochen. Als er hörte, dass Katrin sich meldete, konnte er ein Stöhnen nur mühsam unterdrücken. Rief sie ihn bereits im Büro an?

»Hallo, Clemens«, säuselte sie. »Ich wollte dich nur fragen, ob du heute bis gegen acht nach Hause kommst. Wir bekommen Gäste und ich fände es schön, wenn du auch dabei wärst.«

»Mal sehen.« Kramer war genervt. Wäre Eckhard nicht gewesen, hätte er sofort abgesagt. Er ging zur Kaffeemaschine. Die Kanne war leer. Er nahm eine Filtertüte aus der Schachtel und stopfte sie in den Filter. Dann suchte er die Dose mit dem Kaffee und wollte sie öffnen. Der Plastikdeckel ging nicht von der Blechdose. Verfluchtes Ding, dachte er. Mit einem lauten Plopp hatte er es schließlich geschafft. Die Dose war randvoll gewesen. Durch den Ruck hatte er sich einen ordentlichen Schwall Kaffeepulver über die Hand, auf den Ärmel und auf den Boden geschüttet. Er fluchte. Großzügig löffelte er den Kaffee in die Filtertüte.

»Wütend?«, fragte Biernatzky, der ihn aufmerksam beobachtet hatte.

Kramer reagierte nicht.

»Lass mich raten. Svenja Michelsen hat angerufen.«

»Da liegst du diesmal völlig falsch.«

»Sorry. Aber schau mal auf die Uhr. Was ist mit Pauline?«

Kramer schlug gegen den Schrank. »Verschwitzt! Mist! Kommst du mit? Einen Döner kannst du sicher vertragen.«

Beide schnappten ihre Jacken. Sie waren schon auf dem Flur, als Biernatzky Kramer daran erinnerte, dass er etwas vergessen hatte. Kramer sah ihn fragend an.

»Hat sie dir nicht etwas für Pauline mitgebracht? Svenja Michelsen, meine ich. Entschuldige, dass ich den Namen schon wieder erwähne.« Er grinste.

Kramer holte die Blätter und sie verließen das Polizeigebäude. Der Regen hatte aufgehört und am Himmel war bereits wieder die Sonne zu sehen.

Nachdem sie mit Pauline gegessen, ihr die Ausdrucke gegeben und sie im Weinberg abgesetzt hatten, fuhren Kramer und Biernatzky direkt in das Hotel weiter.

Die Wagen der Filmfirma standen noch auf dem Parkplatz. Sie parkten neben einem der Lieferwagen und gingen auf das Gebäude zu. Aus einem grün-silbernen Dienstfahrzeug, das in diesem Moment auf den Parkplatz fuhr, stieg eine junge Frau in Zivil. Sie musste die Beamtin sein, die Huber zur Bewachung Johanna Baums angefordert hatte. Kramer schätzte die junge Frau auf Ende zwanzig. Sie hatte blonde, lange Haare, die sie zu einem straffen Pferdeschwanz zusammengebunden hatte. Sie steckte ihre Dienstwaffe in ihr Halfter, bevor sie den Reißverschluss ihrer Blousonjacke schloss, und warf die Autotür zu.

Er ging ihr entgegen. »Frau Wolfsmüller?«, begrüßte er sie und schüttelte ihr die Hand.

Die Frau nickte.

»Kramer, das ist mein Kollege Axel Biernatzky. Sie wissen über Ihre Aufgabe Bescheid?«

»Herr Huber hat mich informiert. Ich werde Frau Baum nicht aus den Augen lassen.«

Sie gingen auf das Hotel zu. Biernatzky lächelte der Polizistin zu und fasste mit wichtiger Miene die Fakten des Falles zusammen. Sie sah ihn an, lächelte jedoch nicht, nickte nicht einmal.

Kramer musste sich ein Grinsen verkneifen und öffnete die Glastür.

Johanna Baum saß in der Eingangshalle. »Ich habe Ihnen schon am Telefon gesagt, dass ich das nicht möchte. Was soll das überhaupt?« Die Schauspielerin verlor keine Zeit mit einer Begrüßung. Sie musterte die junge Polizeibeamtin von oben bis unten und sah dann wieder zu Kramer. »Finden Sie nicht, dass Sie mir wenigstens eine Erklärung schuldig sind?«

»Nein, Frau Baum, das sind wir nicht. Aber wir können Ihnen sagen, dass die Möglichkeit besteht, dass Frau Petrelli versehentlich ermordet worden ist und die Tat eigentlich Ihnen gegolten hat.« Kramer beobachtete Johanna Baums Gesichtsausdruck. Nicht die geringste Regung zeigte sich.

Die Schauspielerin zuckte mit den Schultern. »Offensichtlich habe ich ja keine Wahl.« Sie nickte der Beamtin zu, die ihren Gruß nicht erwiderte. »Kommen Sie. Ich habe noch zu arbeiten.«

Biernatzky schüttelte den Kopf, während er den beiden Frauen nachsah.

»Okay, Axel. Von Arenz steht an.« Kramer nickte Richtung Fahrstuhl.

»Alles klar. Keine Samthandschuhe. Meine leichteste Übung.«

Sie fuhren in den zweiten Stock.

Friedrich von Arenz war froh gewesen, als er die Tür hinter sich schließen konnte. Neben sich auf dem Tisch stand eine Flasche Whiskey. Sie war halb leer. Er nahm einen tiefen Schluck aus dem Glas, bevor er den Telefonhörer wieder aufnahm.

»Vergiss es. Ich habe die Tür abgeschlossen, weil ich nicht will, dass du schon wieder im Zimmer stehst!« Warum kapierte sie es nicht?

»Geliebt. Komm mir doch nicht mit so was. Glaubst du, ich fange jetzt an zu heulen?«

Er trank das Glas mit einem Zug aus. Sie ging ihm auf die Nerven. Warum stellte sie sich so an?

»Ich habe keine Lust, dir das noch einmal zu erklären. Das interessiert mich alles nicht mehr. Wenn du nicht aufhörst, schmeiß ich dich raus. Die Produktion ist sowieso hinüber, auf eine Woche mehr oder weniger kommt es nicht mehr an.«

Er knallte den Hörer aufs Telefon und legte die Hände vors Gesicht. Er wusste nicht, wie lange er so gesessen hatte, als das Klopfen ihn hochschrecken ließ.

»Herr von Arenz, öffnen Sie bitte die Tür. Wir wissen, dass Sie da sind.« Biernatzky klopfte noch einmal.

Kurz darauf blickte Friedrich von Arenz die Kommissare aus blutunterlaufenen Augen an.

»Herr von Arenz, es tut uns Leid, dass wir Ihre Zeit über Gebühr in Anspruch nehmen müssen, aber wir haben neue Erkenntnisse, zu denen wir Sie befragen müssen.« Kramer sah sich im Zimmer um. Der Regisseur bemühte sich offensichtlich nicht, seinen Hang zum Alkohol zu verbergen. Eine fast leere Flasche irischer Whiskey stand auf dem kleinen Tisch, das Zahnputzglas daneben.

»Um was geht es?« Seine Aussprache war erstaunlich klar.

»Erzählen Sie uns zunächst noch einmal von Ihrem Autounfall.« Kramer lehnte sich an den Kleiderschrank, Biernatzky setzte sich auf die Tischkante und verschränkte die Arme.

»Das geht Sie nichts an.« Der Regisseur blickte sie mit traurigen Augen an. Unwillkürlich fühlte Kramer sich an einen Bassett erinnert. Doch er brachte kein Mitleid auf für den, der da vor ihm stand.

»Wenn Sie nicht mit uns kooperieren, nehmen wir Sie mit.« Biernatzky erhob sich.

»Ich weiß wirklich nicht, was mein Unfall mit dem Tod von Frau Petrelli zu tun haben soll. Sie muss damals noch ein Kind gewesen sein.« Von Arenz ließ sich in den Sessel fallen. »Was denken Sie sich dabei?«

»Das geht Sie nichts an.« Biernatzky ließ sich wieder auf der

Tischkante nieder und sah abwartend auf den älteren Mann hinab.

»Herr von Arenz, ich habe mich vor kurzen mit Rozina Shane unterhalten, einer sehr guten Freundin von Frau Baum.«

Kramer wollte den Druck verstärken. Es wirkte. Von Arenz wurde unruhig. »Wir wissen, dass Sie bei diesem Autounfall in Salzburg mit Frau Baum zusammen waren«, fügte er hinzu.

»Reden Sie!« Biernatzkys Gesicht kam dem des Regisseurs ganz nahe.

»Also gut.« Von Arenz schloss für einen Moment die Augen.

6

»Es war vor beinahe zwanzig Jahren. Ich war damals fünfundzwanzig Jahre alt und stand am Anfang meiner Schauspielkarriere, in einem festen Engagement am Wiener Burgtheater, allerdings wurde ich nur für kleinere Rollen eingesetzt. Als junger Schauspieler will man, so oft es geht, auf der Bühne stehen. Man ist hungrig, gierig. Jede Rolle ist eine neue Herausforderung, die man meistern will. Beinahe jeden Abend war ich am Theater, egal, ob ich spielte oder nur zusah. Besonders Johanna Baum interessierte mich. Sie war damals bereits eine gute Schauspielerin. Ihr Vater war der berühmte Quentin Baum. Als ich zum Burgtheater kam, war sie schon seit fünf Jahren dort. Sie war schön. Langes Haar, ausdrucksvolle Augen. Wir verliebten uns ineinander, konnten nicht genug voneinander bekommen. Dass sie verheiratet war, war mir egal. Ich hatte keinen Zweifel daran, dass sie sich irgendwann von ihrem Mann trennen würde. Nach ein paar Monaten eröffnete sie mir, dass sie vermutlich schwanger sei. Das war kurz nachdem wir beide zu den Salzburger Festspielen eingeladen wurden. Die Festspiele waren mir wichtiger als alles andere und ich habe ehrlich gesagt nicht viel über dieses Kind nachgedacht.

Johanna sollte in Salzburg im ›Jedermann‹ die Rolle der ›Buhlschaft‹ spielen. Mir bot man an, ›Jedermanns guten Gesell‹ zu übernehmen, ich sollte einen kranken Kollegen ersetzen. Diese Rolle ist eine der drei Hauptrollen, für einen jungen Schauspieler eine Sternstunde. Es waren nur etwa acht Wochen bis zur Premiere, das bedeutete Proben fast rund um die Uhr. Ich hatte ein kleines, nicht allzu teures Hotel mitten in der Stadt gefunden. Die Atmosphäre war wie elektrisch aufgeladen. Johanna und ich waren Tag und Nacht zusammen. Es war wie ein Rausch. Schließlich stand die Premiere bevor. Wir waren alle nervös, ich am meisten.

Am Premierenabend glaubte ich, der nervlichen Belastung nicht standzuhalten. Ich werde diesen Tag niemals vergessen. Ich hatte tagelang fast nichts essen können und war schwach.

Wäre Johanna nicht gewesen, hätte ich aufgegeben. Sie redete auf mich ein. ›Du spielst nicht, du bist Jedermanns Gesell, für mich, für die andern, für das Publikum. Los. Das ist deine einzige Chance.‹ Schließlich stand ich auf der Bühne. Sie war ständig in Sichtweite. Mein Bewusstsein klinkte sich aus und ich kann mich nur noch an den Schluss erinnern. Nachdem das Stück zu Ende war, trat Stille ein. Die Sekunden bis zum Beifall waren qualvoll, doch ich war nicht allein. Sie stand neben mir. Endlich brandete der Beifall los. Ich schrie und die Anspannung fiel nur langsam von mir ab.

Während der Premierenfeier war ich außer Rand und Band. Ich trank, tanzte, sang, schrie und taumelte umher bis in die tiefe Nacht. Johanna trank nichts, auch wegen der Schwangerschaft. Sie war mittlerweile im vierten Monat. In den frühen Morgenstunden zerrte sie mich zum Auto. Ich wollte fahren, doch Johanna nahm mir den Autoschlüssel ab. Sie fuhr selten, meinen Wagen war sie noch nie zuvor gefahren. Wir stritten uns, schrien uns an. Dann ging alles ganz schnell. Johanna hat zu mir gesehen und nicht wahrgenommen, dass eine Kurve kam. Als sie wieder nach vorne schaute, schossen wir schon mit voller Geschwindigkeit von der Straße. Sie riss das Lenkrad herum. Die Reifen quietschten und das Auto geriet ins Schleudern. Johanna verlor die Kontrolle über den Wagen. Sie schrie nur noch, schrie und schrie und schrie … Weiter weiß ich nichts mehr.

Sie hatte das Kind verloren, wie ich erfuhr, als ich wieder zu Bewusstsein kam. Und sie würde nie wieder Kinder bekommen können. Und ich? Mein Bein war kaputt. Das bedeutete, alles war dahin. Die Schauspielerei, mein Lebenstraum. Das glückliche Leben mit Johanna. Sie war schuld an allem. Wir fanden nichts Gemeinsames mehr, keine Ebene, auf der wir uns begegnen konnten. Es gab nur noch Anklage. Schuld und Hass. Johanna ging dann zu ihrem Mann zurück. Was aus mir geworden ist, sehen Sie ja.«

7

Keiner der drei Männer in dem Hotelzimmer mit den schrägen Wänden sagte etwas. Friedrich von Arenz war in dem Sessel, in dem er saß, zusammengesunken. Es dauerte eine Zeit lang, bis er sich wieder aufrichtete.

»Schuldzuweisung und Hass sind keine seltenen Mordmotive«, nahm Biernatzky die Vernehmung schließlich wieder auf.

»Was empfinden Sie heute für Frau Baum?« Kramer sah den Regisseur an.

Der Angesprochene zuckte mit den Schultern. »Wie gesagt, das ist alles fast zwanzig Jahre her. Als ich diese Produktion angefangen habe … Ich dachte, vielleicht hilft es mir, wenn ich wieder ganz normal mit Johanna umgehen kann.«

»Und? War das der Fall?«

Von Arenz sah den Kommissar kurz an, wendete jedoch den Blick ab, bevor er antwortete. »Ich denke schon. Wir haben ja erst angefangen. Das wäre schon geworden.«

Kramer stieß sich vom Schrank ab und ging im Zimmer umher. Es war klar, dass dieser letzte Satz nicht zu Friedrich von Arenz passte, so, wie er sich selbst eben beschrieben und sein Leben geschildert hatte. Er war ein extremer Mensch mit kaum zu kontrollierenden Emotionen, sei es positv, sei es negativ. Hinzu kam, dass er in den letzten Tagen alles andere als ausgeglichen gewirkt hatte. Verschiedene Beteiligte waren Zeugen seiner Ausbrüche gewesen. Doch es waren auch genau diese Eigenschaften, die gegen einen heimtückischen Mord von seiner Hand sprachen. Gebrüll und Wutausbrüche, spontane Reaktionen, womöglich eine Entgleisung, wenn sich eine Situation hochschaukelte, all das war in seinem Fall plausibel. Unter Umständen auch Gewalt, eine Ohrfeige, eine Rangelei. Doch jemanden kaltblütig zu Tode zu bringen passte nicht zu diesem Mann.

Kramer setzte seine Gedanken Biernatzky auseinander, nachdem sie von Arenz verlassen hatten und wieder im Flur standen.

»Dein Gefühl in Ehren. Aber hier ist ein Motiv und eine Gelegenheit. Was brauchst du noch?«

»Ist mir schon klar, Axel. Außerdem spricht die neue Situation eher für einen Mann als für eine Frau. Trotzdem …«

»Lass uns sofort zu der Baum gehen. Mich interessiert, warum die mit einem Typen wie dem überhaupt noch dieselbe Luft atmet.«

Kramer nickte. Sie klopften an die Tür von Zimmer 216. Beate Wolfsmüller öffnete und trat zurück. Kramer sah, dass Johanna Baum einen dünnen Mantel trug.

»Frau Baum, wir müssen Sie leider stören.«

»Ich wollte gerade zu einem Spaziergang aufbrechen. Das Vorsprechen heute Nachmittag wird sicher ermüdend werden, ein bisschen frische Luft täte mir gut. Wollen Sie nicht mitkommen?«

Die Erfahrung hatte gezeigt, dass das gemeinsame Gehen in manchen Situationen mehr bewirkte als heftige Konfrontation auf engem Raum. Kramer war deshalb gleich einverstanden. Er bedeutete der jungen Polizistin, dass sie eine Pause einlegen könnte. Sie verließen das Hotel und gingen zum See hinunter.

Im Großen und Ganzen entsprach Johanna Baums Version der Geschichte den Angaben des Regisseurs. Sie mussten mehrmals nachhaken, um die Details zu erfragen, da die Schauspielerin immer nur so viel preiszugeben schien, wie sie musste. Und es war verständlich, dass sie die Geschichte aus einer anderen Perspektive erzählte.

»Ich mache mir in der Tat Vorwürfe, daran schuld zu sein, dass Friedrichs Leben anders verlaufen ist, als er sich erhofft hatte. Ich bin ihm gegenüber hilflos, nicht in der Lage, ihn in die Schranken zu weisen, obwohl er es nicht selten verdient hätte. Ich arbeite daran, mir klar zu machen, dass die Depressionen, unter denen er leidet, vielleicht durch den Unfall damals ausgelöst wurden, doch latent in ihm schon immer vorhanden waren. Jemand, der nicht ohnehin von seiner ganzen

Persönlichkeit her schwermütig ist, kann auch mit einem solchen Schicksalschlag anders umgehen. Kann das Leben trotzdem bewältigen.«

Kramer kniff die Augen zusammen und sah über den See. Sie waren ein ganzes Stück gegangen; er drehte sich um und sah zum Konstanzer Trichter, wo zahllose Enten sanft auf dem Wasser schaukelten. Die Luft war dunstig, man sah die Häuserreihen wie durch einen Weichzeichner.

Es war ihm klar, dass Johanna Baum Recht hatte. Für Depressionen konnte man niemanden verantwortlich machen – es war nicht einmal legitim, wenn er ihr nach dieser langen Zeit ihre Fahrlässigkeit von damals weiterhin oder von Neuem aufbürdete. Dennoch schien sie ihm recht distanziert. Dass sie sich Vorwürfe machte, hörte sich eher nüchtern an, eine sachliche Feststellung ohne Gefühl. Doch selbst wenn sie log – mit der Ermordung von Paloma Petrelli gab es keinen Zusammenhang, auch wenn er die Verwechslungstheorie fallen ließ und sie als Verdächtige betrachtete.

»Bitte erzählen Sie uns, wie Sie die Ereignisse von damals verarbeitet haben.«

»Ist es nicht schrecklich?« Sie blieb stehen, sah die Kommissare an und lachte bitter.

»Was ist schrecklich?« Biernatzky schien von ihrer Theatralik genervt.

»Sie sind außer meinem Mann die Ersten, die das interessiert. Ironischerweise wollen Sie dies auch nur wissen, um Ihren Mordfall weiterzubringen. Alle anderen, während des Prozesses und auch danach, haben sich nur um Friedrich gekümmert. Ich habe immerhin mein Kind verloren. Und alle anderen möglichen Kinder auch.«

»Aber ein Wunschkind war es ja eigentlich nicht«, warf Biernatzky ein.

Johanna Baum warf ihm einen verächtlichen Blick zu, den Kramer nachvollziehen konnte. Allerdings hatte es wenig Sinn, dem Kollegen Gefühle auseinandersetzen zu wollen, die man einem eigenen Kind entgegenbringen konnte, selbst wenn es noch nicht geboren war. Zudem war die Frage interessant.

»Sie haben sehr darunter gelitten?«, half er der Schauspielerin, den Faden wieder aufzunehmen, als sie nicht antwortete.

»Ich hatte nicht schwanger werden wollen, das stimmt. Meine Karriere war mir wichtiger, vor allem zu dieser Zeit. Als es dann aber passiert war, habe ich mich auf das Kind gefreut. Und erst nachdem ich es verloren hatte, wurde mir klar, was es für mich bedeutet hatte. In mir breitete sich eine große Leere aus, die ich nie wieder ganz bezwang. Der Mann, den ich zu lieben glaubte, war mir in dem Moment, wo ich ihn am meisten gebraucht hätte, keine Stütze. Ich erkannte, was für ein labiler Mensch er ist. Heute glaube ich, dass es Faszination war. Liebe ist etwas anderes.«

»Was ist denn Liebe? Die Gefühle, die Sie Ihrem Ehemann entgegenbringen?«

»Bertram war mir in dieser Zeit eine große Hilfe.«

»Er hat Ihnen verziehen, dass Sie ihn betrogen hatten, ihn vermutlich sogar verlassen wollten?« Biernatzky sah die Frau kopfschüttelnd an.

»Mich mit Friedrich einzulassen war ein großer Fehler. Bertram ist sehr großzügig. Er hat mir verziehen.« Frau Baum lächelte milde.

»Lieben Sie ihn?«, hakte Kramer nach.

»Liebe. Ein großes Wort«, wich sie erneut aus. Als sie den Blick des Hauptkommissars auf sich ruhen sah, nickte sie. »Doch. Ja. Ich liebe ihn.«

Biernatzky verdrehte die Augen.

»Dann muss es ein schwerer Schock für Sie gewesen sein zu hören, dass er sie mit Frau Petrelli betrogen hat.«

Johanna Baum kniff die Augen zusammen. »Das habe ich bis vor kurzem nicht gewusst. Und ich bin mir sicher, dass es nichts Ernstes war.«

»Wie kommen Sie darauf, Frau Baum? Ich dachte, Sie hatten von der Sache nichts gewusst. Wie können Sie dann sicher sein, dass die Affäre mit Frau Petrelli nichts Ernstes war?«

Kramer ließ sie nicht aus den Augen, doch er wusste, dass sie mit Fragen wie dieser als Schauspielerin vermutlich leicht umgehen konnte.

In der Tat kostete sie die Antwort nicht einmal ein Blinzeln. »Mein Mann und ich sind schon sehr lange verheiratet. Glauben Sie, eine Ehe ist kein Spaziergang. Es gibt Höhen und Tiefen. Ein kleiner Seitensprung ist keine Tragödie. Und wir haben uns nie getrennt«, beharrte sie.

»Auch als Sie ein Kind von einem anderen erwarteten«, stellte Kramer fest. »Ungewöhnlich.«

Sie zuckte mit den Schultern. »Meine Ehe ist mir wichtiger als alles andere – und das war damals im Grunde auch schon so.«

Kramer sah, dass Biernatzky genug hatte. »War es nicht einfach so, dass von Arenz Sie nach dem Unfall fallen ließ?«, fragte er brutal. »Sie hatten gar keine Wahl.«

Der Hauptkommissar atmete aus. Die Frage Biernatzkys war im Grunde keine Frage, sondern eine Feststellung. Und er hatte Recht damit. Die Schauspielerin verstrickte sich zwar nicht gerade in Widersprüche, doch was sie über ihre Gefühle aussagte, war nicht schlüssig. Dennoch war Kramer fast sicher, dass die Provokation in diesem Moment unklug war. Sie hatten keinen Ansatzpunkt und das wusste die Frau, sie hatte sich das alles in Ruhe überlegen können. Er hatte richtig vermutet.

Ärgerlich zog sie den Mantel um ihre Taille. »Was erlauben Sie sich? Wie sprechen Sie mit mir?« Sie drehte sich um und begann, den Weg zurückzugehen. »Ich nehme an, das Verhör ist beendet. Da Sie sich sowieso alles schon selbst zurechtgelegt haben …«

»Eins noch, Frau Baum.« Kramer hatte sie wieder eingeholt. »Warum drehen Sie mit Herrn von Arenz einen Film, wenn Ihr Verhältnis zu ihm so gespannt ist?«

Sie überlegte kurz. »Er ist ein hervorragender Regisseur. In meinem Alter gibt es nicht mehr so viele gute Rollen. Ich musste zugreifen.« Sie zog ihr Seidentuch enger um sich. »Sie entschuldigen mich. Ich muss mich auf den Weg machen.« Würdigen Schrittes eilte sie auf den Hoteleingang zu.

Als Axel und Kramer wieder in der Hotelhalle standen, schlug Biernatzky mit der flachen Hand auf die Lehne eines Sofas.

»Verdächtige über Verdächtige … Der Regisseur ist nicht aus dem Rennen, wenn man die Verwechslung annimmt. Dann die Baum. Die kann sich zwar schlecht selbst umgebracht haben wollen. Aber wohl die Petrelli. Jetzt erzählt sie uns ein Märchen von der Großzügigkeit ihres Mannes, obwohl sie uns zuvor aufgetischt hatte, die Ehe mit ihrem Mann bestünde eigentlich nur auf dem Papier. Jetzt stellt sie es so hin, als sei die Affäre mit dem Regisseur ein großer Fehler gewesen, obwohl der uns erzählt, sie habe sich scheiden lassen wollen. Die Beziehung ihres Mannes mit Paloma Petrelli stellt sie als Lappalie dar. Ich glaube ihr außerdem immer noch nicht, dass sie nichts davon gewusst, und schon gar nicht, dass es ihr nichts ausgemacht hat. Vielleicht irren wir uns doch und die Baum hat die Petrelli in der Sauna schmoren lassen?«

»Axel, du redest dich in Rage«, warf Kramer ein und grinste. »Was die Baum als Verdächtige betrifft, ist es allerdings unter den neuen Gesichtspunkten kaum anzunehmen, dass sie die Petrelli umgebracht hat. Sie hätte nicht die Kraft gehabt, die Tür zuzuhalten.«

Biernatzky musste zustimmen. »Paloma Petrelli war jünger und besser durchtrainiert.«

»Das ist ohnehin der nächste Punkt. Wir müssen Gunther in die Mangel nehmen. Seine Aussage war eindeutig falsch – er sagte, der Stuhl habe unter der Klinke geklemmt.«

Pauline und Violetta standen am Fenster von Paulines Zimmer und sahen in den Garten hinaus.

»Hui, guck mal die«, staunte Violetta, als eine große, brünette Frau auf das Haus zuging. »Die ist bestimmt toll als Rechtsmedizinerin.«

Pauline schaute skeptisch. »Nö, so stell ich mir keine Rechtsmedizinerin vor. Die ist zu groß und zu dürr.«

»Wie soll sie dann aussehen?«, stöhnte Violetta. »Da sind jetzt schon drei Schauspielerinnen gekommen und an jeder hast du etwas auszusetzen.«

Pauline zuckte mit den Schultern. »Hm – mittelgroß, rote Haare, grüne Augen. So wie Svenja zum Beispiel.«

»Die ist aber keine Schauspielerin.« Violetta trat von einem Fuß auf den anderen. Sollte sie sich wirklich mit diesen Konkurrentinnen messen und heute Nachmittag ebenfalls dem Regisseur vorsprechen? Sie hatte mit Pauline weiter an »Maria Stuart« geübt, denn für den »Momo«-Text von Svenja war es zu spät gewesen. Aber jetzt verließ sie der Mut.

»Komm, wir gehen runter, bevor es losgeht. Wir müssen doch den Regisseur noch fragen, ob du ihm auch etwas vorsprechen darfst.« Pauline sah Violettas zögerliche Miene. »Was ist? Traust du dich nicht mehr?«

Violetta schüttelte den Kopf.

»Ach, komm schon«, ermutigte Pauline die Freundin. »Du hast so toll geübt und kannst deine Rolle wirklich gut. Wer nicht wagt, gewinnt nicht!«

Sie öffnete das Terrarium. »Ich nehme Strangle mit. Als Maskottchen.«

Violetta musste lachen. Sie nahm ihr Textbuch und ging zur Tür. Vorsichtig nahm Pauline die kleine Würgeschlange hoch und strich sanft über die Haut des Reptils. »Schön brav sein«, flüsterte sie Strangle zu und gab ihr einen Kuss.

Violetta verzog das Gesicht.

Mit Hortenses Erlaubnis hatten die Schauspieler zusammen mit Kirsten Wagner das Wohnzimmer freigeräumt. Der Regisseur hatte beschlossen, das Vorsprechen drinnen abzuhalten. Von Arenz, die Regieassistentin und Johanna Baum saßen in einer Reihe auf dem Sofa und schauten kritisch auf die drei Schauspielerinnen, die für die Rolle der Rechtsmedizinerin vorsprechen wollten. Jeder hatte einen Block und einen Stift vor sich, auf dem Tischchen vor ihnen standen außerdem Wassergläser und -flaschen. Pauline schluckte. Sie konnte nun verstehen, warum Violetta der Mut verließ. Einer Freundin vorzuspielen war okay, aber vor drei Leuten zu stehen, die alle so streng aussahen? Da würde selbst sie verstummen, obwohl sie sonst nicht auf den Mund gefallen war. Aber da musste Violetta nun eben durch.

Pauline schob die Freundin vor sich her.

»Los jetzt«, flüsterte sie ihrer Freundin zu.

»Ich kann nicht«, wisperte Violetta zurück. »Mach du!«

Pauline verdrehte die Augen und räusperte sich.

»Äh, Herr… Herr von Arenz?«

»Was denn? Siehst du nicht, dass wir beschäftigt sind?«, herrschte der Regisseur sie an.

»Ich… äh… also wir… Violetta möchte… sie möchte Ihnen gerne vorsprechen.«

Der Mann schaute sie aus zusammengekniffenen Augen an. »Vorsprechen. Wozu?«, blaffte er.

»Sie würde gerne einmal Schauspielerin werden. Und Sängerin, und Tänzerin. Bitte, sagen Sie Ja. Es dauert auch nicht lange.« Sie trat vor ihn hin und zog das gelbe Büchlein hervor.

Der Mann sagte nichts. War das ein gutes oder ein schlechtes Zeichen? Dass er nach und nach knallrot wurde, war wohl nicht so gut. Nicht aufgeben, dachte sie. Sie wollte eben nachsetzen, als die Regieassistentin plötzlich schrie und die Augen aufriss.

»Seid ihr denn alle ...« Friedrich von Arenz schaute von Kirsten Wagner, die mit ihrem Finger auf die Mädchen deutete, zu Pauline. Jetzt wich auch ihm alle Farbe aus dem Gesicht.

Pauline sah sich um. Was hatten die denn plötzlich? Sie hörte Violetta hinter sich kichern.

»Deine Hosentasche«, flüsterte sie. »Schau auf deine Hosentasche.«

Pauline sah an sich hinunter. Ihre Schlange kroch gerade neugierig aus der riesigen Tasche ihrer Hose heraus. Sie betrachtete interessiert ihre Umgebung.

Pauline hatte ganz vergessen, dass sie Strangle mitgenommen hatte. Sie lächelte und nahm die Schlange behutsam in die Hand. Vorsichtig legte sie sich das Tier um den Arm. Mit der anderen Hand fasste sie Strangles Kopf.

»Das ist Strangle, meine Schlange. Keine Angst, sie ist völlig harmlos«, erklärte sie. »Will jemand von Ihnen sie vielleicht mal streicheln? Sie fühlt sich toll an, ganz glatt.« Sie machte wieder einen Schritt auf das Sofa zu.

»Geh mit dem Vieh weg!«, kreischte die Regieassistentin.

Auch Johanna Baum wollte die Schlange nicht streicheln.

»Jetzt reicht es mir aber!«, schrie von Arenz. »Raus! Raus mit euch, ihr Gören!«, brüllte der Mann mit krebsrotem Gesicht.

Hortense kam herein.

»Nehmen Sie gefälligst die Kinder mit und gehen Sie mir aus den Augen«, schrie der Regisseur.

Hortense erstarrte und winkte dann die beiden Mädchen zu sich her. »Schämen Sie sich«, tadelte sie den Mann. »Sie sind ja betrunken. Kommt, Kinder.«

»Sei nicht traurig, Violetta«, tröstete Pauline ihre Freundin, als sie es sich in der Küche bei Kakao und Kuchen gemütlich gemacht hatten. »Bei diesem Schreihals hätte es sowieso keinen Sinn gehabt vorzusprechen.«

Hortense ging lächelnd zum Telefon, das läutete. »Hermann! Wie nett, dass du dich meldest.« Sie hörte ihm eine Weile zu. »Kommendes Wochenende schon? Und so lang? Ach so, tja, eigentlich passt das ganz gut.«

»Du willst nach Hamburg fahren? Zu Hermann Voss?«, fragte Pauline, als die Großmutter aufgelegt hatte.

»Warum nicht?« Sie blickte auf den Kalender. »Ach so, der Friseurtermin ... Vielleicht kann man ihn vorverlegen?« Sie griff erneut zum Telefon, drehte sich aber um, bevor sie wählte, und sah die Mädchen an. »Habt ihr beide heute eigentlich keine Hausaufgaben auf?«

Friedrich von Arenz erhob sich, ging an der Wand entlang bis zur Tür und setzte sich auf die Treppenstufen vor dem Haus. Sein Körper fühlte sich bleischwer an. Seine Gedanken waren auf das Casting konzentriert gewesen. Jetzt breitete sich nur eine bodenlose Leere in ihm aus. Von seiner Umgebung nahm er nicht viel wahr. Er spürte nicht, ob es kalt oder warm war, er spürte nicht einmal mehr Hände und Füße, sein Bein, das ihm oft Schmerzen bereitete, war ihm nur lästig. Er hatte getrunken, mehr als sonst. Anders wäre das alles auch nicht zu ertragen gewesen. Alle Hoffnung, die er noch hatte, hatte er auf diese Produktion gesetzt. Auf die Arbeit mit ihr. Er versuchte, sich zu orientieren. Das Haus, der Garten. Seit Tagen drehten sie hier und kamen doch nicht weiter. Er musste weg. Erneut stemmte er sich hoch und stolperte langsam auf das Gartentor zu. Die Bäume, der Zaun, alles begann, sich um ihn zu drehen. Er fiel nach vorne, auf die Hände. Einen Moment lang hockte er so da, dann kroch er die Meter bis zum Tor und zog sich daran hoch. Es war offen und gab nach, doch er hielt das Gleichgewicht, sodass er es schaffte, sich an dem Pfosten festzuklammern. Er atmete schwer. Sie hatte neben ihm gesessen, ruhig und beherrscht. Man hatte ihr nichts angemerkt. Wie konnte sie nur? Er musste weiter. Das Gartentor ging nun nicht mehr auf, mit seinem Gewicht hatte er es zugedrückt. Er zog und rüttelte daran. Verzweifelt und wütend heulte er auf. Dann sank er vor dem Tor zu Boden und stützte den Kopf in die Hände. Ihm war elend. Wie kam er hier raus? Sein Blick ging langsam zur Seite. Er fasste mit den Händen in den Holzzaun und zog sich daran hoch.

Auf der Straße standen Autos. Welcher war verdammt noch mal sein Wagen? Er kniff die Augen zusammen. Schaute wieder. Irgendwie kam er hinter das Steuer. Der Schlüssel fiel zu Boden. Nach mehreren Versuchen schaffte er es, über das Lenkrad gebeugt, ihn in das Zündschloss zu stecken. Mit quietschenden Reifen fuhr Friedrich von Arenz los. Beim Ausparken streifte er das Auto, das vor ihm stand, mit einem Schleifgeräusch, das ihm in den Ohren gellte. Er raste den Weinberg entlang. Als es geradeaus nicht mehr weiterging, bog er links ab. Er wusste nicht, wohin er fuhr. Die Straße erschien ihm unscharf und voller Unebenheiten und Kurven und so eng! Er wollte auf eine größere, breitere, wo man schnell geradeaus fahren konnte. Nur schnell möglichst weit fort! Vielleicht einmal rechts? Von Arenz bog rechts ab. Am liebsten hätte er es dem Auto überlassen, den richtigen Weg zu finden. Diese Straße machte schon wieder eine Kurve! Er fluchte und klammerte sich am Lenkrad fest. Der Wagen wurde immer schneller. Statt durch die Kurve zu fahren, rammte er ein Verkehrsschild. Der Wagen stand! Der Regisseur schnaufte. Aber Stillstand konnte er nicht ertragen. Er setzte zurück. Beim Anfahren schrammte er wieder an den parkenden Autos entlang, dieses

Geräusch! Er konnte sich nicht von ihnen lösen, auch wenn er das quietschende Schnarren kaum aushielt. Sie schienen ihn halten zu wollen, aber er musste doch weiter! Es dröhnte in seinen Ohren. Er fühlte sich gehetzt! Wie kam er nur auf eine der großen Ausfallstraßen, die ihn aus diesem Labyrinth herausführte? Dort war eine Ampel, vielleicht ging es da weiter. Nur nach vorne, nur fort! War sie rot? Er konnte es nicht erkennen und raste und raste. Plötzlich sah er im Augenwinkel ein Auto, es kam mit großer Geschwindigkeit von der Seite heran. Seine Finger umgriffen das Lenkrad wie die Krallen eines Vogels. Es fühlte sich heiß an, als würden seine Hände damit verschmelzen. Er brachte keinen Laut mehr hervor. Dann hörte er ein Hupen, wie aus weiter Ferne. Er schaute sich um, ohne den Fuß auf dem Gaspedal heben zu können. Mitten in der Kreuzung, hinter ihm, standen drei Autos. Zwei davon waren zusammengestoßen. Er hielt nicht an, er konnte nicht bremsen. Mühsam drehte er den Kopf nach vorne und versuchte, geradeaus zu blicken. Da erkannte er es! Ein riesiger, bunter Turm raste auf ihn zu! Er versuchte, das Lenkrad herumzureißen, doch seine Hände bewegten sich nicht, sein Körper reagierte nicht. Immer schneller raste der Turm auf sein Auto zu. Füllte für einen langen Moment die ganze Windschutzscheibe aus. Der Aufprall riss ihn nach vorn. Glas splitterte. Etwas Hartes traf ihn am Kopf. Er stöhnte. Warm rann es seine Wange hinunter. Dann wurde es dunkel.

Bertram Gunther war nicht in seinem Zimmer. Auch am Drehort war er nicht. Kramer und Biernatzky fuhren erneut ins Hotel, um sich zu vergewissern, dass er nicht abgereist war.

Die Empfangsdame versuchte vergebens, ihn telefonisch zu erreichen.

»Wir müssen in sein Zimmer«, erklärte Biernatzky der jungen Frau.

»Ich bedaure, das kann ich ohne Genehmigung leider…«

»Bitte rufen Sie den Geschäftsführer«, unterbrach Kramer sie.

Maximilian Fender trat wenige Minuten später aus dem Fahrstuhl. Kramer erläuterte dem Hoteldirektor kurz die Situation.

»Müssten Sie nicht einen Durchsuchungsbefehl anfordern?« Sein Schnurrbart war tadellos gezwirbelt.

Biernatzky verdrehte die Augen. »Sie schauen sich gerne Krimis im Fernsehen an, was? Kam da noch nie der Begriff ›Gefahr im Verzug‹ vor? Wir müssen handeln, Mann!« Er machte eine dramatische Geste, Kramer legte den Kopf schief und blickte ihn von der Seite an. Aber er schwieg.

Fender willigte ohne weitere Diskussion ein und begleitete die Kommissare zu Zimmer 217. Er schloss die Tür auf und trat als Erster ein. Das Zimmer war leer, aber bewohnt. Kleider, persönliche Gegenstände und sogar die Brieftasche von Bertram Gunther waren da. Einen Geldbeutel fanden sie nicht, der Autoschlüssel fehlte ebenfalls.

Sie ließen sich an der Rezeption Gunthers Auto beschreiben und das Kennzeichen geben. Die Empfangsdame bat sie, einen Moment zu warten. Sie ging in ihr Büro nach hinten, wo sie aus dem Fenster sah.

»Der Wagen steht nicht mehr auf dem Parkplatz. Heute Morgen war er noch da«, stellte sie fest.

Die beiden Männer traten vor das Hotel.

»Was nun? Fahndung?«

»Lassen wir die Kirche im Dorf«, überlegte Kramer. »Das sieht nicht nach Flucht aus. Er weiß noch nichts davon, dass wir ihn bei einer Falschaussage ertappt haben. Falls er es war, wiegt er sich noch immer in Sicherheit, denn sonst hätten wir ihn anders angefasst. Im Übrigen …«

»Im Übrigen glaubst du ja sowieso nicht, dass er es war«, ergänzte Biernatzky.

Kramer ging um das Gebäude herum und sah auf den Parkplatz. Gunther und Johanna Baum schienen nicht nur getrennt zu wohnen, sondern auch unabhängig voneinander angereist zu sein. Ein sportliche Limousine mit Berliner Kennzeichen und den Buchstaben JB stand noch dort.

Als Biernatzky zu ihm kam, sah er den Kollegen nachdenklich an. »Es ist nicht nur wichtig, dass wir den Mann persönlich befragen. Wir wissen zu wenig über ihn. Was tut er, wenn er nicht am Set herumhängt? Vor allem brauchen wir mehr Informationen über seine Situation, seine Vergangenheit, alles. Ich schlage vor, wir trennen uns – ich suche ihn und du gräbst alles aus, was du über ihn finden kannst.«

Biernatzky sah auf die Uhr. »Sehen wir uns dann noch mal?«

»Wir telefonieren. Ich fahre anschließend gleich nach Hause – zu Eckhard, meine ich. Sie haben mich zum Essen eingeladen.« Er verzog das Gesicht.

Axel grinste. »Na, dann viel Spaß. Wenn du willst, ruf ich dich mal an. Sollte es ganz schlimm werden, kannst du so tun, als sei es ein Notfall, und dich verabschieden.«

Kramer lachte. »Lass mal, das schaff ich schon allein. Ach so – kannst du dich hier abholen lassen?«

»Ach was. Die paar Meter geh ich zu Fuß.« Der Assistent verabschiedete sich und trabte los, die Baseballkappe verkehrt herum auf dem Kopf.

Kramer ging zurück zum Empfang und fragte die Angestellte, ob sie ihm zu Bertram Gunthers Angewohnheiten Auskunft geben konnte. Sie verneinte; die Zeit, die das Filmteam bisher hier verbracht hatte, war zu kurz, als dass sie dazu etwas sagen könne. Ihr fiel allerdings ein, dass er sie am vorigen Tag nach einer Kirche gefragt hatte.

»Einer Kirche?«

»Ja. Ich konnte ihm dazu nicht viel sagen. Wir sind die touristischen Informationsbroschüren durchgegangen. Die Stadtkirchen haben ihn nicht interessiert, doch die Stiftskirche St. Georg in Oberzell auf der Insel Reichenau hat er sich notiert und die Klosterkirche Birnau.«

»Das war gestern?«

»Gestern Abend, ja.«

»Und ist er heute Vormittag ausgegangen?«

»Das kann ich Ihnen nicht sagen, ich habe erst um vierzehn Uhr angefangen.«

Kramer überlegte. Die Möglichkeit bestand immerhin, dass er Gunther bei seiner Besichtigungstour finden konnte. Die Reichenau war keine zehn Kilometer entfernt. Das konnte er in weniger als zwanzig Minuten schaffen.

Er ging zum Auto und nahm die Reichenaustraße am Flughafen entlang in Richtung Westen. An der Kindlebild-Kapelle bog er auf den von Pappeln und Schilf gesäumten Damm zur Reichenau ab. Auf seinem Weg nach Oberzell kam er an einem Denkmal vorbei. Er versuchte sich zu erinnern, wem es gewidmet war, aber es fiel ihm nicht ein. Falls Gunther wirklich fliehen wollte, wäre das von hier aus kein Problem. Die Staatsgrenze zur Schweiz verlief mitten durch die Stadt, was Konstanz für Touristen noch attraktiver machte als andere Orte der Gegend. Er konnte längst in Italien sein oder auch den Weg Richtung Osten eingeschlagen haben. Doch was brachte ihm das? Nach wie vor ergab diese Spur keinen rechten Sinn.

Kramer bog ab und hielt vor der St.-Georgs-Kirche. Tatsächlich fand er Bertram Gunther dort. Er hatte zweimal hinschauen müssen: Der ältere Mann saß seitlich in einer der letzten Bänke, den Kopf in die Arme gestützt, den Blick zu Boden gerichtet. Seine Jacke lag neben ihm auf der Sitzbank. Leise setzte sich Kramer hinter ihn. Ruckartig drehte sich Gunther um.

»Sie? Verfolgen Sie mich? Warum?«

»Ich muss Ihnen noch ein paar Fragen stellen«, antwortete Kramer.

»Was wollen Sie denn noch wissen? Ich habe Ihnen alles erzählt.«

»Kommen Sie.« Kramer stand auf. Gunther folgte ihm schwerfällig. Er kniff die Augen zusammen, als sie ins Freie traten.

Offensichtlich hatte er lange in der Kirche gesessen.

»Lassen Sie uns ein Stück gehen«, schlug Kramer vor.

Der Mann zog seine Jacke an. Wind war aufgekommen. Kramer fuhr sich durch die Haare. Sie gingen um die Kirche herum, schlugen den Weg in Richtung See ein und liefen dann ein Stück am Wasser entlang.

Kramer hatte beschlossen, nicht mit der Tür ins Haus zu fallen. Er wollte in einem zunächst neutralen Gespräch so viel wie möglich herausfinden, bevor er Gunther mit der Falschaussage konfrontierte.

»Herr Gunther, wir wissen von der Beziehung Ihrer Frau mit Friedrich von Arenz«, begann er.

Der Angesprochene schnaubte und zog eine Augenbraue hoch. »Dann wissen Sie sicher auch, dass das bereits zwanzig Jahre her ist und ein, lassen Sie es mich so ausdrücken, jähes Ende gefunden hat.«

»Mich würde interessieren, welche Rolle Sie bei der Geschichte gespielt haben.«

»Rolle? Wie meinen Sie das? Der gehörnte Ehemann ist kein angenehmer Part.« Bertram Gunther lachte bitter.

»Wann haben Sie von der Beziehung zwischen Ihrer Frau und Herrn von Arenz erfahren?«

»Als der Anruf aus dem Krankenhaus kam. Verstehen Sie, ich war ahnungslos, die ganze Zeit. Es gab keinen Grund, ihr zu misstrauen.«

»Daraufhin sind Sie zu Ihrer Frau gefahren?« Kramer sah den Mann auffordernd an.

»Gut, es blieb mir ja nichts anderes übrig. Man rief mich aus dem Krankenhaus an und sagte mir, meine Frau habe einen Unfall gehabt. Sie sei nicht lebensgefährlich verletzt, habe aber das Kind verloren. Ich fiel aus allen Wolken. Ein Kind? Meine Frau hatte mir nicht gesagt, dass sie schwanger war. Zumal wir, beziehungsweise sie, Kinder nicht in Erwägung gezogen hatten. Johanna hatte sich oft anhören müssen, wie ihre eigene

Geburt ihre Mutter die Karriere gekostet hatte. Und als Schauspielerin Karriere zu machen war das, was ihr wichtiger war als alles andere. Ich hatte mir Kinder gewünscht, doch ich respektierte ihre Entscheidung. Und jetzt war sie schwanger gewesen? Ich fuhr nach Salzburg. Da lag sie. Sie sah erbärmlich aus. Nach und nach erzählte sie mir alles. Sie habe einen großen Fehler gemacht, als sie die Beziehung mit von Arenz eingegangen sei, das schickte sie vorweg. Sie sei wie in einem Rausch gewesen. Erneut gab es keinen Grund, ihr nicht zu glauben. Ich habe ihr verziehen. Es war eine schwere Zeit. Johanna hatte sich völlig verändert, sie wollte von der Schauspielbühne abtreten. Sie könne keine Emotionen auf der Bühne zeigen, so, wie sie sich fühle, sagte sie. Leer. Hohl. Sie hatte Angst zu versagen. Nach einigen Jahren war sie so weit, dass ich sie überzeugen konnte, es mit einer Film- und Fernsehkarriere zu versuchen. Sie wurde bekannter, als sie es je auf der Theaterbühne geschafft hätte.«

»Und Friedrich von Arenz hat sie nie mehr gesehen?«

»Nicht, dass ich wüsste.«

»Warum dreht sie jetzt einen Film mit ihm?«

Bertram Gunther zuckte mit den Schultern. »Die Rolle lockte sie. Friedrich von Arenz hat sich einen Ruf als guter Regisseur erworben. Das scheint mir allerdings auch vorbei zu sein.« Er sah in die Ferne. »Vorbei. Alles ist jetzt vorbei.«

Auf diesen einfachen Satz ließen sich tatsächlich mindestens vier Lebensgeschichten dieser unglücklichen Menschen reduzieren, wenn man das Opfer mitzählt, dachte Kramer. Nur die Art, wie die drei Lebenden damit umgingen, unterschied sich erheblich voneinander. Während Gunther undurchschaubar blieb, aber offensichtlich litt, war Johanna Baum die Beherrschung in Person. Ganz im Gegensatz zu Friedrich von Arenz, dessen Hass ihn allmählich zerfraß. Sein selbstzerstörerischer Kurs verhieß nichts Gutes. Ob Paloma Petrelli von alldem gewusst hatte?

Sie erreichten eine ummauerte Plattform, von der aus man einen spektakulären Blick über den See hatte. Kramer blieb stehen und wandte sich seinem Begleiter zu. Er wollte sicher gehen, seinen Gesichtsausdruck sehen zu können, wenn er ihm die entscheidende Frage stellte. Direkte Konfrontation schien ihm hier die geeignete Strategie.

»Eine ganz andere Sache, Herr Gunther. So, wie Sie uns den Sachverhalt geschildert hatten, kann es nicht gewesen sein. Der Stuhl, wie auch alle anderen Stühle im Wellnessbereich des Hotels, ist nicht hoch genug, als dass er die Klinke der Saunatür blockieren könnte. Sie haben uns nicht die Wahrheit gesagt.«

Auf Gunthers Gesicht zeichnete sich Verständnislosigkeit ab. Nichts weiter. »Sie müssen sich irren. Es war so, wie ich gesagt habe. Vielleicht doch ein anderer Stuhl?«

Kramer schüttelte den Kopf. »Nein. Es gibt nur diese Art von Stühlen dort. Und es fehlen mehr als drei Zentimeter.«

Bertram Gunther zuckte mit den Schultern und sah ihm direkt in die Augen. »Ich kann Ihnen nichts anderes sagen.«

»Schildern Sie mir noch einmal, wie Sie zur Saunatür gekommen sind, was Sie gesehen haben«, forderte Kramer ihn auf. Die Reaktion des Mannes war authentisch, er war sich fast sicher.

Gunther hatte dem, was er vor zwei Tagen ausgesagt hatte, nichts hinzuzufügen. Er war zur Sauna gekommen, hatte geklopft, gleichzeitig den Stuhl unter der Klinke bemerkt und ihn zur Seite gerissen.

Kramer konnte sehen, dass der Mann sich Gedanken machte. Überlegte er, ob diese neuen Erkenntnisse ihn belasteten? In der Tat war dies eine Frage, die Kramer sich selbst stellte. Wenn Gunther tatsächlich eine absichtliche Falschaussage gemacht hatte, war er entweder einfältig oder er verfolgte einen anderen Plan. Welchen? Alle Möglichkeiten, die er in Gedanken durchgespielt hatte, führten zu nichts. Wenn das Opfer woanders gestorben war und der Tatort dem Anschein nach in die Sauna verlegt werden sollte, brachte dies Gunther keinen Vorteil. Immer war er es, der in Verdacht geriet. Und der unauffällige Transport einer Toten war im Hotel kaum zu bewerkstelligen. Im Übrigen war es annähernd auszuschließen, dass die Kollegen von der Spurensicherung dies nicht bemerkt hätten.

Konnte es doch ein natürlicher Tod gewesen sein? Es war an der Zeit, dass er sich mit Svenja Michelsen besprach.

Gunther sah ihn noch immer an. »Was wird jetzt? Soll ich mitkommen?«

»Momentan besteht dazu keine Veranlassung. Doch ich bitte Sie, sich zu unserer Verfügung zu halten.«

»Ich habe nichts vor.« Er sah nach oben. »Ich gehe hier noch ein Stück an der Seestraße entlang.«

Während Kramer zu seinem Wagen ging, wählte er die Nummer der Rechtsmedizin.

»Clemens, wie nett, wie geht es dir?« Rosemarie Tiefenbach hatte nach fünfmaligem Klingeln abgenommen, wahrscheinlich hatte Svenja das Telefon zum Sekretariat weitergeschaltet. »Hast du den Schock verkraftet? Keine Sorge, ich glaube, Svenja weiß nicht, welche Sorgen wir uns alle wegen ihres Ablebens gemacht hatten. Das wäre ihr sicher auch nicht angenehm.«

»Ist sie schon weg?«

»Nein, sie streitet sich gerade mit Paschke. Soll ich sie rufen? Sie wäre womöglich dankbar.«

»Nicht nötig. Ich bin sowieso gerade unterwegs. Ich schaue vorbei, vielleicht hat sie ja dann Zeit.«

Als er in der Rechtsmedizin ankam, schien Svenja noch immer mit Paschke beschäftigt zu sein. Sie war nirgends zu sehen, doch auf dem Monitor ihres Computers lief der Bildschirmschoner. Eine Fotoshow mit Aufnahmen aus der Umgebung, nicht professionell, eher persönliche Ansichten. Kramer beobachtete gedankenverloren, wie die Bilder vorbeischwebten. Ein Seeblick, eine Uferlinie, eine lustige Perspektive des modernen Konstanzer Wahrzeichens. Die riesigen, halb bekleideten Brüste der Imperia dominierten das Bild. Kramer schmunzelte. Als Nächstes streckte eine Möwe keck ihren Schnabel in die Kamera. Sie flimmerte weg. Er stutzte. Eine Wiese erschien, ein Holzschuppen. Er spürte, wie ihm plötzlich warm wurde. Doch dann sah er das lang gezogene Klostergebäude im Hintergrund. Dies war nicht der Uniwald und der Schuppen nicht jener, für den er ihn gehalten hatte. Er atmete aus und verdrängte das Gefühl, dass er ein wenig enttäuscht war. Abrupt drehte er sich um und ging hinaus.

Rosi berichtete, dass Paschke und Svenja vor etwa zehn Minuten wieder leiser geworden waren. Es dauerte nicht mehr lange, bis die Rechtsmedizinerin herauskam. Mit Schwung schloss sie die Tür hinter sich. Sie hatte gerötete Wangen, war erregt, aber nicht wütend, zumindest nicht mehr. Die Sekretärin sah sie über den Rand ihrer Lesebrille hinweg an.

»Später. Ich erzähle es dir.«

»Du hast Besuch.«

Erst jetzt sah Svenja Kramer, der im Türrahmen lehnte. Ihre Augen funkelten. Er lächelte, er konnte nicht anders. Sie sah aus, als habe sie einen Triumph davongetragen. Sie sah gut aus. Er hatte Lust, seinen Arm um sie zu legen, was er natürlich nicht tat.

»Ich weiß nicht, ob du Zeit hast oder in Stimmung bist, über den Fall Petrelli zu reden ...«

»Jedenfalls bist du gekommen, um darüber zu sprechen. Und das bedeutet, dass es jetzt wichtig ist, sonst würdest du dich nicht extra bemühen. Komm, wir gehen in mein Büro.«

Sie ging voran. Kramer lehnte sich seitlich an einen Aktenschrank, Svenja ging zum Fenster. Ganz offensichtlich war sie noch nicht wieder so ruhig geworden, dass sie sich setzen wollte. Sie lief auf und ab. Er erläuterte ihr in kurzen Worten, weshalb er gekommen war. Sie ging zum Schreibtisch und suchte mehrere Papiere zusammen, Kopien, Ausdrucke, den ursprünglichen Bericht. Dann schaltete sie die Deckenbeleuchtung ein. Die Röhren sprangen hektisch an.

»Ich habe damit angefangen, noch einmal auszuschließen, dass Paloma Petrelli eines natürlichen Todes gestorben ist«, begann sie. »Um es gleich zu sagen: Das steht leider nach wie vor unumstößlich fest. Kein natürlicher Tod.« Sie fuhr sich durchs Haar, das sie offen trug. Es schimmerte im Neonlicht heller als sonst. »Dann habe ich die einzelnen Faktoren ihres körperlichen Zustands, die eigentlich alle ohne Zweifel auf jenen angenommenen und für mich offensichtlichen Tod hinwiesen, voneinander getrennt und sie in der Forschungsliteratur verfolgt, um zu sehen, ob sie Hinweise auf andere Todesarten geben können. Hier. Und hier.« Sie hob nacheinander mehrere Blätter hoch. »Wenn sich zum Beispiel etwas mit einem Gift ergeben hätte, hätte ich danach suchen können. Die körperlichen Erscheinungen kommen für sich natürlich alle immer wieder vor, doch wenn sie zum Tod führen, dann besteht stets ein Zusammenhang mit wieder anderen Symptomen, die wir bei ihr nicht nachweisen konnten.« Sie setzte sich auf ihren Schreibtisch und sah ihn an. Der hintere Teil ihres geschlitzten Rockes fiel zur Seite und enthüllte eins ihrer Beine. Mit Mühe riss er seinen Blick von einer kleinen Laufmasche in ihrem Strumpf weg. Er sah ihr ins Gesicht. Sie hatte noch immer rote Wangen, ihre Bewegungen waren energisch, ihre Augen blinzelten abwartend.

»Verstehst du?«, fragte sie, als er nichts sagte.

Er räusperte sich. »Im Grunde schon. Es kann nicht anders sein als so, wie wir dachten.«

Sie nickte. »Das ist es im Prinzip.« Sie fing an, ihre Sachen zusammenzupacken. »Ich gehe. Das war ein so verrückter Nachmittag, ich muss jetzt hier raus.« Sie sah auf die Uhr. »Spät genug ist es ja.«

»Aber im Großen und Ganzen ist alles in Ordnung?« Direkt zu fragen wäre Kramer indiskret erschienen. Er wollte sich nicht einmischen, doch es war offensichtlich, dass es zwischen Svenja und ihrem Chef zum Eklat gekommen war. Da er mit ihr schon einige Male über Paschke gesprochen hatte, nahm er Anteil.

»Hast du Zeit? Ich lade dich zum Italiener ein und erzähle es dir. Verrückte Geschichte.«

Kramer kämpfte mit sich. »Nein, leider nicht.« So sehr ihm das Essen bei Ehrmanns widerstrebte, er konnte Eckhard nicht hängen lassen.

Svenja hielt inne und sah ihn an. Dann sah sie weg und nickte. »War nur eine Frage.« Sie räumte weiter auf, ohne ihn noch einmal anzusehen.

Kramer kam eine Idee. »Ich bin eingeladen, zum Essen. Du kennst meinen Freund ja, Eckhard. Seine Frau bekocht ein paar Leute. Hast du nicht Lust mitzukommen? Das wäre sicher kein Problem.«

»Das ist nett, aber ich denke nicht, danke. Ich frage eben Rosi, wir hatten sowieso vor, uns mal wieder zu treffen.« Sie hob die Hand und ging hinaus. Er konnte die Enttäuschung in ihrem Ton hören. Verdammt noch mal, dachte er.

Biernatzky starrte auf den Bildschirm. Von Zeit zu Zeit hackte er hektisch auf den Tasten herum. Dann wartete er wieder. Er runzelte die Stirn. »Interessant«, murmelte er. Er klickte den Drucker an. Wenig später überflog er die Zahlenkolonnen, die sich über etliche Seiten erstreckten.

Es war erstaunlich. Die Unternehmen, die Bertram Gunther leitete, hatten ihre Geschäftsberichte als Teil der Homepage des Konsortiums veröffentlicht. Die Talfahrt war rasant gewesen. Biernatzky sah sich den Ausdruck mit den Insolvenzen der letzten Jahre genau an. Noch vor zehn Jahren, so las Axel in einer Referenzseite eines Wirtschaftsmagazins, war Gunther zum Entrepreneur des Jahres gewählt worden, eine Auszeichnung, die eine Vereinigung renommierter Wirtschaftsprüfungs- und Unternehmensberatungsfirmen verlieh. Er hatte zwei seiner Firmen sogar in Aktiengesellschaften umgewandelt, war an die Börse gegangen und wenig später in die Pleite geschlittert, wobei er das erworbene Kapital nach und nach zugeschossen hatte, um die Insolvenz immer wieder abzuwenden. Letztlich war dies ohne Erfolg gewesen, sein Privatvermögen hatte er – so neuere Artikel – dabei ebenfalls verloren.

Es klopfte. Valerie stand im Zimmer und hielt zwei Päckchen, beide in Alufolie verpackt, in der Hand.

»Wie wäre es mit einem Snack? Beziehungsweise das ist eigentlich ein fürstliches Abendessen, man könnte noch etliche Leute damit satt bekommen. Thailändisch.« Sie entfernte die Alufolie von den Schalen. »Hühnchenfleisch mit Gemüse und Cashewnüssen oder gebratenen Reis mit Tofu und Gemüse?«

Der Kommissar sah sie an, ohne etwas zu sagen. Er hatte Hunger. Und natürlich freute er sich, Valerie zu sehen. Vor allem das Letztere schien sie allerdings überhaupt nicht in Zweifel zu ziehen. Selbstverständlich ging sie davon aus, dass er nur sehnsüchtig darauf wartete, bis sie wieder erschien. Auch wenn es stimmte – er fragte sich, woran das lag. Wirkte er so unbeholfen, dass sie glaubte, er war dankbar für ihre Zuwendung? Das hatte er nicht nötig, die Frauen flogen ihm zwar nicht scharenweise zu, wie er manchmal geprahlt hatte, aber er war sicher nicht unattraktiv. Oder besaß sie einfach ein unerschütterliches Selbstvertrauen? Axel entschied sich für diese Erklärung, um sich nicht ärgern zu müssen.

Er schob seinen Stuhl an die Stirnseite des Schreibtisches, holte Kramers dazu und sie setzten sich, nachdem Valerie das Essen auf Plastiktellern angerichtet hatte. Als sie fertig waren, legte er den Arm um sie. »Das war gut, vielen Dank. Wenn du wieder mal …«

Das Klingeln des Telefons unterbrach ihn. Er sah auf die Uhr.

»Viertel vor neun. Clemens wird es nicht mehr sein.« Er nahm ab. »Was? Und wo ist er? … Ich verständige Kramer, wir kommen sofort.«

Kramer parkte vor dem Haus der Ehrmanns, zog den Schlüssel aus dem Zündschloss, blieb jedoch im Wagen sitzen. Er hatte keine Lust auf einen geselligen Abend.

Schließlich stieg er aus dem Auto und schlug die Tür zu. Den Hausschlüssel, den Katrin ihm leihweise gegeben hatte, benutzte er nicht. Auf sein Klingeln hin erschien sie strahlend in der Haustür.

»Clemens, da bist du ja. Wir haben dich schon sehnsüchtig erwartet.«

Kramer tauschte einen Blick mit Eckhard, als er ins Wohnzimmer kam. Sein Freund war mit dem Öffnen einer Weinflasche beschäftigt. Katrin stellte ihm die Gäste vor: ein Paar mittleren Alters und, wie befürchtet, eine allein stehende Frau. Es war nicht Katrins erster Versuch, ihn mit Damen aus ihrem Freundeskreis bekannt zu machen.

»Clemens ist Kriminalkommissar bei der Kripo«, fügte sie sensationslüstern hinzu. »Komm, Clemens. Setz dich hier zu Michaela.«

Die Erwähnte lächelte Kramer an. Sie musste Ende zwanzig sein. Lange, blonde, dauergewellte Haare umrahmten ihr rundes Gesicht. Sie trug blauen Lidschatten und einen hellrosa Lippenstift.

Kramer lächelte höflich zurück. Womit hatte er das verdient?

Katrin eilte geschäftig in die Küche und wieder zurück. Sie trug die Vorspeise auf. Kramer schaute verblüfft auf den Teller. Er wusste von Eckhard, dass das Repertoire seiner Frau über wenige Standardgerichte nicht hinausging. Wenn Kramer zufällig am Abend vorbeikam, hatte es immer Brot, Wurst und Käse gegeben. Zum Nachtisch vielleicht Vanillepudding mit Sauerkirschkompott. Jetzt aber tischte sie einen raffiniert aussehenden Meeresfrüchtesalat auf.

Kramer schaute seinen Freund fragend an. Dieser formte mit den Lippen unauffällig das Wort »Kochkurs«. Kramer musste schmunzeln.

»Du bist also bei der Kriminalpolizei«, versuchte die dauergewellte Blondine neben Kramer eine Unterhaltung in Gang zu bringen. »Das ist bestimmt ein spannender Beruf. Ist es nicht gefährlich?«

»Ach, es geht.« Kramer wollte nicht unhöflich sein, aber er wollte auch nichts mitteilen. Vor allem wollte er nicht mit Michaela ins Gespräch kommen.

»Erzähl doch mal von einem Fall. Hast du gerade einen?«, forderte die Blondine ihn auf.

»Tut mir Leid, aber über laufende Ermittlungen darf ich nicht sprechen.«

Michaela schaute auf ihren Teller. Kramer bemerkte einen Blick zwischen ihr und Katrin. Katrin machte eine aufmunternde Geste. Prompt versuchte Michaela ein weiteres Mal ihr Glück.

»Und was machst du so privat? Hast du Hobbys?«

»Dafür habe ich leider nicht allzu viel Zeit.«

Michaela sah Katrin verzweifelt an. Aus den Augenwinkeln sah er Katrin unauffällig die Schultern zucken. Er sah zu Eckhard hinüber, der ihn angrinste. Schweigend aß er weiter.

Katrin stand auf und räumte die Teller ab. Sie ging in die Küche. Kramer stand auf, um ihr zu helfen.

»Nein, nein, bleib du nur sitzen«, lehnte die Gastgeberin ab. »Eckhard, kommst du?«

Der Hauptgang bestand aus Fisch. Katrin trug eine feuerfeste Schale herein, in der mehrere Fischfilets auf einem bunten Gemüsebett lagen.

»Das ist Heilbutt auf einem Gemüsebett aus Kartoffeln, Zucchini, Karotten, Auberginen und Erbsen. Wenn jemandem der Geschmack von Rosmarin zu stark ist, kann er die Kräuternadeln auch beiseite legen«, erklärte sie.

»Ich koche auch gern«, änderte Michaela die Taktik.

Kramer antwortete nicht, er fühlte sich nicht direkt angesprochen. Das Essen, so gut es war, war hart verdient. Michaela konnte nichts dafür. Aber mit Katrin würde er, wenn die Gäste gegangen waren, ein paar deutliche Worte sprechen. Eckhard rettete ihn. Die beiden Männer hatten ihre Unterhaltung kaum begonnen, als die Gastgeberin sich wieder einschaltete.

»Ach, ihr beiden. Immer redet ihr nur von euren Jobs. Kennt ihr nichts anderes?«, maulte sie.

Nun ging sie zu weit. Kramer bemühte sich, die Worte, die ihm auf der Zunge lagen, bei sich zu behalten, als sein Telefon klingelte.

»Axel, was gibt's?«

»Tut mir Leid, Clemens. Aber das ist jetzt kein Spaß«, klärte ihn sein Assistent auf. »Es ist wirklich etwas passiert. Friedrich von Arenz hatte einen Unfall. Er liegt schwer verletzt im Krankenhaus. Sehr schwer verletzt. Sie wissen nicht, ob er durchkommt.«

»Ich komme«, sagte Kramer knapp. Er atmete auf.

Kramer und Biernatzky trafen sich vor dem Klinikum.

»Weißt du schon Genaueres?«, fragte Kramer seinen Assistenten, während er ausstieg. Seine Jacke zog er aus und warf sie auf den Beifahrersitz.

Der Kollege schüttelte den Kopf. »Nicht viel. Er ist gegen eine Litfaßsäule gefahren, mit hoher Geschwindigkeit. Nicht angeschnallt, natürlich. Zuvor hat er ein paar Autos gestreift. Zwei sind bei Ausweichmanövern zusammengestoßen. Waren aber eben erst an der Ampel losgefahren und hatten keine große Geschwindigkeit drauf. Nur Blechschaden also.«

Die beiden gingen durch die großen Schwingtüren und die Treppen hinauf. Von Arenz lag auf der Intensivstation. Sie klingelten an der Tür, die den Eintritt in den Intensivbereich versperrte. Eine Krankenschwester kam und öffnete.

Kramer zeigte seine Polizeimarke. Sie nickte.

»Kommen Sie mit. Sie müssen sich sterile Kleidung anziehen.«

»Können wir zu ihm?« Kramer sah die Krankenschwester an. Sie war ganz in grüne Krankenhauskluft gekleidet. Den Mundschutz hatte sie sich heruntergezogen, während sie mit den beiden Polizisten sprach.

»Sie können ganz kurz rein. Der Patient liegt allerdings im Koma. Ich hole Ihnen den Arzt, der operiert hat. Er kann Ihnen genauere Auskünfte über den Zustand des Patienten geben.« Die Schwester wies die Männer an, sich von den Stapeln Kleidung jeweils das oberste Stück zu nehmen und drückte ihnen zwei Paar Gummiüberschuhe in die Hand. Dann verschwand sie wieder.

Nachdem Kramer und Biernatzky sich umgezogen hatten, führte die Krankenschwester sie in das Zimmer, in dem Friedrich von Arenz lag. Er war an zahlreiche Apparate angeschlossen, die seine Vitalfunktionen überwachten. Kramer sah, dass er künstlich beatmet wurde.

Ein Arzt trat ins Zimmer und nickte Kramer und Biernatzky zu.

»Ich bin Dr. Bubeck. Sie sind von der Kriminalpolizei?«

Kramer und Biernatzky stellten sich vor und wiesen sich aus.

»Der Zustand des Patienten ist kritisch, aber bislang einigermaßen stabil. Wir haben es mit einem Schädelbasisbruch zu tun, außerdem zahlreiche Quetschungen im Brustkorbbereich. Er hatte einen Milzriss. Wir konnten das Organ jedoch erhalten. Leider gab es Komplikationen bei der Operation. Zum einen hat der Patient sehr viel Blut verloren, zum anderen war der Blutalkoholgehalt außerordentlich hoch, was bei der Narkose stets ein sehr hohes Risiko bedeutet. Der Patient liegt momentan im Koma. Wir sind aber zuversichtlich, dass dies nicht so bleibt.«

Der Arzt schaute auf die Maschinen und drückte ein paar Knöpfe. »Sie können ein paar Minuten bei ihm bleiben. Ansonsten würde ich sagen, ich rufe Sie an, sobald er aufwacht.«

Dr. Bubeck verließ das Zimmer. Kramer zog sich einen Stuhl heran. Friedrich von Arenz' Gesicht war von kleinen Schnitten übersät, die er sich durch die berstende Windschutzscheibe zugezogen haben musste. Außerdem hatte er eine große Schnittwunde auf der linken Stirnseite.

»Die Kollegen, die den Unfall aufgenommen haben, sagten, er sei nicht angeschnallt gewesen«, erklärte Biernatzky. »Anscheinend hat auch der Airbag nicht funktioniert. Die Kollegen meinten, er habe sich nicht geöffnet.«

»Was haben sie über den Unfallhergang herausgefunden?«

»Es haben sich einige Zeugen gefunden, die berichtet haben, dass er mit stark überhöhter Geschwindigkeit unterwegs war. Kurz bevor er in die Säule gekracht ist, hat er eine rote Ampel überfahren. Zwei andere Autos, die Grün hatten und gerade die Kreuzung überqueren wollten, sind zusammengestoßen. Ihn trifft die volle Schuld an seinem Unfall und an dem der anderen.« Biernatzky überlegte. »Meinst du, der ist Amok gelaufen, weil wir ihn so in die Mangel genommen haben?«

Kramer wollte gerade antworten, als plötzlich die Maschine, die den Herzschlag überwachte, zu schrillen begann. Mehrere

Lämpchen blinkten. Kramer und Biernatzky blickten sich an. Kramer sah, dass der Blutdruck des Patienten rapide abnahm. Die Zahlen wurden immer kleiner, bis beide auf null standen. Das EKG war nur noch eine gerade Linie. Kein Puls und kein Blutdruck waren mehr messbar.

Sekunden später wurde die Tür aufgerissen und der Arzt stürzte an der Spitze einer kleinen Gruppe anderer Ärzte, Krankenschwestern und Pfleger herein.

»Verlassen Sie den Raum«, wies Dr. Bubeck die beiden Polizisten an. »Reanimation.« Jeder der Anwesenden wusste genau, was zu tun war. Die Bewegungen griffen ineinander, schnell, ohne jedoch hektisch zu wirken.

Kramer und Biernatzky sahen von draußen durch die Glasscheibe, wie eine der Krankenschwestern einen Tisch heranschob. Der Arzt nahm zwei gleich aussehende Geräte zur Hand und legte sie mit der platten, metallenen Oberfläche an die entblößte Brust des Patienten. »Weg vom Bett«, rief er, woraufhin der Patient erbebte. Gespannt sahen alle auf die Maschine. Nichts.

Der Arzt machte einen weiteren Versuch. Gel kam auf die Platten. Er rieb die Platten aneinander. Verlangte eine höhere Voltzahl. Dr. Bubeck setzte dem Patienten die Platten auf die Brust. »Weg vom Bett.« Friedrich von Arenz' ganzer Oberkörper hob sich und krachte wieder herab. Der gespannte Blick aller ruhte auf dem Kreislaufmonitor. Langsam gingen die Zahlen wieder nach oben und die Kurve schlug aus. Von Arenz' Herz schlug wieder.

Kramer atmete durch. Der Arzt kam heraus.

»Das war knapp«, sagte er zu Kramer und Biernatzky. »Jetzt müssen wir abwarten, wie er die Nacht übersteht. Gehen Sie nach Hause, wir melden uns, wenn er aufwacht oder wenn er…« Der Arzt machte eine Pause. »Wir melden uns. So oder so.«

Kramer und Biernatzky gingen langsam Richtung Ausgang, jeder in seine Gedanken versunken. Sie standen vor dem

Aufzug. Die Türen öffneten sich. Zu so später Stunde hielten sich nicht mehr viele Patienten oder Besucher auf den Gängen auf. Kramer stutzte, als ihnen ein bekanntes Gesicht entgegenkam.

»Frau Wagner! Was machen Sie denn hier?«

Die junge Frau blickte erschrocken auf. »Herr Kommissar! Und Herr…«

»Biernatzky.« Axel war es schon gewohnt, dass niemand sich seinen Namen merken konnte.

Kirsten Wagner wollte sich an den beiden Männern vorbeischieben. Doch Kramer hielt sie zurück.

»Sie können jetzt nicht zu Friedrich von Arenz, er liegt im Koma.«

Die Frau wollte sich befreien. »Aber ich… ich muss…«

Kramer verstärkte seinen Griff. »Sie können jetzt nicht zu ihm!« Seine Stimme wurde energisch. »Was wollen Sie hier?«

Die Regieassistentin schien zu überlegen. »Ich wollte ihn fragen, ob wir weiterarbeiten sollen. Ob ich übernehmen soll. Oder was zu tun ist. Aber das scheint ja nicht möglich zu sein. Bitte entschuldigen Sie mich.«

Sie machte sich los und ging schnellen Schrittes die Treppe hinunter.

Kramer hatte plötzlich genug von diesem Tag.

»Axel, wir besprechen uns morgen früh«, sagte er und verabschiedete sich. Biernatzky war es recht. Endlich Feierabend.

Kramer ging wieder zum Auto und setzte sich hinter das Steuer. Er hatte gerade den Motor angelassen, als er sein Telefon klingeln hörte. Er seufzte. Wo war das Ding? Er hob seine Jacke hoch, die neben ihm lag und fand es in der Brusttasche. Auf dem Display erschien ›Michelsen‹. Er wunderte sich, dass sie ihn anrief, obwohl er ihr gesagt hatte, dass er eingeladen war. Aber er meldete sich, ohne zu zögern. »Svenja?«

»Da muss ich dich enttäuschen, junger Mann«, dröhnte ihm

Gerd Schussmanns Stimme ins Ohr.

Kramer war plötzlich wieder munter. Er stimmte in Schussis Lachen ein. Dessen gute Laune wirkte einfach immer ansteckend. »Habt ihr die Kollegin als Geisel genommen? Oder nur ihr Handy geklaut?«

»Wir sitzen hier beim Italiener. Svenja hat Rosi und mich eingeladen. Weil wir als gute Beamte immer im Dienst sind, haben wir das Detail mit dem Stuhl und der blockierten Tür diskutiert. Und eine Idee gehabt.«

»Ich bin auf dem Heimweg«, sagte Kramer. »Ich komme vorbei.« Als er die Tür des »Timone« öffnete, stand er direkt vor Enzo Pacini, der soeben Gäste zum Ausgang begleitete.

»Nein! Nein, danke. Keinen Lambrusco«, sagte er sofort, als er sah, dass Signore Pacini auf eine Zweiliterflasche im Fenster deutete. »Ein Wasser, bitte.« Der Wirt winkte ab und verschwand hinter dem Tresen.

Svenja, Rosemarie Tiefenbach und Schussi saßen an einem Ecktisch. Der Kollege von der Spurensicherung schob einen freien Stuhl für Kramer zurecht. Rosi lächelte ihn an und Svenja nickte ihm zu.

»Lasst hören.«

Enzo Pacini stellte mit verächtlicher Miene ein Wasser vor Kramer ab. Gleich darauf kam er mit vier kleinen Gläsern und einer Flasche zurück. Den Grappa stellte er mitten auf den Tisch. Gebieterisch gestikulierte er in die Runde. Kramer musste lachen.

»Bedient euch«, sagte er. »Sonst muss ich es nur büßen.«

»Die Sache mit dem Stuhl, tja«, begann Schussmann. »Der Stuhl erreicht ja nun nicht die Klinke, da gibt es nichts. Aber, haben wir uns überlegt, warum steht er da überhaupt? Neben zwei weiteren, die genauso aussehen? Und wir sind zu dem Schluss gekommen, dass sie – da keine Haken oder Kleiderständer vorhanden sind – dem Zwecke dienen sollen, dass man seinen Bademantel darauf ablegt.«

Kramer überlegte. »Als wir zum Tatort kamen, lag allerdings kein Bademantel auf dem Stuhl. Aber er könnte heruntergefallen sein, als Gunther den Stuhl beiseite schob.«

»Höchstwahrscheinlich. Jedenfalls, so sagt die Dame meines Herzens – er nickte Rosi zu –, ist der dicke Frotteestoff eines guten Bademantels, der schon häufig gewaschen wurde, absolut geeignet, zwei bis drei Zentimeter zu füllen, ohne nachzugeben.«

»Der Bademantel wurde zwischen Stuhllehne und Klinke gestopft?«

Schussmann und Svenja nickten gleichzeitig. Rosemarie Tiefenbach musste lachen. »Vielleicht«, relativierte sie die Theorie. »Wissen tun wir das nicht.«

»Aber es wäre eine plausible Erklärung«, musste der Hauptkommissar zugeben.

Rosi fügte hinzu: »Weißt du, Clemens, oft gewaschener Frotteestoff gibt nicht nach; die Fasern sind starr und lassen sich nicht mehr so leicht zusammendrücken.«

»Und sowohl die Stuhllehne als auch die Klinke sind in der Waagerechten abgeflacht, sodass der Stoff zu beiden Seiten Auflagefläche hatte«, ergänzte Schussi.

»So muss es gewesen sein.« Er konnte nicht sagen, dass er froh war. Die Hoffnung, dass Paloma Petrelli an Kreislaufversagen gestorben war, hatte sich ja bereits bei Svenjas Nachuntersuchung zerschlagen. Dennoch – zuerst den Stuhl heranzuschieben und dann noch den Bademantel dazwischenzustopfen – das bedeutete, dass der Mörder nichts dem Zufall überließ.

Svenja schien ihm anzusehen, was er dachte. »Der Hass muss sehr stark gewesen sein«, sagte sie leise.

»Erhebliche kriminelle Energie«, stimmte Kramer zu. Müde rieb er sich über das ganze Gesicht.

Die Stimmung war gesunken. Gerd Schussmann gähnte. Svenja ließ die Rechnung kommen. Kramers Angebot, jemanden nach Hause zu fahren, wurde von allen abgelehnt.

Er saß im Auto und war bereits auf dem Weg zur Reihenhaussiedlung, in der sich das ehrmannsche Häuschen befand, als sein Handy den Empfang einer SMS meldete. Pauline. So spät? Aber nein, die Übermittlung hatte sich verzögert. »Du fehlst mir. Und Omi ist verliebt! Bis bald. Küsse, Pauline«, las er. Er lachte. Was hatte Paulines Scharfsinn da beobachtet? Es blieb zu hoffen, dass Hortenses Auserwählter nicht unter den Filmleuten zu suchen war. Ein Schauspieler womöglich! Er lachte wieder. Dann stellte er sich vor, wie seine Tochter im Kinderzimmer saß und die Nachricht an ihn sendete. Wie sie gespannt wartete, ob er antwortete. Vergeblich, in diesem Fall. Ein tiefer Seufzer entwich seiner Brust. Er runzelte die Stirn. Was tat er hier eigentlich? Fuhr zurück zu einer Gesellschaft, auf die er nicht die geringste Lust hatte, hoffend, dass sie vielleicht sogar schon vorüber war. Und sehnte sich gleichzeitig nach seiner Tochter, seinem Haus und seinem eigenen Bett. Er wendete mitten auf der leeren Kreuzung und fuhr in die andere Richtung. Als er den Wagen über die Rheinbrücke lenkte, freute er sich, als schwänze er die Schule. Er schüttelte den Kopf über sich selbst.

Das Haus war bereits dunkel, als er ankam. Den auf der Fahrt gefassten Plan, sich eine CD von Al Jarreau einzulegen, ein Glas Rotwein einzuschenken und die Zeitung zu lesen, musste er verwerfen; das Wohnzimmer war unbewohnbar. Er würde am nächsten Tag anordnen, dass die Filmleute alles wieder in Ordnung brachten. Nach dem Unfall des Regisseurs war wohl nicht daran zu denken, dass weitergearbeitet wurde. Er trank noch ein Glas Wasser in der Küche, nahm die Zeitung und ging nach oben. Pauline schlief wie immer fast quer in ihrem Bett, wobei ihre Beine allmählich so lang waren, dass sie ein gutes Stück heraushingen. Sachte schob er seine Tochter ins Bett und deckte sie zu. Die Nächte waren bereits recht herbstlich und es kühlte stark ab.

Er ging ins Schlafzimmer, zog sich aus und ließ sich auf das Bett fallen.

Er hatte die Tür nicht geschlossen, bevor er schlafen gegangen war, weshalb Pauline am Morgen sofort bemerkte, dass er nach Hause gekommen war.

»Paps!« Sie sprang zu ihm ins Bett.

Er streckte sich und lachte. »Danke für deine SMS«, sagte er.

»Könntest ja auch mal antworten. Weißt du überhaupt, wie das geht?«

»Werd nicht frech«, neckte er sie. »Und jetzt erzähl, bevor Omi uns belauscht. Sie ist verliebt? Ein Schauspieler?«

Pauline kicherte. »Quatsch. In Hermann Voss. Erinnerst du dich? Das war der Mann, der ihr vor einer Weile nachgestiegen ist. Ein Jugendfreund«, fügte sie mit spitzer Schnute hinzu, wobei sie das u besonders langzog. »Vor ein paar Tagen hat er angerufen und sie nach Hamburg eingeladen. Und gestern hat sie zugesagt. Schon am Wochenende will sie losfahren. Sie hat sogar schon ein Zugticket gekauft.«

Kramer zog die Augenbrauen zusammen. Hortense fuhr weg, ohne sich mit ihm zu besprechen? Das war ungewöhnlich. Vielleicht hatte er vor ein paar Tagen doch zu heftig reagiert und sie brüskiert?

Hortense hatte bereits Frühstück gemacht, als Kramer und Pauline in die Küche kamen. »Na, wieder zu Hause?«, begrüßte sie ihn. »Stimmt das mit Herrn von Arenz? Wie geht es ihm?«

Kramer erzählte in kurzen Worten, wie es um den Regisseur stand.

»Das ist ja furchtbar«, sagte sie. »Aber eigentlich kein Wunder. Ich hatte schon den Verdacht, dass er getrunken hatte. Der Mann kommt mit sich selbst nicht klar.«

»Und du? Wie geht es dir? Du willst nach Hamburg?«

Hortense sah ihn an und schmunzelte. »Die Sache hier ist ja wohl vorbei. Herr Schreiner hat gestern bereits angedeutet, dass sie heute das Feld räumen, denn unter diesen Umständen kann ja nicht weitergearbeitet werden.«

Kramer überlegte, wie er ohne Hortense klarkommen konnte. Das ging sicher irgendwie, Pauline war ja nicht mehr klein. Und es war das gute Recht seiner Schwiegermutter, über ihre Zeit selbst zu verfügen.

Sein ernster Blick schien sie zu erheitern. »Nun überlegst du sicher, wie du ein warmes Essen für Pauline auf den Tisch bringst, wenn sie von der Schule kommt«, mutmaßte sie.

»Pfff, Paps!« Seine Tochter schüttelte ihre Haare, wobei die pinkfarbene Strähne hin- und herflog. »Ich fahre doch für zwei Wochen zum Schüleraustausch nach Frankreich. Hast du das vergessen?«

»Natürlich nicht.« Ganz würdevoll schien seine Vorstellung nicht gewesen zu sein, denn Großmutter und Enkelin lachten.

»Du bist also für zehn Tage einsam und allein«, lächelte Hortense. »Ich hoffe, du verhungerst nicht.«

»Ich hab noch ein paar Mäuse in der Tiefkühltruhe!«, bot Pauline an. »Ich weiß allerdings nicht, ob sie gebraten, gebacken oder gekocht am besten schmecken. Vielleicht kann dir dein Freund Claus helfen. Aber vergiss nicht, Strangle welche abzugeben!« Kichernd floh sie vor den Klapsen, die ihr Vater ihr mit der Zeitung versetzen wollte.

8

Als Kramer ins Büro kam, war Biernatzky gerade dabei, Kaffee zu kochen.

»Ah, der kommt gerade richtig! Guten Morgen!«, strahlte er den Kollegen an. »Ich brauche doch jeden Morgen meinen ersten Bürokaffee in möglichst schneller Folge auf den Frühstückskaffee.«

Biernatzky legte den Kopf schief und betrachtete ihn eingehend. Das war eine für Clemens Kramer ungewöhnlich lange Rede gewesen, jedenfalls wenn man bedachte, dass sie keinerlei kriminaltechnischen Inhalt hatte. Er schwieg eine Weile. »Ach, der Abtrünnige ist zurückgekehrt? War wohl nicht so toll bei Katrin und Eckhard?«, sagte er dann. »Und die Bude zu Hause ist wieder sturmfrei.«

»Schon recht, Piefke«, erwiderte Kramer gut gelaunt. »Also, was gab es über Bertram Gunther herauszufinden?«

Biernatzky stellte eine große, duftende Tasse Kaffee vor ihn hin und nahm dann selbst einen Schluck aus seinem Becher. »Tja, unerwartete Neuigkeiten«, begann er. »Ich habe herausgefunden, dass Bertram Gunther, einst ein schwer gewichtiger Unternehmer, keine müde Mark mehr hat. Er ist mit seinen Firmen Pleite gegangen und hat nie mehr wieder irgendwo Fuß gefasst. Auch sein Privatvermögen hat er so verloren. Außerdem habe ich heute Morgen die Anwälte der Familie angerufen. Es ist tatsächlich, wie ich vermutet habe. Die Lebensversicherungen sind alle so angelegt, dass im Todesfall der Ehepartner der jeweils Begünstigte ist.« Biernatzky schwieg bedeutungsvoll.

»Hm, das bedeutet also, dass Gunther vom Tode Johanna Baums profitieren würde«, stellte Kramer fest.

»Jenau. Die Lebensversicherung abzukassieren und ein sorgenfreies Leben zu haben scheint mir eindeutig besser zu sein, als zu Lebzeiten von der Ehefrau abhängig zu sein, weil einem selbst die Kohle ausgegangen ist.«

»Und dann käme noch die Rache von vor zwanzig Jahren

dazu. Er hat seiner Frau nie verziehen, dass sie ihn betrogen hat. Und dass sie von einem anderen Mann ein Kind erwartete, von ihm aber keines haben wollte«, führte Kramer Biernatzkys Gedanken fort. »Das wäre dann ja direkt tragisch – in dieser Situation ausgerechnet die Geliebte umzubringen, für die man morden wollte.«

Biernatzky überlegte. »Aber er hat doch niemals aus Versehen seine Geliebte umgebracht, wenn es seine Frau treffen sollte. Das kann ich mir nicht vorstellen.« Er sinnierte weiter: »Aber wenn er frei sein wollte? Stell dir doch mal vor: ein Mann jenseits der sechzig. Eine Frau Anfang dreißig. Anfangs hat er sie geblendet. Mit dem Geld seiner Frau, wahrscheinlich. Dann aber hat sie das spitzgekriegt, dass er Geld verschleudert, und ihm vielleicht den Hahn zugedreht. Und dann konnte er Paloma nichts mehr bieten. Oder anders: Paloma hat Forderungen gestellt. Heirate mich, oder so. Er hätte sich nie scheiden lassen können. Von was hätte er leben sollen? Zumindest hätte er seinen luxuriösen Lebensstil nicht fortführen können. Denn ich kann mir nicht vorstellen, dass die Petrelli so viel verdient hat. Er musste sie loswerden. Und jetzt ist als Nächstes seine Frau dran. Die Polizei verdächtigt ihn nicht weiter. Also kann er ungehindert morden. Aber eigentlich glaube ich nicht an diese Theorie«, schloss Biernatzky.

Auch Kramer konnte sich einfach nicht vorstellen, dass Bertram Gunther zuerst seine Geliebte umgebracht und es jetzt auf seine Ehefrau abgesehen hatte. Sein Gefühl sagte ihm etwas anderes. Es sprach vieles dafür, dass der Mord an Paloma Petrelli tatsächlich ein Versehen gewesen war. Sie hatten einfach kein Motiv dafür gefunden. Brachte Gunther sie um, nur weil er sie loswerden wollte? Unwahrscheinlich, entschied Kramer. Bei Johanna Baum sah das ganz anders aus. Hier gab es Motive zuhauf und die Verdächtigen standen Schlange.

»Gunther ist zu der Lücke zwischen Türklinke und Stuhl nichts eingefallen«, begann Kramer sein Gespräch mit Johanna

Baums Ehemann zusammenzufassen. »Er bleibt bei seiner Version des Verlaufs und ich muss zugeben, ich glaube ihm. Ich denke nicht, dass er log. Ich habe ihn übrigens in einer Kirche gefunden, in St. Georg auf der Reichenau. Auch zu der Unfall-Geschichte vor zwanzig Jahren hat sich nichts Neues ergeben. Er schildert aus seiner Sicht genau dieselbe Variante, die wir schon kennen.« Er machte eine Pause. »Das heißt, wir kommen so nicht weiter.«

Genau in diesem Moment klingelte sein Mobiltelefon. »Mist«, dachte Kramer. Er hatte gerade beginnen wollen, den Fall gedanklich neu aufzurollen, im Dialog mit Axel, so lange, bis sie einen Weg fanden, der weiterführen konnte. Diese Puzzlearbeit, die sich zwischen Fakt und Hypothese und wieder neuer Hypothese hin- und herschwang, die liebte er manchmal. Wenn es gut lief, kam man dabei auf völlig neue Ideen.

Doch jetzt piepste sein Handy.

»Guten Morgen. Klinikum Konstanz, Bubeck.« Der Arzt, der von Arenz gestern ins Leben zurückgeholt hatte, klang müde. »Ich kann Ihnen mitteilen, dass sich der Zustand von Herrn von Arenz weiter stabilisiert hat. Es war nicht ganz einfach, den immer wieder zusammenbrechenden Kreislauf nach dem exzessiven Alkoholkonsum abzufangen, doch er hat sich über Nacht so weit erholt, dass wir sogar das Beatmungsgerät abstellen konnten. Er hat quasi seinen Rausch ausgeschlafen. Seit etwa dreißig Minuten ist er bei Bewusstsein. Wenn es nötig ist, können Sie mit ihm sprechen. Allerdings nur kurz.«

Friedrich von Arenz lag zwar immer noch auf der Intensivstation, doch es bestand keine akute Lebensgefahr mehr, wie ihnen Dr. Bubeck kurz vor Ende seiner offensichtlich sehr langen Schicht berichtete. Die Haut des Regisseurs war von zahlreichen Blutergüssen entstellt; die Schnittwunden verunstalteten sein geschwollenes Gesicht zusätzlich.

Kramer trat an das Bett des Mannes.

»Herr von Arenz, erkennen Sie mich?« Ein schwaches Nicken signalisierte ihm, dass er die erste Frage stellen konnte.

»Was ist gestern passiert?«, fragte er mit ruhiger Stimme. Er bemühte sich, von Arenz nicht aufzuregen.

Leise und stockend begann von Arenz zu sprechen. »Die Geschichte von damals. Es schien mir plötzlich, als wäre das alles gestern gewesen. Ich habe getrunken. Alle wollten etwas von mir. Da waren die Kinder. Ich habe mich aufgeregt. Halluzinationen hatte ich noch nie zuvor. Als ich eine Schlange aus der Hosentasche des Mädchens kriechen sah, war mir klar, wie es um mich stand. Ich musste weg, zu mir selbst kommen.« Kramer hörte, wie Biernatzky, der hinter ihm stand, ein merkwürdiges Geräusch von sich gab. Er drehte sich nicht um und nickte dem Regisseur zu, um ihm zu zeigen, dass er weiterhin seine Aufmerksamkeit hatte. »Das Nächste, woran ich mich erinnere, ist der Aufprall. Ich saß in einem Auto, hatte keine Kontrolle über den Wagen. Ein schrecklicher Knall.« Das Sprechen strengte ihn sichtlich an. Er schloss die Augen. Nach einer Weile öffnete er sie wieder. Tastend ergriff er Kramers Hand und zog daran. Kramer beugte sich zu dem Mann hinunter. Von Arenz' Stimme war nur noch ein Flüstern. »Ich habe Johanna nicht umbringen wollen. Ich liebe sie noch immer. Die ganzen Jahre habe ich gehofft, dass wir wieder zusammenkommen.

Ich konnte sie nie vergessen.« Er schloss die Augen.

Ein Krankenpfleger sah herein.

»Er ist eingeschlafen«, sagte Kramer und zog vorsichtig seine Hand zurück.

»Dann gehen Sie besser.« Der Pfleger kontrollierte Kanülen und Geräte und ging mit den Kommissaren zur Tür.

»Halluzinationen? Schlange?« Biernatzky prustete los, als die Tür der Intensivstation mit einem leisen Knacken ins Schloss gefallen war. »Du kannst ganz schön grausam sein. Hättest ihm doch sagen können, dass es das süße Tierchen wirklich gibt!«

Kramer sah ihn nachdenklich an. »Es lag mir auf der Zunge. Aber dann dachte ich, vielleicht war das ein heilsamer Schock. In diesem Fall wäre es sogar schlecht, wenn er zu bald davon erführe.« Er nahm die Sache ernster als Biernatzky.

»Dieses Kriechtier! Beinah hätte es ein Menschenleben auf dem Gewissen!« Als Kramer schwieg, klopfte er ihm auf den Rücken. »Du weißt schon, dass das ein Scherz war?«

In der Halle trafen sie den Arzt noch einmal. Er erkundigte sich, ob der Besuch sie weitergebracht habe. »Wissen Sie«, sagte er, »dieser Mann ist so voller Aggressionen, wie ich es selten erlebt habe. Selbst in seinem schlechten Zustand und in einem kurzen Zeitraum nach dem Aufwachen war dies deutlich zu erkennen. Ich habe mir die Krankenakte zufaxen lassen. Meiner Meinung nach ist von Arenz manisch depressiv und dringend behandlungsbedürftig. Eine Entziehungskur ist ebenfalls nötig, die kann allerdings in erster Linie die Symptome behandeln, nicht aber die Ursachen. Er hat noch einen langen Weg vor sich.«

»Wie schätzen Sie die Aggressionen und Wutanfälle ein?«, hakte Kramer nach. »Können Sie sich vorstellen, dass er im Affekt jemanden tötet?«

Dr. Bubeck schüttelte den Kopf. »Nein, das glaube ich nicht. Ich bin kein Spezialist, aber das typische Bild ist eher, dass sich diese Patienten ausschließlich autoaggressiv verhalten. Bevor er jemand anderen angreift, könnte ich mir eher vorstellen, dass er Hand an sich selbst legt.«

»Halten Sie den Autounfall etwa für einen Selbstmordversuch?«, schaltete sich Biernatzky ein.

»Nur sehr indirekt. Man kann im Fall eines solchen Alkoholexzesses ja nicht von kontrolliertem Handeln sprechen.« Er verabschiedete sich noch einmal.

Kramer sah auf die Uhr. Noch eine Stunde bis zur Pressekonferenz. Haase wartete vermutlich bereits.

»Omi?«, Pauline stand in ihrem Zimmer und hatte Kleidungsstücke auf Bett, Schreibtisch und Boden verteilt. »Kommst du mal?«

»Was ist denn, Pauline?« Hortense kam mit einem Stapel Unterwäsche in Paulines Zimmer. »Hier, die habe ich gerade gebügelt. Wie, packst du schon?«

»Ein bisschen«, nickte Pauline und nahm ihr den Stapel ab. Achtlos warf sie die Wäsche in den Koffer.

»Pauline, wirf doch die Sachen nicht so einfach durcheinander.« Hortense bemerkte Paulines trotziges Gesicht. »Was ist denn los, Linchen?«

»Omi, wenn du morgen nach Hamburg fährst…« Pauline machte eine Pause und holte tief Luft. »Du kommst doch wieder, oder?«

Hortense sah ihre Enkeltochter an. »Was ist denn das für eine Frage?«

»Na ja, Verliebte wollen doch immer zusammen sein.«

»Verliebte?« Hortense sah ihre Enkeltochter verständnislos an. »Ach so, du denkst, du liebe Güte, Pauline! Komm mal her.«

Pauline machte einen Schritt auf ihre Großmutter zu. Hortense nahm sie in die Arme und drückte sie ganz fest.

»Ich fahre nur zu Besuch nach Hamburg. Und wenn du aus Frankreich zurückkommst, bin ich schon wieder da.«

»Versprochen?«

»Versprochen.« Hortense strich ihr über die Haare. »Und was das Verliebtsein betrifft… So schnell geht das ja auch wieder nicht. Ich muss Hermann doch wieder ganz neu kennen lernen. Ich werde auch nicht bei ihm, sondern in einer kleinen Pension übernachten. Das ist mir lieber so. Wer weiß, was er für Marotten hat!« Die ältere und die sehr junge Dame kicherten. »Und du? Freust du dich denn schon auf Frankreich?«

»Naturellement, Madame«, meinte Pauline spitz und zog eine Schnute. »Croissants, Crêpes, Baguette, voilà. Bonjours, ça va?«

»Ach, Pauline, du verrücktes Huhn«, lachte Hortense und gab ihr einen Klaps. »Ich werde jeden Tag an dich denken, bis ich wieder hier bin.«

»Ich an dich auch, Omi!«

Der Raum, in dem die Pressekonferenz stattfinden sollte, war bereits brechend voll. Auch vor dem Saal standen noch Journalisten, Fotografen und Kameraleute.

Kramer, Huber und Svenja waren noch im Raum nebenan, während Haase und Sybille Kramer-Wieland bereits gegangen waren, um einige Pressevertreter zu begrüßen. Es gab nicht mehr viel zu sagen. Kramer hatte sich zunächst gewundert, dass Huber Svenja Michelsen dazugebeten hatte. Es schien sich mehr und mehr einzuspielen, dass die Rechtsmedizin bei ihren Pressekonferenzen anwesend war, obwohl dies allgemein eher unüblich war. Es gab durchaus Argumente dafür: Vor allem, wenn man eher magere Erkenntnisse zu präsentieren hatte, sahen diese wenigstens solide aus, wenn sie von den jeweiligen Spezialisten kundgetan wurden. Kramer schmunzelte. Vielleicht hatten sie bald auch noch die Spurensicherung dabei? Die Vorstellung, wie Schussi sich auf dem Podium niederließ und die bohrenden Fragen der Journalisten konterte, erheiterte ihn.

Svenjas Telefon klingelte. »Oh, wie gut, dass es jetzt klingelt.

Ich hätte womöglich vergessen, es auszuschalten.« Sie entfernte sich ein paar Schritte und nahm das Gespräch an.

»Lars.« Ihre Stimme klang reserviert. »Danke, gut. Nein. Gibt es etwas Konkretes? Ich bin in einer Besprechung.« Sie hörte einen Moment zu. »Das mache ich bei Gelegenheit. Ja. Tschüss.«

Mit energischen Schritten kam die Staatsanwältin auf sie zu. »Kommen Sie? Wir sind so weit.«

In der Empfangshalle des Hotels lief der Fernseher. Die Pressekonferenz, die in wenigen Augenblicken in der Polizeidirektion beginnen sollte, wurde über den Privatsender Bodensee TV live übertragen.

Eine Gestalt kauerte kaum sichtbar in einem der großen Fernsehsessel und verfolgte gespannt, was sich auf dem Bildschirm abspielte.

»Hat es schon angefangen?«, rief die Empfangsdame. Die Angestellten des Hotels waren ebenfalls daran interessiert, was die Polizei bisher herausgefunden hatte. Die Stimmung unter ihnen war unruhig und seit dem Mordabend immer schlechter geworden, was der Direktor gegenüber der jungen Frau am Empfang mit der herrschenden Ungewissheit erklärte.

Der einsame Zuschauer schüttelte den Kopf.

Gemeinsam betraten sie den Saal und setzten sich hinter den langen Tisch, an dem Haase schon Platz genommen hatte. Kramer betrachtete kritisch die dichte Reihe der Mikrofone, die nebeneinander aufgebaut worden waren. Er ließ den Blick über die Teilnehmer schweifen. In der ersten Reihe saßen ausnahmslos Fotografen. Kameras mit großen Objektiven lagen griffbereit. Die Teilnehmer der schreibenden Zunft hatten ihre Blöcke und Stifte gezückt. Teilweise sahen sie erwartungsvoll nach vorne, teilweise lümmelten sie betont lässig auf ihren Stühlen. Die Konstanzer Zeitung hatte seinen Freund Eckhard

Ehrmann abgestellt, um sich über den Fall zu informieren. Er saß im hinteren Drittel und nickte ihm zu.

Haase ergriff das Wort, begrüßte die Anwesenden und stellte Kramer und Huber als die leitenden Ermittler sowie die Staatsanwältin und die Rechtsmedizinerin vor. Nach ein paar einführenden Sätzen gab er an Kramer ab, der daraufhin versuchte, mit vielen Worten den Mord an Paloma Petrelli sowie den Zwischenstand der Ermittlungen zu schildern, wie sie es am Vortag vereinbart hatten. Viele Worte um wenige Fakten zu machen war für ihn eine echte Herausforderung. Er hasste Phrasen selbst noch mehr als diejenigen, die sie von sich gaben.

Wie erwartet wurde aufs Heftigste nachgefragt und in Aussicht gestellt, dass die Polizei als unfähig dargestellt würde, wenn es nicht mehr Informationen gäbe.

Haase und Kramer sahen dies gelassener als Sybille, die immer nervöser zu werden schien. Eine schlechte Presse kam für sie unerklärlicherweise einer Niederlage gleich.

»Genauere Auskünfte können wir leider im Moment nicht geben, ohne dadurch die Ermittlungen zu gefährden. Einige Personen, deren Namen ich nicht nennen kann, sind in den Kreis der Verdächtigen gerückt. Es wird jedoch mit Hochdruck daran gearbeitet, den Fall in den nächsten Tagen aufzuklären.« Kramers Tonfall ließ keinen Zweifel zu, dass er geendet hatte.

»Das ist ja schön!«, tönte es aus dem Publikum. »Da freuen wir uns aber, dass unsere Freunde und Helfer mit Hochdruck arbeiten!«

Kramer versuchte herauszufinden, wer gesprochen hatte, und erhob sich ein wenig. Sybille, die neben ihm saß, warf ihm einen warnenden Blick zu. Haase signalisierte, dass sie sich von den Provokationen nicht beeindrucken lassen sollten.

Der richtige Moment für Svenjas Beitrag schien gekommen zu sein. Obwohl die Fragen nicht direkt die Todesart betrafen, leitete Haase geschickt über. »Es scheint doch erhebliches Interesse am Vorgang des Todes der jungen Schauspielerin an sich zu bestehen.« Dieser These widersprach niemand. Kramer beobachtete mit gerunzelter Stirn, wie sich die Vertreter der Blätter, deren Schlagzeilen mehrere Zentimeter maßen, zurechtsetzten, um nichts zu verpassen. Auch manche Fernsehleute horchten auf, schließlich gab es die großen Buchstaben auch längst im TV-Format. »Aus diesem Grund haben wir die zuständige Rechtsmedizinerin, Dr. Svenja Michelsen, gebeten, einige Worte dazu zu sagen, falls Interesse besteht«, fügte Haase hinzu. Im Saal wurde es still. »Frau Michelsen, bitte.«

Svenja ließ ihren Blick kühl über die Köpfe der Anwesenden schweifen, von denen einige ihre Sensationsgier kaum verbergen konnten. Sie hatte die Haare zurückgesteckt, sodass sie strenger aussah als gewöhnlich. In ihrer gestreiften Hemdbluse wirkte sie sehr ernsthaft. Kramer grinste in sich hinein. Wer jetzt blutrünstige Details erwartete, würde enttäuscht werden. Auch Huber sortierte bereits zufrieden seine Blätter.

Mit wissenschaftlichen Fachbegriffen begann Svenja, die Vorgänge im Körper eines Menschen zu beschreiben, der an Überhitzung starb. Hatte sie, um den Kommissaren zu erklären, was in Paloma Petrelli vorgegangen war, noch zu verständlichen Beschreibungen wie Kopfschmerz und Schwindel gegriffen, so übte sie diese Rücksicht heute nicht. Kramer wusste, dass dahinter keinesfalls Missachtung der Presseleute stand, vor allem nicht jener, die wirklich daran interessiert waren, Leser oder Zuschauer zu informieren. Svenja hatte trotz oder gerade wegen ihres Berufes den Respekt vor dem Leben und damit auch vor dem Tod nicht verloren. Die Würde eines Menschen zu bewahren galt ihr mehr, als Details aus den letzten Lebensminuten einer jungen Frau einer mehr oder weniger interessierten Menge preiszugeben.

Enttäuschung zeichnete sich bereits auf den eben noch erwartungsvollen Gesichtern ab. Svenja sah freundlich vom Podium herab. »Möchten Sie, das ich irgendetwas wiederhole?«

»Was soll das heißen?«, rief ein junger, modisch gekleideter Mann mürrisch. »Ist sie erstickt?«

»Nein, das wäre falsch«, erklärte Svenja würdevoll. »Kreislaufversagen käme der Sache näher.«

Da keine weiteren, schon gar keine unappetitlichen Details zu holen waren, ließen die Anwesenden von dem Thema wieder ab.

Haase sah auf. »Wenn es keine weiteren Fragen gibt …«

So schnell ging es allerdings doch nicht.

»Stimmt es, dass Ihr Hauptverdächtiger sich durch eine Amokfahrt mit dem Auto in der Konstanzer Innenstadt das Leben nehmen wollte und jetzt mit schweren Verletzungen im Krankenhaus liegt?«, wollte ein Journalist der Badischen Nachrichten wissen.

»Das ist so nicht richtig. Der Regisseur des Filmteams hatte einen Unfall«, beantwortete Sybille die Frage.

»Aber Sie haben noch niemanden festgenommen! Der Mörder läuft frei herum und die Bürger von Konstanz sind in Gefahr!«

»Weitere Fragen, bitte?« Huber hatte zu Haase hinübergesehen, der mit leichtem Kopfschütteln andeutete, dass der Beitrag keine Erwiderung verdiene. Er betonte das Wort »Fragen«.

Es folgten nur noch Fragen zu Details, die schnell beantwortet waren. Dies war die Aufgabe der Staatsanwältin, die auch aus Kleinigkeiten gewichtige Angelegenheiten machen konnte, was der Situation zugute kam und ihr selbst die Gelegenheit gab, ihre Kompetenz zu demonstrieren.

Das Interesse an Fotos von den Ermittlern hielt sich in Grenzen.

Schließlich beendete Haase die Pressekonferenz. Der Raum leerte sich langsam. Bevor Eckhard hinausging, sah er zum Podium und hob die Hand. Dem Blick seines Freundes sah Kramer an, dass er mehr hinter der Sache vermutete, als die Polizei herausgelassen hatte. Doch Eckhard würde nichts wissen wollen, was er nicht verwenden konnte.

In der Hotelhalle flimmerte der Bildschirm des Fernsehers kurz, bevor er schwarz wurde. Die Stille wurde nur durch die Bewegungen der Empfangsdame unterbrochen, die hinter der Theke arbeitete.

Sie wussten nichts. Sie tappten völlig im Dunkeln. Verdächtige, ha, wo denn? Keine Informationen, um den Fortgang der Ermittlungen nicht zu gefährden, wie durchsichtig! Floskeln und Hinhaltetaktik. Das war sehr gut.

»Und? Was hat die Polizei bis jetzt herausgefunden? Gibt es etwas Neues?« Die Empfangsdame sah zur Sitzgruppe hinüber. Es kam keine Antwort. »Hallo?« Sie zuckte mit den Schultern. »Merkwürdig.« Sie wandte sich wieder ihrer Arbeit zu.

Kramer ging die Treppen hinauf, in der Hand eine Tüte mit Butterbrezeln aus der Kantine. Die Polizeidirektion schien stiller als zuvor, nachdem der ganze Trubel vorüber war. Es war Zeit, einen Zwischenbericht zu verfassen, eine Arbeit, die er zwar verabscheute, die aber nötig war. Huber und Sybille wurden auf diese Weise auf dem Laufenden gehalten. Aus der Distanz, nur mit den sachlichen Informationen gefüttert, kam von ihnen nicht selten ein Hinweis, der Kramer voranbrachte.

Doch an diesem Tag hatte er eine bessere Idee gehabt. Am Ende der Vorbesprechung für die Pressekonferenz, als Haase den Raum bereits verlassen hatte, hatte Kramer die Anwesenden zu einer Lagebesprechung gebeten. Seine und Axels Ermittlungsarbeit drohte sich in Details zu verzetteln, ihnen ging der Überblick allmählich verloren. Für diesen konnten Huber und Sybille vielleicht wieder sorgen, hoffte er. Svenja hätte er wahrscheinlich nicht eingeladen, wenn sie nicht zufällig dabeigesessen wäre. Doch wenn er ehrlich war, hatte sie zum jetzigen Stand der Ermittlungen durchaus beigetragen, vor allem über ihr eigentliches Aufgabengebiet hinaus. Es brachte ohnehin nichts, sich darüber zu ärgern. Sybille hatte erstaunt eine Augenbraue in die Höhe gezogen, als er den Vorschlag machte.

Üblicherweise lud Huber zu diesen Besprechungen ein. Doch der Vorgesetzte hatte keinen Moment lang gezögert und sofort zugesagt.

Kramers Problem in diesem Fall war, dass er den beiden Hauptverdächtigen glaubte. Friedrich von Arenz traute er wirkliche kriminelle Energie nicht zu. Bertram Gunther spielte die Trauer nicht, er empfand sie, da war sich der Hauptkommissar sicher. Und niemand wusste besser als er, wer in der Sauna verschwunden war.

Die Tür zum Büro stand offen. Biernatzky holte gerade Stühle aus den benachbarten Zimmern. Huber und Sybille unterhielten sich, während Svenja die Kaffeemaschine befüllte. Kramer legte die Papiertüte auf den Besuchertisch und riss sie auf, um die Brezeln anzubieten. Er lehnte sich an den Fenstersims und sah in die Runde.

»Danke, dass alle gekommen sind. Wir kommen nicht so recht weiter, um es gleich vorwegzuschicken. Und ich bin ehrlich gesagt nicht besonders scharf darauf zu warten, bis der Mörder einen weiteren Versuch macht, auch wenn Frau Baum momentan geschützt ist.«

»Eine Garantie gibt es nie«, stimmte Huber zu.

Svenja legte einen gelben Schnellhefter auf den Tisch. »Die Untersuchungen, die noch ausstanden, haben keine neuen Erkenntnisse mehr ergeben. Paloma Petrelli hat nicht getrunken, nicht geraucht, keine Drogen und keine Medikamente genommen. Sie war eine kerngesunde junge Frau.«

»Was haben wir bisher?« Die Staatsanwältin sah Kramer an.

Entschlossen nahm Huber einen dicken Faserschreiber und ging hinüber zur Pinnwand.

»Gehen wir alles noch einmal durch«, schlug er vor. »Kramer, fangen Sie an. Erzählen Sie alles haarklein.«

Kramer begann. Er schilderte den Tatort, berichtete von der anfänglichen Annahme, Paloma Petrelli habe ermordet werden sollen, und wie sie dann unter anderem dank Svenja Michelsen, der der Gedanke mit den sich ähnelnden Bademänteln gekommen war, zu der Annahme gelangten, der Täter habe eigentlich Johanna Baum töten wollen. Er erwähnte außerdem die Erkenntnisse der Kollegen der Spurensicherung, die er zur Nachstellung des Tathergangs gebeten hatte: Der Stuhl passte nicht, wie der Zeuge Gunther behauptet hatte, so unter die Klinke der Saunatür, dass er diese blockierte. Die wahrscheinliche Lösung hatte eine Bekannte gehabt – Rosi konnte er aus Gründen der Diskretion namentlich nicht nennen – nämlich, dass der Frotteestoff des Bademantels vom Mörder dazu benutzt worden war, die Lücke auszufüllen. Vorausgesetzt, man glaube Bertram Gunther.

Er machte eine kurze Pause und sah Svenja an. Sie erwiderte seinen Blick, ohne eine Reaktion zu zeigen. Sybille legte den Kopf zur Seite und sah ihren Ex-Mann durchdringend an, was er ignorierte.

Er kam auf die Vernehmungen der Beteiligten zu sprechen, erläuterte Fakten wie die Verbindung zwischen von Arenz und Johanna Baum und schilderte seinen persönlichen Eindruck zuletzt.

Biernatzky ergänzte, was sie über Bertram Gunthers Hintergrund ermittelt hatten. Dass der Geliebte des Opfers nach der Insolvenz seiner Unternehmen inzwischen finanziell von seiner Ehefrau abhängig war.

Kramer schloss mit den Vernehmungen der übrigen Zeugen und gab wieder, wie schwierig sie sich teilweise gestaltet hatten, da keiner der Filmleute kooperativ gewesen sei.

Da sich die Informationslage damit erschöpfte, ließ Biernatzky sich noch zur Ausschmückung des Gesprächs mit der Regieassistentin hinreißen. Sie habe es wohl am Magen, denn bei jeder Vernehmung habe sie sich entschuldigt und sei ins Bad gestürzt, das letzte Mal, um sich unüberhörbar zu übergeben. »Sehr appetitlich!«

Huber und Svenja lachten.

»Ob es an ihrem Magenleiden liegt, dass sie an Launenhaftigkeit nicht zu übertreffen ist?«, fügte der Assistent hinzu und schob seine Kappe in den Nacken. »Was meinen Sie, Frau Doktor? Besteht ein Zusammenhang?«

»Vielleicht ist sie schwanger«, vermutete Svenja.

Kramer, der seine Kaffeetasse angesetzt hatte, ließ diese wieder sinken. Er runzelte die Stirn und sah zu Svenja.

»Naja«, meinte diese und zuckte mit den Schultern. »Unpässlichkeiten, Heißhungerattacken. Launenhaftigkeit, Übelkeit. Dazu muss man nicht Medizin studiert haben.«

»Allerdings«, kam es aus Sybilles Richtung.

»Wir müssen sie dazu befragen!« Kramer stand auf. »Wenigstens die Möglichkeit einer neuen Spur. Auch wenn es sein kann, dass es mit der ganzen Sache nichts zu tun hat.« Er nahm seine Jacke und sah Biernatzky an, der im Hinausgehen den Kolleginnen und dem Chef immerhin noch zunickte.

Huber ließ den offenen Faserschreiber sinken.

Im Hotel war Kirsten Wagner nicht. Kramer und Biernatzky warteten an der Rezeption, bis jemand kam. Ein älterer Mann, den sie zuvor noch nicht gesehen hatten, trat wenig später aus dem Büro und begrüßte die beiden Männer.

»Kramer, Kripo Konstanz. Das ist mein Kollege Biernatzky«, stellte der Hauptkommissar sich und seinen Assistenten vor. »Wir ermitteln in der Mordsache, die in Ihrem Haus passiert ist.«

Der Mann bekam ein sorgenvolles Gesicht. »Schrecklich, ja. Ich bin nun seit vielen Jahren in diesem Haus, aber so etwas ist hier noch nie passiert.«

»Wir haben Sie bisher noch gar nicht gesehen, Herr…«

»Scholz. Nein, ich bin ja bereits im Ruhestand und arbeite nur noch gelegentlich. Die letzten Wochen war ich gar nicht im Hotel, weil ich Urlaub im Zillertal gemacht habe.«

»Herr Scholz, wir würden gern mit Frau Wagner sprechen. Kirsten Wagner.«

Der Portier sah in seinen Unterlagen nach und wählte dann eine Nummer. »Tut mir Leid, sie ist nicht auf ihrem Zimmer.« Er drehte sich zur Schlüsselwand. »Ihr Schlüssel ist nicht hier, doch das bedeutet nicht unbedingt, dass sie zugegen ist. Manche Gäste geben ihren Schlüssel nicht ab, wenn sie ausgehen, sondern führen ihn mit sich.«

»Können Sie uns vielleicht sagen, ob Sie gesehen haben, dass Frau Wagner weggegangen ist?«

Scholz bedauerte. Sein Dienst im »Seeblick« hatte erst vor vier Stunden begonnen und er kenne die Gäste, die momentan hier logierten, noch nicht beim Namen.

Biernatzky gab nicht auf. »Vielleicht, wenn wir Ihnen die Frau beschreiben?«

Kramer nickte zustimmend und begann zu schildern, wie die Regieassistentin aussah.

Kein Zeichen des Erkennens deutete sich auf dem Gesicht des Portiers an.

»Sie sieht mürrisch aus«, warf Biernatzky seinen letzten Trumpf ins Spiel.

»Ah! Ja, ich weiß, wen Sie meinen«, sagte Scholz endlich erleichtert. »Ja, die junge Frau ist vorhin aus dem Haus gegangen. Sie sah nicht zielstrebig aus, sondern eher so, als wolle sie einen Spaziergang machen. Sie hatte keine Tasche, aber eine Regenjacke dabei.«

Die Kommissare bedankten sich und wandten sich wieder zum Ausgang.

»Was denkst du denn?«, fragte Biernatzky. »Warum erscheint dir Kirsten Wagners mögliche Schwangerschaft so brisant?«

»Ich kann mich täuschen, Axel. Und es ist ja nicht mal sicher, dass sie wirklich schwanger ist. Aber falls ja – eine werdende Mutter, die sich auf ihr Kind freut, verhält sich anders, auch wenn sie mit Übelkeit zu kämpfen hat. Natürlich kann das einfach nur ein Hinweis darauf sein, dass sie das Kind nicht wollte oder in einer Notlage ist. Doch wir haben hier so verwickelte

Beziehungen unter den Filmleuten, dass es mich nicht wundern würde ...«

»Du meinst, sie hatte was mit einem Schauspieler?«

»Oder ihrem Chef. Das kommt nicht selten vor, unter Kollegen ohnehin, aber der Chef mit einer Angestellten, das ist eine häufige Konstellation.«

»Von Arenz?«

»Der Mann ist noch nicht so alt, wie er wirkt. Und es könnte durchaus sein, dass er, bevor durch das Wiedersehen mit Johanna Baum diese alte Geschichte wieder hochgekommen ist, ein umgänglicher Mensch war.«

Biernatzky sah nicht überzeugt aus.

»Komm, lass uns in die Klinik fahren und ihn fragen«, schlug Kramer vor.

Friedrich von Arenz war verlegt worden. Er hatte ein Einzelzimmer in der Chirurgie bekommen, wo in den nächsten Wochen etliche plastische Operationen folgen sollten, die zumindest die großen Narben im Gesicht beseitigten. Der Raum war groß und verfügte sogar über eine eigene Nasszelle, die durch eine Holztür abgetrennt war.

»Privatpatienten haben's halt schön«, murmelte Biernatzky.

»Besser gar nicht Patient als ein schönes Krankenzimmer«, gab Kramer zurück.

Von Arenz war noch immer schwach, sah aber deutlich besser aus. Seine Wangen waren gerötet, Kramer konnte sich des Eindrucks nicht erwehren, dass er vor kurzem Besuch gehabt hatte.

»Herr von Arenz, wir haben eine weitere Frage an Sie.«

Er hatte das Gefühl, der Regisseur wolle etwas sagen, denn er deutete auf die Badezimmertür, doch Biernatzky kam ihm zuvor.

»Es dauert gar nicht lang. Hatten Sie ein Verhältnis mit Frau Wagner?«

Kramer sah den Befragten an. Es war nicht die einfühlsame Art, die sein Assistent zuweilen an den Tag legte, doch so gefährlich war der Zustand des Mannes nicht mehr, dass Aufregung ihm ernsthaft schaden konnte, und die Frage brachte es auf den Punkt.

»Wagner?« Er schien geistesabwesend, überlegte offensichtlich.

»Ihre Assistentin«, half Kramer.

»Ach, Kirsten. Ja, da war etwas. Aber ganz ohne Bedeutung. Es war eine der Geschichten ... nichts Ernstes.«

»Dennoch ernst genug, dass sie sogar ein Kind von Ihnen erwartet.«

Kramer hielt die Luft an. Sie befanden sich auf dünnem Eis, mehrere Unbekannte waren hier zusammengepackt. Wie würde von Arenz reagieren?

Er winkte ab. »Ja, das sagte sie mir. Ich weiß es schon. Aber ich will das nicht. Ich habe ihr gleich gesagt, dass ich damit nichts zu tun haben will. Die Sache zwischen uns ist sowieso vorbei.«

»Seit wann?«

Aus dem Augenwinkel sah Kramer, wie sich die Holztür zum Bad öffnete. Automatisch schob sich seine Hand unter die Jacke und tastete nach seiner Heckler & Koch, während er ruckartig den Kopf drehte.

Johanna Baum stand im Türspalt, den Blick fest auf Friedrich von Arenz gerichtet. Sie hatte offensichtlich alles mitgehört.

Der sah sie an. »Es ist nicht wichtig, Johanna. Ich habe ihr gesagt, dass sie mich in Ruhe lassen soll.«

Kramer und Biernatzky beobachteten erstaunt, wie innerhalb von Sekunden alle Beherrschung von der Schauspielerin Johanna Baum abfiel. Sie kniff die Augen zusammen, wurde zuerst blass und dann hochrot. Sie sprach mit verzerrtem Gesicht, den Mund nur wenig geöffnet, aber überdeutlich.

»Ich komme hierher, zu dir, ins Krankenhaus. Wir beginnen

ein Gespräch. Missverständnisse klären sich. Ich halte meine Gefühle nicht zurück, breite mein Inneres vor dir aus, weil ich nach dieser Stunde meinte, dass du es wert bist. Du lässt mich glauben, dass deine Liebe zu mir nie vergangen ist. Wir flehen einander um Verzeihung an. Ich sah dich bewegt, war selbst in Tränen. Hoffnung, die ich jahrzehntelang unterdrückt hatte, ergreift plötzlich, innerhalb kurzer Zeit, Besitz von mir. Ich atme wieder, wusste ich doch immer, dass ich die Vergangenheit nur mit dir überwinden kann. Nur für einen Moment verlasse ich den Raum, um meine Tränen zu trocknen.«

»Johanna!« Von Arenz schrie, um sie zu übertönen. »Kirsten bedeutet nichts! Sie ist Vergangenheit! So wie Bertram für dich!« Seine Stimme überschlug sich, er fiel in die Kissen.

Sie verstummte und ging zum Fenster. »Du lebst in einer anderen Welt. Ein Gefühl, ein wahres Gefühl, wirst du niemals haben und verstehen. Es geht dir um dich, immer nur um dich. Ich sollte dankbar sein, dies zu erfahren, bevor es zu spät ist.« Sie legte die Hände vor ihr Gesicht und weinte. Dann drehte sie sich wieder zu ihm und sah ihn an. »Kirsten. Natürlich geht es nicht darum, dass es eine Affäre gab. Du hast sie gebraucht, auch das kann ich noch nachvollziehen, auch wenn ich es verurteile. Doch nun lässt du sie fallen. Sie liebt dich, doch das interessiert dich nicht einmal. Sie ist in höchster Not. Sie erwartet ein Kind. Und dieses Kind …«, sie schluchzte und ließ sich an der Wand hinabgleiten, »ist nicht willkommen. Niemand will es.« Sie erhob die Hand und zeigte mit dem Finger anklagend auf ihn. »Du bist unfähig, jemanden zu lieben. Kirsten Wagner ist ein Mensch, sie fühlt, sie ist in Bedrängnis. Sie fühlt, hörst du, sie fühlt, wie ich und du! Nein, wie du nicht. Hoffentlich nicht, denn du fühlst nur dich selbst. Daran wird sich nie etwas ändern.« Sie verstummte und sank in sich zusammen.

Biernatzky ging auf das Bett zu und drückte den Klingelknopf, der an einem Kabel auf dem Beistelltisch lag. Kramer ging zu Johanna Baum und half ihr auf einen Stuhl. »Wo ist die Polizistin?«, fragte er sie.

»Sie ist draußen, ich hatte sie gebeten, auf dem Flur zu warten.« Ihre Stimme war noch brüchig. Plötzlich richtete sie sich auf und sah von Arenz noch einmal an. »Wenn du einmal etwas richtig machen willst in deinem Leben, dann kümmere dich um diese Frau und das Kind.«

Von Arenz traten Tränen in die Augen.

In diesem Moment ging die Tür auf und eine Krankenschwester kam herein. Während sie die Anwesenden fragend ansah und sich auf Biernatzkys Aufforderung der Frau auf dem Stuhl widmete, ging Kramer hinaus, um Beate Wolfsmüller zu suchen. Sie saß wenige Schritte entfernt in einer Nische mit Besuchertischen und -stühlen.

»Alles in Ordnung?«, fragte sie. »Ich habe Sie nicht kommen sehen. Aber ich war nur kurz am Automaten dort hinten, um mir einen Kaffee zu holen.« Sie deutete auf einen Blechkasten am Ende des Flurs.

Kramer nickte. »Es ist nichts passiert. Ich wollte mich nur vergewissern, dass Sie da sind.«

Die Beamtin sah auf die Uhr. »In einer Stunde werde ich sowieso abgelöst. Es war aber keine Frau mehr verfügbar. Kollege Özdemir kommt.«

»Fahren Sie mit ihr ins Hotel zurück. Sie soll auf ihrem Zimmer bleiben.« Kramer hob die Hand, nickte ihr zu und ging den Flur entlang. Biernatzky stieß zu ihm.

»Det war 'ne Vorstellung, was?«

»Vermutlich war es eben keine. Ich denke, das war der Mensch Johanna Baum und nicht die Schauspielerin.« Kramer strich sich die Haare aus dem Gesicht. »Wenn Kirsten Wagner davon wusste, dass von Arenz sie deshalb fallen ließ, weil er die Möglichkeit sah, dass es mit Johanna Baum zu einer Versöhnung kommen könnte, hätten wir ein Motiv.«

Der Assistent runzelte die Stirn. »Noch mal, bitte.«

Kramer lachte. »Na, wenn sie mitgekriegt hat, dass es zwischen ihm und der Baum wieder was werden könnte, wäre das vielleicht ...«

Biernatzky begriff. »Natürlich! Und sie war ja da! Sie war im Schwimmbad, kam kurz nach dem Regisseur.«

Kramer suchte sein Mobiltelefon. Er tastete alle Taschen ab. Biernatzky schüttelte den Kopf. »Lass mich raten: Das Handy ist weg.« Er grinste und reichte ihm seines. Kramer tippte die Nummer des Hotels ein.

Der Portier konnte ihnen nichts Neues berichten. Er versuchte es noch einmal auf dem Zimmer der Regieassistentin, bekam jedoch keine Antwort. »Moment, hier kommen gerade die Zimmermädchen.« Er sprach mit zugehaltener Muschel und meldete sich dann wieder. »Nein, im Zimmer ist sie definitiv nicht. Es ist überhaupt niemand in den Zimmern im zweiten Stock. Aber alle sind noch bewohnt.«

Kramer bedankte sich und gab dem Portier die Nummer von Axels Telefon, damit er zurückrufen konnte, falls Kirsten Wagner auftauchte.

»Und nun? Fahndung?« Biernatzky sah ratlos aus.

»Bis jetzt haben wir lediglich unsere Hypothese bestätigt, dass sie mit Friedrich von Arenz ein Verhältnis hatte. Von unserem Tatverdacht weiß sie aber noch nichts. Sie weiß ja nicht mal, dass wir wissen, dass eigentlich Johanna Baum und nicht Paloma Petrelli umgebracht werden sollte. Ich halte es für unwahrscheinlich, dass sie auf der Flucht ist. Hätte sie dies vorgehabt, hätte sie schon vorgestern fliehen können. Lass uns ins Hotel fahren. Sie wird wieder dort auftauchen. Wenn sich in der nächsten Stunde nichts tut, geben wir die Fahndung raus.«

Im Hotel war es ruhig. Der Aushilfsportier las Zeitung. Kramer sah durch die Glasscheibe neben der Eingangstür nach draußen, während Biernatzky mit einem Nachschlüssel nach oben fuhr und das Zimmer von Kirsten Wagner noch einmal in Augenschein nahm. Vor dem Hotel kamen wenig Leute vorbei, es lag nicht direkt an der Straße, sondern leicht zurückversetzt. Kramer beschloss, eine Runde ums Haus zu gehen.

Als er den Parkplatz erreichte, fuhr ein hellblauer Citroën 2 CV an ihm vorbei und zog in eine Parklücke. Svenja stieg aus und ging auf ihn zu.

»Mach kein strenges Gesicht, Clemens.« Sie streckte ihre Hand aus und reichte ihm sein Mobiltelefon. »Ich gebe zu, dass ich neugierig bin, aber ich bin eigentlich hierher gefahren, um dir das Telefon zu geben.«

Kramer nahm ihr das Handy ab. »Wo hast du es gefunden?«

»Es lag in der Kantine und ich dachte, du brauchst es vielleicht.«

Natürlich, fiel es Kramer ein. Er hatte es dort liegen lassen, als er die Butterbrezeln holte. »Danke. Ich hatte es schon vermisst.« Er sah sie an. »Du hattest Recht, Kirsten Wagner ist schwanger. Von Arenz hat zugegeben, dass er mit ihr ein Verhältnis hatte, das jedoch bereits beendet war. Was natürlich nicht heißt, dass sie nicht trotzdem weiter an der Beziehung festhalten wollte. Wenn sie herausbekommen hat, dass er sie wegen Johanna Baum abserviert hat, könnte das für sie ein Grund sein, die Konkurrentin zu hassen.«

Svenja nickte. »Besonders in dieser Ausnahmesituation. Nicht angenehm. Was tut ihr jetzt?«

Kramer erläuterte ihr die Lage. Sie nickte noch einmal und sah auf die Uhr.

»Ich gehe wieder los. In einer Stunde habe ich einen Termin mit Paschke und ich muss mich noch darauf vorbereiten.«

»Ach ja, du hattest ja eine besondere Begegnung mit ihm«, erinnerte sich Kramer.

Svenja lachte. »Das kann man wohl sagen.«

»Aber du wirkst nicht niedergeschlagen deshalb.«

»Hervorragende Beobachtung, Herr Hauptkommissar. Vielleicht erinnerst du dich, dass ich dich sogar zum Essen einladen wollte, als ich aus seinem Büro kam?« Svenjas Ironie war nicht ganz fehl am Platz. Er kratzte sich am Kopf.

»Ich kann es dir kurz erzählen, da du hier ja auch wartest. Die Geschichte ist nicht so wichtig, dass sie nicht jederzeit unterbrochen werden könnte.«

Sie schüttelte ihre Haare zurück. Seit der Pressekonferenz hatte sie sich nicht umgezogen, offensichtlich nur die Haarspange entfernt, die die Hochsteckfrisur zusammengehalten hatte. Er war verwundert, wie dies ihr Gesicht veränderte. Im Gegensatz zu vorher sah sie sanft und fast ein wenig frech aus.

Johanna Baum war mit der Polizistin ins Hotel zurückgekehrt. Sie hatte sich bald wieder im Griff gehabt. Ein Beruhigungsmittel hatte sie abgelehnt. Letztlich hatte sie mit der Enttäuschung, die Friedrich ihr bereitet hatte, rechnen müssen. Auch das würde sie bewältigen. Es nützte nichts, sich gehen zu lassen.

Da sie mit den Vorbereitungen für ihre Gastprofessur in Stuttgart ohnehin im Verzug war, hatte sie eingewilligt, vorerst auf dem Zimmer zu bleiben. Sie hatte Beate Wolfsmüller nicht vor der Tür warten lassen, sondern ihr einen Platz im Zimmer angeboten. Während sie sich einen Apfel schälte, sah sie zu ihr hinüber und lächelte. Die junge Beamtin las einen Kriminalroman. Johanna tat es Leid, dass sie so unwirsch zu der Frau gewesen war, sie konnte schließlich nichts dafür. Sie hatte sich bei Frau Wolfsmüller entschuldigt.

Sie legte das Obstmesser auf den Tisch, trat mit einem Stück Apfel in der Hand auf den überdachten Balkon und spähte in das Zimmer nebenan. Wo war Bertram? Sie hatte ihn seit dem Frühstück nicht mehr gesehen. War er abgereist?

Es hatte leicht zu regnen begonnen. Kirsten Wagner, die am See entlanggegangen war, zog die Kapuze über den Kopf. Der Spaziergang hatte nicht geholfen. Ihr war elend, doch zugleich war sie wütender als zuvor. Sie hatte nicht mehr die Hoffnung, dass Friedrich von Arenz sich ihr wieder zuwenden würde. Es war ihr klar geworden, dass er sie – wie wahrscheinlich andere Frauen zuvor – benutzt hatte, um sich immer wieder Selbstbestätigung zu suchen, die er nötig brauchte. Auf Höhe des Hotels bog sie ab und ging langsam den Weg entlang, der zum Eingang führte. Sie würde zusammenpacken. Etwas ganz Neues anfangen. Mit ihrem Kind. Es würde hart werden, aber sie wollte es versuchen. Vor ihr näherte sich ein uniformierter Polizist der Eingangstür. Sie blieb ein paar Schritte zurück.

Das Telefon klingelte. Johanna Baum nahm ab. Es war die Rezeption. Frau Wolfsmüller möge bitte herunterkommen, hier warte jemand von der Polizei auf sie.

Die junge Polizistin erhob sich. »Das ist meine Ablösung. Bitte kommen Sie mit in die Halle.«

»Das ist sicher nicht nötig. Während dieser fünf Minuten wird der Mörder nicht gerade hier vorbeikommen. Ich schließe die Tür ab«, fügte sie hinzu, um die Beamtin zu beruhigen.

Als sie allein war, überlegte sie erneut, wo Bertram sein konnte. Sie hatte ihn durch das Fenster nicht sehen können, als sie auf dem Balkon stand. Vielleicht schlief er, bis zum Bett konnte sie nicht schauen. Wenn sie an die Zwischentür klopfte, würde er wahrscheinlich nicht öffnen. Sie trat auf den Flur.

Biernatzky stieg aus dem Fahrstuhl. Er sah den uniformierten Kollegen an der Rezeption stehen, runzelte die Stirn und trat zu ihm.

»Auffälliger ging es nicht? Wie wäre es mit einem mobilen Blaulicht auf dem Kopf?«

Der Polizist sah ihn verwundert an. »In Zivil? Das hat mir niemand gesagt.«

Biernatzky verdrehte die Augen. In diesem Moment kam Beate Wolfsmüller die Treppe herunter und grinste, als sie den Kollegen in Uniform sah.

Der Portier sah belustigt auf. »Soll ich Ihnen ein paar Kleider besorgen?«, bot er an.

Die Regieassistentin betrat das Hotel durch den Hintereingang. Sie trug noch immer ihre Regenjacke mit der Kapuze. Ein älteres Ehepaar stand beim Aufzug, dessen Türen sich gerade öffneten. Kirsten Wagner ging darauf zu.

»Kein Problem, ich habe meine Sporttasche im Auto«, sagte der Uniformierte. Er drehte sich zur Tür. Die Frau folgte ihm. Der Kommissar mit der Baseballkappe, der allein zurückblieb, drehte sich um und ließ die Augen durch die Hotelhalle wandern. Die Türen des Fahrstuhls schlossen sich, bevor sein Blick dort angekommen war.

Sie lehnte sich seufzend an die Wand und zog die Kapuze vom Kopf.

»Schlechtes Wetter, nicht?«, fragte die ältere Dame. »Sind Sie vom Regen überrascht worden?«

Kirsten zuckte mit den Schultern. »Es gibt Schlimmeres.«

Mit einem dezenten Glockenton öffneten sich die Schiebetüren des Fahrstuhls im ersten Stock. Das Paar stieg aus.

Svenja und Kramer gingen über den Parkplatz und um das Gebäude, bis sie an der Vorderseite ankamen. Sie stellten sich unter das Vordach des Hotels, da die Regentropfen bereits durch die Blätter der Bäume drangen.

»Paschke ist und bleibt ein Widerling«, sagte sie. »Doch er hat es zu weit getrieben. Deshalb gibt es Hoffnung.« Sie lächelte schelmisch. »Ich war außer mir, als ich von Rosi erfuhr, dass es eine Planstelle gibt, für die ich mich hätte bewerben können, und dass Paschke nie etwas davon erwähnt hat. Nicht genug damit, der Sektionsleiter hat Paschke gegenüber sogar meinen Namen genannt. Er fand, Paschke sollte mich zu einer Bewerbung auffordern. Du erinnerst dich, dass ich nur einen befristeten Vertrag habe?« Sie blickte Kramer zweifelnd an.

Er nickte. »Klar«, bekräftigte er. Was dachte sie von ihm? Sah er senil aus?

»Das wäre für mich also die Chance gewesen, in Konstanz zu bleiben.« Sie hielt inne und blickte dann zu Boden. »Der blöde Kerl hat mir nicht nur nichts davon gesagt, er hat auch heimlich die interne Stellenausschreibung aus meinem Postfach genommen. Rosi ist sich sicher, dass sie sie hineingelegt hat, und ich habe sie nie bekommen. Stattdessen hat er eine Assistentin für die Stelle vorgeschlagen, die zwar die einschlägigen Qualifikationen noch nicht vorweisen kann, dafür aber über ganz andere Qualitäten verfügt.« Sie sah ihn viel sagend an.

»Verstehe.«

»Du kannst glauben, dass ich so etwas nicht leichtfertig behaupte. Dem Sektionsleiter kam es selbst merkwürdig vor. Der Zufall wollte, dass sich etwa zur selben Zeit bei ihm einige Studentinnen über Paschke beschwert haben. Sexuelle Belästigung. Sie haben sich zusammengetan, damit er sie nicht diffamieren kann. Der Sektionsleiter hat daraufhin das Gespräch mit mir gesucht, auch, um meine Meinung zu hören. Ich habe Paschke nicht belastet, nur angedeutet, dass er versuchte, mir näher zu kommen, ich dies aber nicht zugelassen habe.«

»Aber er hat dir sogar mit beruflichen Nachteilen gedroht!« Kramer sah sie an. Warum hatte sie die Gelegenheit nicht genutzt? Er verstand sie nicht.

»Das musste ich gar nicht extra erwähnen. Der Sektionsleiter ist auch nicht erst gestern aufgewacht – er ist aus allen Wolken gefallen, als er hörte, dass ich von der Ausschreibung nichts wusste. Er kann sich denken, was dahinter steckt.«

»Was hat Paschke sich dabei gedacht? Es ist doch klar, dass es irgendwann rauskommt, dass er dir die Stellenausschreibung verschwiegen hat.«

»Schon, aber dann wäre es wahrscheinlich zu spät gewesen. Die andere hätte bereits angefangen und mein Vertrag wäre ausgelaufen; ich hätte gehen müssen. Was die Kollegen von ihm denken, ist ihm egal, und außer dem Rektor haben Professoren keine Chefs zu fürchten. Das ist ja das Problem.« Sie lehnte sich an die Glasscheibe neben der Eingangstür.

Der Fahrstuhl erreichte den zweiten Stock. Kirsten suchte ihren Schlüssel in der Jackentasche und ging auf ihr Zimmer zu. Sie sah Johanna Baum schon von weitem. Die Schauspielerin stand vor Bertram Gunthers Zimmer und klopfte. Als niemand öffnete, wandte sie sich wieder ihrer Tür zu, doch sie hielt in der Bewegung inne und sah den Flur herab, als sie das Klappern des Schlüssels in Kirstens Hand hörte.

»Ah, Frau Wagner. Ich weiß nicht, ob Sie es gehört haben«, sagte sie, als Kirsten sich näherte. »Friedrich geht es viel besser. Ich war bei ihm im Krankenhaus.«

Kirstens Augen verengten sich zu Schlitzen. Sie trat auf Johanna Baum zu. »Lassen Sie mich in Ruhe.«

Die Schauspielerin sah ihr in die Augen und lächelte. Kirsten starrte sie an.

»Wir haben ein langes Gespräch geführt.« Noch immer sah sie in Kirstens Gesicht. »Wir haben auch über Sie gesprochen.«

Was sollte das? Hatte sie sich endlich mit Friedrich versöhnt? Hatte er ihr reumütig von seiner kleinen, unbedeutenden Affäre mit der kleinen, unbedeutenden Kirsten erzählt? Wahrscheinlich hatten sie gemeinsam geschmunzelt über die Regieassistentin, die glaubte, der große Friedrich von Arenz sei wirklich an ihr interessiert. Nun wollte sie sich an ihrer Niederlage weiden. Ihren Triumph auskosten. Noch immer starrte sie die Schauspielerin regungslos an. Versuchte, sich zu beherrschen.

»Ich weiß, dass Sie und Friedrich … Dass Sie sogar ein Kind von ihm erwarten.«

Kirsten nickte langsam. Sie ballte ihre Hände zu Fäusten.

»Hat er Ihnen das wirklich erzählt?«

Die Schauspielerin zögerte und blickte zu Boden. »Nein. Die Kripobeamten haben ihm diese Aussage abgerungen. Ich war zufällig dabei. Ich wollte Ihnen sagen …«

Kirstens Augen weiteten sich. Sie waren ihr auf der Spur. Jetzt ruhig bleiben, dachte sie sich. Überlegen. Ihre Gedanken begannen zu rasen.

Johanna Baum sprach weiter. »Sie wissen ja, dass Friedrich und ich einst ein Paar waren. Jetzt denken Sie wahrscheinlich, er und ich hätten uns versöhnt. Aber das ist nicht so. Ich kann nicht mit einem Mann zusammen sein, der so gefühllos mit einer Frau umgeht, wie er das mit Ihnen tut.«

Kirsten hatte nur mit halbem Ohr hingehört, der letzte Satz drang wieder zu ihr durch.

»Ach Gottchen«, höhnte sie. »Glauben Sie, ich falle jetzt vor Dankbarkeit auf die Knie? Was soll der Käse? Wenn Sie nicht wären...«

»Muss er jetzt gehen?« Kramer verschränkte die Arme.

»Glaubst du das wirklich?« Svenja sah ihn belustigt an. »Ja, er muss gehen, wenn er während der Vorlesung vor hundert Zeugen eine Studentin vergewaltigt.«

Sarkasmus war ungewöhnlich für Svenja. Doch mit Paschke als Chef war es wohl eher verwunderlich, dass sie nicht sogar zynisch geworden war.

»Nein, aber er wird verwarnt.«

»Und du kriegst die Stelle?«

»Ich kann mich jetzt immerhin darauf bewerben. Die Ausschreibung wird noch einmal herumgeschickt und ich bin sicher nicht die einzige qualifizierte Bewerberin.«

»Als du bei Paschke im Büro warst...«

Svenja strich sich durchs Haar. Ein zufriedenes Lächeln erschien auf ihrem Gesicht. »Da habe ich ihm mal so richtig die Meinung gesagt. Die Gelegenheit hat man ja nicht oft. Ich habe, ich gebe es zu, schamlos ausgenutzt, dass er momentan so kleinlaut ist.«

Kramer lächelte. »Gut gemacht.«

Sie steckte ihre Hände in die Hosentaschen und sah ihn an. Ihre Augen strahlten. Er wusste, dass die Sache mit Paschke sie sehr belastete, und nun wurde ihm klar, wie befreit sie sich fühlen konnte. Vorerst zumindest.

Sie sah überhaupt toll aus. Die Hemdbluse, die während der Pressekonferenz zugeknöpft recht streng ausgesehen hatte, wirkte nun, mit geöffnetem Knopf und in Verbindung mit den gelösten Haaren, ganz anders.

»Svenja.«

»Ja?«

Der Glockenton kündigte den Aufzug an. Gleich darauf öffneten sich die Türen. Kirsten stieß Johanna Baum ins Zimmer. Bevor die Tür ins Schloss knallte, hörte sie die Stimme des Kommissars.

»Hier ist es, Zimmer 216.«

Sie drehte den Schlüssel zwei Mal herum. Die Schauspielerin war auf die Bettkante gestürzt, hatte sich aber sofort wieder aufgerichtet.

»Was soll das, Frau Wagner? Ich habe Ihnen doch gesagt, dass …« Sie stutzte und riss plötzlich die Augen auf. »Ah, jetzt verstehe ich. Sie waren das?«

Auf dem Tisch lag ein kleines Messer.

»Sie haben Paloma Petrelli getötet, weil Sie dachten, ich wäre in der Sauna!«

Es klopfte, gleich darauf wurde die Klinke heruntergedrückt. Wie hypnotisiert starrte sie auf die Tür.

Biernatzky sah den Kollegen Özdemir, der in sportlichem Outfit neben ihm stand, an und zuckte mit den Schultern.

»Sie hatte gesagt, dass sie abschließen will«, sagte der Polizist.

»Frau Baum? Bitte öffnen Sie die Tür!«

»Ich kann nicht!« Die Stimme gehörte der Schauspielerin, doch sie klang seltsam schrill.

Die beiden Beamten sahen sich an.

»Hier ist was faul«, sagte Biernatzky und rannte zum Fenster, das auf den Platz vor dem Hotel zeigte. Er riss es auf und schrie.

»Clemens! Zweiter Stock!«

Beate Wolfsmüller, die auf dem Weg zur Rückseite des Gebäudes war, drehte sich um. Sie sah zum Eingang, wo Kramer stand, dann nach oben zu Biernatzky. Er signalisierte ihr, ebenfalls zurückzukommen.

Canzin Özdemir war einen Schritt von der Tür zurückgetreten und wartete nur noch auf den zustimmenden Blick des Kommissars. Als Biernatzky nickte, nahm er Anlauf.

Sekunden später stand Kramer im zweiten Stock. Der Kollege warf sich abwechselnd gegen die Tür und trat dagegen. Von innen war nichts zu hören. Kramer entsicherte seine Pistole. Endlich sprang die Tür mit einem Krachen auf.

Auch Biernatzky hatte seine Waffe gezogen und sah Kramer an. Er stand so neben der Tür, dass man ihn aus dem Zimmer nicht sehen konnte. Özdemir kämpfte um sein Gleichgewicht und zog einen Moment später als Beate Wolfsmüller ebenfalls die Dienstwaffe. Sie stellten sich mit einem Meter Abstand links und rechts von der Tür auf.

Kramer ging auf die offene Tür zu und sah ins Zimmer.

Vor dem Tisch kniete Johanna Baum. Ihr Mund war geöffnet, sie sah Kramer angsterfüllt entgegen. Kirsten Wagner stand hinter ihr und hielt ihr ein kleines Messer an die Kehle. Die Spitze der Klinge hatte die Haut bereits ein wenig eingeritzt.

Als der Hauptkommissar die Situation erfasst hatte, neigte er seine Heckler & Koch zur Seite, sodass der Lauf ins Leere zeigte, hob sie ein Stück an, damit Kirsten Wagner sie sehen konnte und ließ sie dann sinken. Er sicherte sie und legte sie vor sich auf den Boden.

»Frau Wagner. Sie sehen, ich lege meine Waffe hier ab.« Er hob die Hände und drehte sich einmal um die eigene Achse. »Ich werde Ihnen nichts tun. Ich komme langsam auf Sie zu und Sie geben mir das Messer, das Sie in der Hand halten.« Er streckte seine rechte Hand nach vorn. Sie starrte ihn regungslos an. Er war sich nicht sicher, ob seine Worte zu ihr durchgedrungen waren. »Frau Wagner? Haben Sie mich verstanden? Lassen Sie Frau Baum los und geben Sie mir das Messer.« Er machte einen Schritt nach vorn.

Ein Ruck ging durch die junge Frau. »Kommen Sie nicht mehr näher«, schrie sie, hielt das Messer hoch und setzte es neu an. Johanna Baum schrie auf.

Kramer blieb stehen. »Seien Sie vernünftig. Das führt zu nichts.«

Die Frau schien die Hoffnungslosigkeit der Situation zu erkennen. Innerhalb von Sekunden wäre sie überwältigt und hätte keine Chance. Kramer verfolgte, wie sie mit wildem Blick um sich schaute. Der Balkon führte nirgendwo hin; der Abstand zum Dach war zu weit. Ihr Blick fiel auf das geöffnete Fenster. Das Dachgaubenfenster bot einen bequemen Ausstieg auf das Dach. Kirsten Wagner zerrte die noch immer knieende Schauspielerin in diese Richtung. Sie sah Kramer warnend an, stieß ihre Geisel von sich und sprang hinaus. Johanna Baum schlug mit dem Kopf an die Kante eines Stuhls und fiel zu Boden. Sie bewegte sich nicht.

»Axel!«, schrie Kramer. Biernatzky sprang ins Zimmer. Kramer deutete auf Johanna Baum. »Svenja soll sofort kommen, sie steht vielleicht noch unten.« Dann durchquerte er mit ein paar großen Schritten das Zimmer und schwang sich hinaus. Kirsten Wagner war bereits außer Reichweite. Er sah, wie sie direkt über ihm das Dach emporkletterte, was ihr mit den Turnschuhen nicht schwer fiel. Plötzlich hörte er, wie etwas über die Dachziegel klirrte. Das Messer verfehlte ihn um Haaresbreite und wurde von der Regenrinne aufgehalten. Er sah, wie sie ihrer einzigen Waffe erschrocken hinterherschaute, dann aber weiterkletterte. Mittlerweile war sie bis zum First gelangt. Erneut blickte sie hektisch um sich. Es gab keinen Weg hinab, das musste ihr spätestens jetzt klar werden.

Er sah noch einmal durch das Fenster ins Zimmer. »Axel, das Selbstmörderprogramm. Wir brauchen Notarzt, Feuerwehr, Verstärkung, mit dem Psychologen. Die Kollegen, Frau Wolfsmüller und Herr…«

»Özdemir«, half der Sportler.

»Sie kümmern sich um die eintreffenden Einsatzwagen.«

Er sah, wie Biernatzky bereits telefonierte, als er wieder aus dem Fenster stieg. Er würde hoffentlich auch daran denken, Sybille und Huber zu verständigen. Kramer hatte jetzt andere Probleme. Svenja kniete schon neben Johanna Baum.

Er sah nach oben. Kirsten Wagner balancierte auf dem Dachfirst entlang, wobei sie immer wieder zusammenknickte, wenn sie das Gleichgewicht verlor.

Dann sah er nach unten. Obwohl das Haus nur zwei Stockwerke hoch war, ging es tief hinab. Der Parkplatz hinter dem Gebäude lag am Hanggeschoss, war also noch weiter unten als der Vorplatz. Das Dach lief spitz zu, sodass ein Sturz aus dieser Höhe mit Sicherheit tödlich verlaufen würde.

Vorsichtig versuchte er, höher zu steigen, rutschte jedoch auf den noch nassen Dachziegeln immer wieder ab. Er verfluchte die Ledersohlen seiner Slipper. Die Schuhe hatte er am Morgen wegen der anstehenden Pressekonferenz gewählt.

»Frau Wagner, bleiben Sie stehen und versuchen Sie, sich langsam hinzusetzen.« Einfache Sätze, dachte er. Was war es noch, was der Psychologe in der Fortbildung betont hatte? Ruhig bleiben. Einen positiven Ausblick vermitteln. Er hätte jetzt gerne über diese graue Theorie gelacht. Ob der Mann mit dem Spitzbart jemals auf einem Dach vor einem Selbstmordkandidaten gestanden hatte?

»Hauen Sie ab«, keuchte sie.

»Es ist besser, wenn Sie aufgeben«, versuchte er es erneut. Toller Satz, dachte er. Was konnte er noch sagen? Vielleicht sollte er doch besser schweigen?

»Sparen Sie sich den Schwachsinn. Für wen ist das besser? Für Sie? Ich habe nicht gesagt, dass Sie mir nachsteigen sollen.«

Er atmete durch. Ein Gesprächsansatz, immerhin.

»Für Sie ist es besser. Und für Ihr Kind.«

Sie starrte ihn einen Moment an. »Ich habe eine Frau umgebracht, die gar nichts mit der Sache zu tun hatte. Ich bekomme ein Kind von einem Mann, der mich nicht liebt. Die Frau, die alles zerstört hat, freut sich ihres Lebens.« Obgleich sie ruhiger geworden war, verriet ihre Stimme tiefe Verzweiflung. »Er hat am Telefon mit mir Schluss gemacht. Am Telefon. Das feige Schwein. Ich habe ihn gebeten, darum gefleht, mit mir zu sprechen.«

»Ist er es wert, dass Sie mit Ihrem Kind in den Tod springen?«

Sie winkte ab. »Schon lange nicht mehr.«

»Setzen Sie sich, Frau Wagner.«

Sie schien ihn nicht gehört zu haben. Sie sah in die Tiefe. »Es wird schnell gehen. Gleich ist alles vorbei.«

»Warum, Frau Wagner?«

»Glauben Sie, ich habe Lust, den Rest meines Lebens im Gefängnis zu verbringen? Welche Chance hat mein Kind?« Sie machte einen weiteren Schritt auf das Ende des Dachfirsts zu. Sie hatte die Kante beinahe erreicht. »Und welche Chance habe ich?« Er verstand sie kaum noch.

Von den Kollegen war nichts zu hören und zu sehen, von der Feuerwehr auch nicht. Sie musste hier vom Dach, es half nichts. Langsam kroch er weiter hinauf. Direkt über ihm fehlte ein Dachziegel. Wenn er es schaffen könnte, sich in der Lücke festzuhalten, wäre es nicht mehr schwierig, sich rittlings auf den First zu setzen. Er streckte die Hand aus und schob sich, so gut es ging, mit dem Fuß auf dem rutschigen Dach vorwärts. Plötzlich gab der Untergrund nach. Er fand keinen Halt mehr, nicht mit der Hand und nicht mit dem Fuß. Der Dachziegel unter seinem Fuß war locker gewesen und krachte hinunter. Kramer hörte, wie er auf dem Boden zerschellte und schlitterte gleichzeitig rückwärts. Qualvolle Sekunden glitt er hilflos in die Tiefe. Die Bilder vor seinen Augen verschwammen, tanzten. Sein Herz raste. Pauline fiel ihm ein.

Seine Hand fand eine Kante, an der sie sich festkrallen konnte. Sein Körper rutschte weiter, riss an seinem Arm, seine Finger schmerzten. Lange würde er sich so nicht halten können. Er atmete durch, versuchte ruhig zu werden. Seine Füße erneut auf dem Dach Tritt finden zu lassen. Endlich hatte er wieder genug Kraft, um sich zentimeterweise nach oben zu schieben. Er peilte den Schornstein unterhalb des Dachfirsts an, auch wenn er etwas weiter von Kirsten Wagner entfernt war. Er würde kein Risiko mehr eingehen.

In der Ferne hörte er Sirenen. Kramer sah hinunter, konnte jedoch nicht viel erkennen. Vor dem Hotel hatten sich Menschen versammelt, die nach oben schauten.

Auf dem Parkplatz hinter dem Hotel trafen mittlerweile Feuerwehr und Notarztwagen ein. Biernatzky und die Kollegin Wolfsmüller wiesen zum Dach, um den Standort von Kramer und der mutmaßlichen Mörderin zu zeigen. Die Feuerwehrleute brachten das Sprungkissen in Stellung. Auf dem Löschfahrzeug wurde langsam die Drehleiter ausgefahren, in deren Korb ein Mann stand.

Canzin Özdemir stand bei Kriminaloberrat Huber und unterrichtete ihn über die Lage.

Mit quietschenden Reifen hielt ein weiterer Streifenwagen, aus dem die Staatsanwältin stieg. Biernatzky kam herüber und erläuterte ihr und dem hinzutretenden Huber, was sich in den letzten Stunden zugetragen hatte.

Sie sahen nach oben. Allmählich dämmerte es, was die Situation zusätzlich erschwerte.

Biernatzky schaute Kramers Ex-Frau von der Seite an. Sie schwieg, doch ganz offensichtlich war sie besorgt. In der Zeit, die er schon in Konstanz arbeitete, hatte er noch nicht viele menschliche Regungen an ihr wahrgenommen.

In diesem Moment kam Svenja Michelsen aus dem Gebäude. Sie begleitete zwei Sanitäter mit einer Tragbahre, auf der Johanna Baum lag, und wechselte noch ein paar Worte mit ihnen, während sie die Trage in den signalfarbenen Kastenwagen schoben. Die Türen knallten zu und der Notarztwagen fuhr davon. Svenja sah zu Biernatzky herüber, wandte sich dann jedoch ab und setzte sich auf einen großen Stein, der zur Begrenzung des Parkplatzes auf dem Rasen lag. Von dort aus beobachtete sie das Geschehen auf dem Dach.

Kramer hatte den Schornstein fast erreicht. Kirsten Wagner, die erschöpft zu sein schien, hatte sich auf Knien und Händen niedergelassen, was auf dem First eine unsichere Angelegenheit war. Sie zitterte. Er robbte weiter.

Als er sich mit dem Ellbogen an der oberen Seite des Schornsteins festhaken konnte, hörte er die Menschen vor dem Hotel aufstöhnen. Aus dem Augenwinkel sah er, wie Kirsten Wagner Anstalten machte, sich wieder auf die Füße zu stellen. Sie saß bereits auf den Fersen, hatte sich aber umgedreht und sah nun in seine Richtung. Er fing ihren Blick auf. Sie schien zu ihm kommen zu wollen.

Kramer hielt die Luft an. »Frau Wagner, nicht! Setzen Sie sich!«

Sie schien ihn nicht zu hören und richtete sich langsam auf. Sie schwankte. Stand nur noch auf einem Bein. Das andere ruderte durch die Luft, versuchte verzweifelt, das Gleichgewicht wiederzufinden.

Kramer hielt die Luft an.

Bertram Gunther ging langsam die Auffahrt zum Hotel hinauf. Er hatte den ganzen Tag draußen verbracht, war ziellos am See entlanggegangen. Immer wieder dieselben Gedanken gingen ihm durch den Kopf. Wie würde es weitergehen? Wie konnte es weitergehen? Was sollte er mit seinem Leben anfangen? Was würde Johanna tun? Bertram Gunther sah die Menschenmenge, die sich vor dem Hotel versammelt hatte. Ein Notarztwagen fuhr eben an, Blaulicht von mehreren Polizeiautos zuckte durch die Dämmerung. Er ging schneller. Was war passiert? Johanna!, schoss es ihm durch den Kopf. Er ging weiter, an den Menschen vorbei, auf die Rückseite des Gebäudes. Fassungslos verfolgte er die Drehleiter mit den Augen bis zum Dach. Zwei Gestalten zeichneten sich dort ab. Er konnte keine von ihnen erkennen, doch er sah, dass eine herunterzufallen drohte. Eine Frau.

Die Rechtsmedizinerin, die unweit von ihm auf einem Stein saß, erhob sich und kam auf ihn zu.

Kirsten Wanger fing sich im letzten Moment wieder. Sie machte zwei balancierende Schritte nach vorne, ging in die Knie, tastete mit den Händen nach unten und hielt sich am Dachfirst fest.

Kramer schüttelte den Kopf. Das konnte noch lange so gehen. Er machte dem Feuerwehrmann im Korb der Drehleiter ein Zeichen, das er sich ihm nähern sollte. Es gab nichts mehr, was er zu Kirsten Wagner sagen konnte.

»Wo ist der Psychologe?«, fragte Kramer leise in Richtung des Mannes.

»Kommt. Der Polizeipsychologe ist nicht zu erreichen, deswegen musste ein anderer verständigt werden. Er wird gleich hier sein«, kam die Antwort. Kramer schnaubte. Das würde nicht mehr viel nützen. Wieder dachte er an Pauline.

»Hören Sie, Frau Wagner. Ich will hier weg. Ich steige jetzt gleich in diesen Korb und Sie entscheiden selbst, ob Sie mit uns kommen oder nicht.« Sein Ton war strenger geworden. In der Dämmerung war ihr Gesichtsausdruck nicht mehr zu erkennen. Ein letzter Versuch noch, dachte er.

»Sie machen sich Gedanken um Ihr Kind. Das kann ich gut verstehen. Auch wenn es damals anders war, ich musste mir um mein ungeborenes Kind ebenfalls Sorgen machen.« Kirsten Wagner wandte ihm ihr Gesicht zu. »Doch ich habe meine Entscheidung damals nie bereut, auch, wenn es manchmal schwer war. Meine Tochter ist das Beste, was mir je passiert ist.«

»Ja, klar, mit einer schicken Mama im neuen Eigenheim lässt es sich auch ganz gut leben, oder?« Sie redete wieder. Kramer war erleichtert. Obwohl ihre Stimme zynisch klang, spürte er, dass ihr Widerstand kurz davor war zu brechen.

»Die Mutter meiner Tochter lebt nicht bei uns.« Das interessierte hier niemanden, doch er durfte nicht aufhören, mit ihr zu reden. »So zu leben ist wirklich nicht immer leicht.«

Sie kroch weiter auf ihn zu. Bald würde sie den Schornstein erreicht haben. Er signalisierte dem Feuerwehrmann, näher zu kommen.

Sie hielt inne. Kramer sah, dass ihr Körper vom Schluchzen geschüttelt wurde. Er wollte nach ihr greifen, doch sie war noch nicht nah genug. Er sah den Feuerwehrmann an. Der fuhr den Korb ganz zum Schornstein, hakte ein Seil mit einem Karabiner ein, befestigte sich selbst daran und stieg aus. Seine Stiefel rutschten auf dem Dach nicht weg, sodass er einen Moment später bei Kirsten Wagner war.

Sie widersetzte sich nicht. Kramer vermutete, dass sie es auch nicht leicht gehabt hätte, sich dem professionellen Klammergriff zu entwinden.

Der Korb glitt ohne Kramer hinab, mehr als zwei Menschen fanden in ihm nicht Platz. Der Feuerwehrmann hakte sich los, bevor er den Hebel für die Abfahrt drückte, und machte Kramer am Schornstein fest. Der Hauptkommissar bedankte sich.

Der Psychologe war inzwischen eingetroffen. Zusammen mit einem Notarzt nahmen sich die Männer der erschöpften, zitternden Frau an.

Nach seiner Abholung aus luftiger Höhe wies Kramer die Sanitäter an, die Vernehmungsfähigkeit der Frau zu prüfen, was ihm einen bösen Blick des Psychologen einbrachte.

Die Kolleginnen und Kollegen empfingen ihn ohne große

Worte, doch mit sichtlicher Erleichterung. Huber klopfte Kramer auf die Schulter. Biernatzky boxte ihn in die Seite. Svenja lächelte ihn an. Zu seiner großen Überraschung drückte Sybille ihn kurz an sich.

»Was ist mit Frau Baum?«, erkundigte sich Kramer.

»Wahrscheinlich eine Gehirnerschütterung. Und Schocksymptome, jedoch nichts Ernstes, denke ich«, antwortete Svenja. »Sie ist auf dem Weg ins Klinikum.«

»Der Fall ist also geklärt. Die Sache liegt klar, nehme ich an?« Sybille hatte zum üblichen Ton zurückgefunden.

»Sobald der Arzt einwilligt, können wir mit der Vernehmung beginnen«, erklärte Kramer.

Der Arzt und der Psychologe waren sich uneinig. Organisch fehlte Kirsten Wagner nichts, der Arzt hatte deshalb ohne weitere Diskussion genickt.

Der Psychologe hingegen bestand darauf, dass Kirsten Wagner sich in einer Ausnahmesituation befände. Kramer machte deutlich, dass eine Vernehmung ohne zeitliche Verzögerung von großer Bedeutung war.

»Ich kann nur unter größten Vorbehalten zustimmen«, beharrte der Mann.

Kramer verdrehte die Augen. »Ich werde Ihre Vorbehalte ins Protokoll aufnehmen.«

Dennoch bestand der Psychologe darauf, seine Zweifel auch noch der Staatsanwältin gegenüber zum Ausdruck zu bringen. Den Ausschlag gab schließlich die mutmaßliche Mörderin selbst. Kirsten Wagner wollte aussagen, sie wollte die Sache hinter sich bringen.

Eine Viertelstunde später trafen Kramer, Sybille und Biernatzky mit Kirsten Wagner in der Polizeidirektion ein. Die Staatsanwältin und der Hauptkommissar gingen mit der mutmaßlichen Täterin in Raum 325.

Stockend begann Kirsten Wagner zu sprechen. Sie erzählte, wie sie sich an jenem Abend nicht wohl gefühlt hatte und dachte, dass es ihr gut täte, ein wenig zu schwimmen. Als sie ins Kellergeschoss kam, hatte sie von weitem Bertram Gunther gesehen.

»Er sagte ›Liebling‹ zu einer Frau, die im Begriff war, in die Sauna zu gehen. Ich habe sie nur von hinten gesehen. Sie trug einen weißen Bademantel, wie wir alle. Es war der hoteleigene Frotteemantel. Ich sah, wie Bertram Gunther den Duschbereich betrat und die Frau die Saunatür hinter sich schloss.« Sie stockte und begann zu schluchzen. »Ich weiß auch nicht, was in mich gefahren ist. Ich dachte, es sei Johanna Baum. Nachdem sie in der Sauna verschwunden war, bin ich hinterhergeschlichen und habe den Stuhl unter die Türklinke geschoben.«

»Woher wussten Sie, dass nicht noch mehr Leute in der Sauna waren?«

Sie sah erstaunt hoch. »Der Gedanke ist mir nie gekommen.«

Kramer stieß sich von der Tischkante ab, an der er lehnte und ging im Raum umher.

»Sagen Sie uns, warum Sie Johanna Baum töten wollten.« Er sah sie mit ernster Miene an.

»Ich wollte sie doch nicht töten!« Sie schlug die Hände vors Gesicht. Ihre Schultern wurden von jedem Schluchzer geschüttelt. Es dauerte einen Moment, bis sie wieder sprechen konnte. »Ich habe nicht darüber nachgedacht. Wenn jemand gekommen wäre… Ich wäre vielleicht sogar froh gewesen. Doch es passierte ganz automatisch. Sie war da drin, ich wollte, dass sie weg ist. Dass sie Angst kriegt, die tolle Johanna Baum. Sie ist schuld daran, dass mein Leben ein einziger Scherbenhaufen ist. Als ich Friedrich gesagt habe, dass ich ein Kind von ihm bekomme, hat er mit mir Schluss gemacht. Die einzige Frau, mit der er ein Kind hätte haben wollen, sei Johanna Baum gewesen, hat er mir um die Ohren geschleudert. Ich solle verschwinden und ihm nie wieder unter die Augen kommen.«

»Beschreiben Sie jetzt die Sache mit dem Stuhl.«

»Da gibt es nichts zu beschreiben. Genau weiß ich es nicht mehr. Ich weiß noch, dass ich kurz danach sehr erschöpft war. Ich bin nicht gleich weggegangen, sondern habe mich kurz ausgeruht.«

»Ist Ihnen währenddessen der Gedanke gekommen, den Stuhl wieder zu entfernen?« Sybille, die bis jetzt geschwiegen hatte, war zum Tisch gekommen und hatte sich auf dem Stuhl gegenüber niedergelassen.

Kirsten Wagner schien gar nicht zu bemerken, dass jemand anderer sprach. Sie zuckte mit den Schultern. »Ich weiß nicht.« Sie schien Mühe zu haben, sich auf das Gespräch zu konzentrieren. »Doch. Aber dann dachte ich, ihr Mann würde rechtzeitig zur Sauna zurückkommen. Später habe ich gar nichts mehr gedacht.«

Sybille drehte sich zu Kramer. Er wusste, dass sie das Detail mit der Lücke und dem Bademantel geklärt haben wollte. Doch er wollte noch warten. Da sie anwesend war, oblag ihr als ranghöherer Beamtin, die Vernehmung zu leiten. Sie tat dies nicht allzu gern, da sie den menschlichen Kontakt, die Schicksale, die hinter einer Tat standen, scheute. Sauber und sachlich in Akten und Berichte verpackt, waren ihr die Fälle lieber. Doch die wenigen Male, bei denen sie dabei gewesen war, hatte sie von ihrem Recht rücksichtslos Gebrauch gemacht. Heute schien alles anders. Sie schwieg, was Kramer veranlasste fortzufahren.

»Kommen wir zu den Ereignissen von heute. Was ist passiert?«

Sie schaute Kramer an. »Die Baum hat mich angesprochen. Sie hatte wohl Mitleid mit mir. Das hat mich wütend gemacht, doch ich habe mich beherrscht.« Sie hatte die Hände kurz zu Fäusten geballt, öffnete sie jedoch wieder. »Dann hat sie erwähnt, dass die Kriminalpolizei Bescheid weiß über Friedrich und mich. Sich dafür interessiere, dass ich schwanger bin. Damit war alles klar. Ich musste weg, bevor alles aus sein würde.«

Kirsten Wagner sank in sich zusammen und blickte starr vor sich hin. »Es hat nicht geklappt. Jetzt ist tatsächlich alles aus.« Sie legte ihre Hände auf den Bauch.

Kramer ließ sich auf seinen Bürostuhl fallen. Biernatzky ging zur Pinnwand und nahm die Kärtchen ab. Er hatte Kaffee aufgesetzt, bevor er durch die verspiegelte Scheibe der Vernehmung von Kirsten Wagner zugehört hatte.

Die Staatsanwältin kam herein. Der Assistent machte Anstalten, den Raum zu verlassen, doch sie winkte ab und blieb mitten im Zimmer stehen. Sie sah Kramer an, ohne etwas zu sagen.

»Seltsame Seelenlage«, fasste Kramer zusammen.

Sie nickte.

»Das Merkwürdige ist, dass sie es darstellt, als ob sie von den Ereignissen überrollt worden sei. Ich nehme es ihr zum Teil sogar ab, im Grunde wollte sie das alles nicht. Schon lange hatte sie sich vorgenommen, alles allein zu schaffen. Sie ist eben schwach, das ist das Problem. Sie gibt momentanen Gefühlen nach, ohne darüber nachzudenken.«

Sybille nickte wieder. »Sie wird noch einmal befragt werden müssen. Die Sache mit dem Bademantel zwischen Lehne und Klinke …«

»Ich weiß. Ich kläre das noch.« Er hätte diesen Punkt eben thematisieren müssen. Es war eine Unstimmigkeit, die er nicht so recht einschätzen konnte.

Sie zog die Augenbrauen zusammen, erwiderte jedoch nichts.

9

Als Kramer gegen Mitternacht nach Hause kam, fand er das Haus hell erleuchtet. Er musste kurz an das Filmteam denken, doch die bunte Gesellschaft hatte das Feld bereits geräumt. Eilig ging er zur Tür.

Als er das Wohnzimmer betrat, kam Pauline unter dem Tisch hervorgekrochen. Hortense tauchte mit geröteten Wangen hinter einem Sessel auf. Die beiden sahen sich an und zuckten mit den Schultern. Pauline setzte sich auf den Teppichboden und pustete sich ihre pinkfarbene Strähne aus der Stirn.

»Lasst mich raten. Das Reptil ist ausgebrochen.« Kramer schüttelte den Kopf.

Pauline zuckte noch einmal mit den Schultern. »Vorher war sie noch da, jetzt ist sie auf einmal weg.«

»Wie kann das passieren?«

»Vielleicht hat sie das Terrarium nicht richtig geschlossen«, vermutete Hortense. »Jedenfalls haben wir das ganze Haus durchgekämmt. Das Vieh ist wie vom Erdboden verschluckt.«

»Aber Omi!« Pauline stemmte die Fäuste in die Hüften. »Meine Strangle ist kein Vieh! Sie ist die süßeste Schlange, die es gibt. Wenn sie bis morgen nicht wieder aufgetaucht ist, fahre ich nicht nach Paris!«

»Jetzt ist aber Schluss.« Kramer sprach ein Machtwort. »Ab ins Bett. Schlimm genug, dass du Hortense hier die halbe Nacht auf Trab hältst.«

Pauline schaute ihren Vater mit großen Augen an.

»Wir finden sie morgen. Bestimmt. Sie hat sich nur ein wenig Urlaub von dir gegönnt. Ich könnte mir denken, dass sie es leid ist, in deiner Hosentasche herumgeschaukelt zu werden und Leute zu erschrecken.«

Seine Tochter grinste betreten und fiel ihm dann in die Arme. Er warf sie über seine Schulter und stieg mit ihr die Treppen hinauf, wobei er lautstark stöhnte und ächtzte. Sie kicherte.

Am nächsten Tag hatte er seine Not, Pauline dazu zu bringen, zum Schüleraustausch zu fahren, obwohl die Schlange nicht in

Sicht war. Noch als bereits das Gepäck für Pauline und Hortense im Auto verstaut war, blickte das Mädchen sich suchend um.

»Pauline, wir müssen wirklich los. Omi verpasst sonst den Zug und du weißt doch, wie sehr sie sich auf den Besuch in Hamburg freut. Und dein Bus fährt nur wenig später.« Kramer nahm seine Tochter in den Arm und strich ihr über das Haar. »Sobald ich sie gefunden habe, rufe ich dich an, okay?«

Pauline nickte. Mit gesenktem Kopf trabte sie ins Haus und holte ihren kleinen Rucksack.

Nachdem sie Hortense beim Bahnhof abgesetzt hatten, fuhr Kramer zum Seegymnasium. Etliche Kinder standen mit ihren Eltern bereits dort. Der Bus kam gerade von der anderen Seite um die Ecke gebogen.

»Sybille! Da ist Sybille!« Pauline winkte.

Da nicht mehr viel Zeit war, musste rasch Abschied genommen werden. Paulines Mutter ließ es sich allerdings nicht nehmen, ein paar Worte mit dem Busfahrer zu sprechen und sich auch davon zu überzeugen, dass ein Ersatzfahrer an Bord war.

Kramer schluckte. Irgendwann, in nur wenigen Jahren, würde seine Tochter ausziehen, sich vielleicht zum Studium in eine andere Stadt aufmachen. Oder heiraten und eine eigene Familie gründen. Kinder wurden so schnell groß. Es schien wie gestern, dass er Pauline gewickelt hatte. Ihr erstes Lächeln. Das erste »Papa«. Und jetzt zog sie los in die Welt.

Pauline umarmte ihre Eltern nacheinander und sprang dann in den Bus. Sie sah noch immer besorgt aus, als sie neben Violetta saß und durch das Fenster hinaussah, doch Kramer signalisierte ihr, sich keine Sorgen zu machen.

»Was ist los?« Sybille musterte ihren Ex-Mann streng.

Er sah sie an und schüttelte den Kopf. Ganz die Staatsanwältin. Sie konnte nicht aus ihrer Haut. Aber das war bei ihm vielleicht dasselbe, ohne dass er es merkte. »Die Schlange ist weg. Ausgebrochen.«

Sie schüttelte sich. »Ich würde gern suchen helfen, aber…«

»Schon gut«, lachte Kramer. »Nett, dass du gekommen bist. Lass uns noch einen Kaffee trinken gehen.«

Im Marktcafé war an diesem Samstag wenig los. Sybille rührte sehr lange in ihrem Cappuccino, bis sie plötzlich hochsah.

»Es geht mir nicht gut, Clemens.«

Er sah sie überrascht an. »Was ist? Bist du krank?«

»Nein. Zumindest nicht organisch. Aber mir geht zu viel durch den Kopf. Ich kann nicht mehr abschalten. Vor einiger Zeit hatte ich kurz hintereinander die Fälle zweier misshandelter Kinder, seitdem kann ich streckenweise keinen klaren Gedanken mehr fassen. Ich wache nachts schweißgebadet auf und denke an Pauline.« Sie winkte ab, bevor er etwas sagen konnte. »Nein, natürlich weiß ich, dass es ihr bei dir gut geht. Es ist völlig irrational, das ist mir schon klar.«

Er hatte aus dem Fenster gesehen und beobachtet, wie eine Fahradfahrerin mit zum Pferdeschwanz gebundenen, rötlichem Haar abstieg. Sie kam auf das Café zu. Als sie ihn sah, lächelte sie. Dann erkannte sie seine Begleiterin. Sie zögerte und schien es sich anders zu überlegen. Mit knappem Gruß drehte sie ab und verschwand aus seinem Sichtfeld.

»Clemens? Hörst du mir zu?«

Er wandte sich ihr wieder zu und nickte zerstreut.

»Die Fälle gehen mir nach. Das war früher nicht so.«

»Das ist ganz normal. Ich finde es sogar wichtig, dass den Ermittlern die Menschen nicht gleichgültig sind.«

Die Staatsanwältin schüttelte den Kopf. »Das sehe ich anders. Unser oberstes Gebot ist die Objektivität.« Ihre Stimme war wieder fester geworden. Energisch stellte sie ihre Tasse auf der Untertasse ab und zog ihren Geldbeutel aus der Handtasche.

Kramer seufzte. Im Grunde hatte sie es auch nicht leicht. Wenn er ihr sagte, dass man Gefühle nicht ein Leben lang verdrängen konnte, dass sie irgendwann wieder zum Vorschein kamen, erntete er nur Unverständnis. Diese Dinge waren schön und gut, doch sie galten nicht für Sybille Kramer-Wieland.

Sein Blick fiel auf den pastellfarbenen Schal. Er trat in die offene Zwischentür und sah ins andere Zimmer. Ihre Koffer waren gepackt, sie saß am Tisch und studierte ihre Unterlagen. Der schöne Seidenschal lag auf ihrem Mantel. Sie sah hoch, fragend. Wie immer sah sie perfekt aus. Mehr als je zuvor würde er in ihrem Schatten stehen. Doch hatte er das nicht gewusst? Er ging hinein und griff nach ihrem Mantel. Nahm den Schal zur Hand, trat hinter sie. Während er die Hände hob, hielt er den Atem an. Ihr Duft war dennoch in seiner Nase. Er spannte den Stoff. Ihre Haare streiften sein Gesicht. Vertraut. Seine schöne, erfolgreiche Frau. Er schloss die Augen und ließ die Hände wieder sinken.

Behutsam legte er ihr den Schal um den Hals, griff nach ihrem Mantel und half ihr hinein, nachdem sie aufgestanden war und ihre Papiere zusammengepackt hatte. Gemeinsam verließen sie das Zimmer.

10

Kramer sah zum Himmel. Der Regen hatte nicht mehr aufgehört, es war kühl geworden. Der Tag war wie geschaffen dafür gewesen, ihn in der Garage unter Tante Patricias Oldtimer zu verbringen. Kramer grinste zufrieden in sich hinein. Er würde trotz knurrenden Magens nicht einmal in die Verlegenheit kommen, Strangle die Mäuse wegzuessen, da er nach einer heißen Dusche am Abend nach Wildberg fahren wollte. Er hatte den Tag über extra nichts gegessen. Das hungrige Kriechtier allerdings hatte er sofort gefüttert, als er es auf der Tiefkühltruhe im Keller fand. Er war fast geneigt, Pauline zu glauben. Als er sie telefonisch von seinem Fund unterrichtete, sagte sie nach kurzem Freudengeheul: »Siehst du mal, wie schlau sie ist? Sie wollte sich was zu essen holen!«

Claus hatte ihn gebeten, einen Korb Mirabellen mitzubringen. Viele hingen nicht mehr in den Bäumen. Es half nichts, hier käme vor der warmen erst eine kalte Dusche. Nachdem er das Spankörbchen gefüllt hatte, ging er über den Rasen zurück zum Haus. Sein Fuß stieß an einen kleinen Gegenstand. Er bückte sich. Eine dicke Schraube, eine Art Stöpsel. Er hatte keine Ahnung, wozu sie diente, doch es war deutlich zu sehen, dass sie nach starker Beanspruchung gebrochen war. Beim Haus angekommen, warf er sie in die Mülltonne.

Claus Weitbrecht winkte ihn gleich in die Küche. Er hatte seit dem Nachmittag eine größere Gesellschaft, für die er die Dessertteller bereitete. Kramer machte es nichts aus, zu warten. Er war gern in der großen Küche und mochte die Atmosphäre. Obwohl Claus' Gerichte immer raffinierter und schwieriger wurden, kochte er mit Leichtigkeit und unterhielt sich dabei gerne.

»Damit dir schon mal das Wasser im Mund zusammenläuft: Vorspeise ist eine Seezunge Déjazet mit mariniertem Kräutersalat. Virginie Déjazet war doch eine berühmte französische Schauspielerin im 19. Jahrhundert«, grinste Weitbrecht. »Dann haben wir einen Rehrücken mit Preiselbeerkruste, dazu

Schwarzwurzeltempura und als krönenden Abschluss Liebesknochen mit dunklem Schokoladenschaum. Zu diesen Eclairs brauche ich deine Mirabellen.«

»Folterknecht! Ich habe seit dem Frühstück nichts mehr gegessen! Aber sehr passend«, lobte Kramer die Auswahl.

»Dann ist doch ein kleiner Aperitif in der Küche genau das Richtige.«

Er holte zwei Gläser und reichte Kramer eines. »Auf die Liebe und das Leben«, zwinkerte er. Erwartungsvoll sah er seinen Freund an.

Kramer begann mit dem denkwürdigen Satz »Die Rechtsmedizinerin ist tot«, woraufhin der Koch ihn mit ernstem Blick ansah, ohne einen Kommentar dazu abzugeben.

Die Desserts waren längst aufgegessen und auch Kramer war, im Gastraum am runden Tisch nahe dem Tresen platziert, bereit für den Nachtisch. Er lehnte sich zurück und legte die Hände auf den Bauch.

»Was ist jetzt mit dem Mann und der Frau, der Schauspielerin, meine ich?«, fragte der Meisterkoch, als er einen Teller mit den Eclairs auf den Tisch stellte.

»Zur Abschlussvernehmung kamen sie gemeinsam. Sie schienen überhaupt nicht mehr feindselig, er wartete sogar auf sie.«

»Und die Regieassistentin? Was passiert nun mit ihr?«

Kramer zog die Augenbrauen zusammen. »Merkwürdige Frau. Geisteskrank scheint sie nicht zu sein, aber ihr Handeln ist schwer nachvollziehbar. Sie lässt sich von ihren Impulsen steuern, ohne nachzudenken. Dazu ist sie verbittert; sie hatte es wohl nie leicht. Man muss berücksichtigen, dass sie in einer Ausnahmesituation war, doch das entschuldigt natürlich nichts.«

»Wird sie wegen Mordes verurteilt werden?«

Kramer strich sich über seine Narbe. »Das hängt entscheidend von Sybille ab. Es gab ein Detail, das uns in mehrfacher Hinsicht Rätsel aufgegeben hat.« Er schilderte die Erkenntnisse der Spurensicherung. »Da sie offenbar im Affekt gehandelt hat, kann man ihr im Grunde keinen Mord unterstellen, sondern müsste von Totschlag ausgehen. Sie hat zunächst nichts über die Lücke zwischen Stuhl und Lehne gesagt, weshalb ich bis zum Schluss nicht sicher sein konnte, dass sie tatsächlich die Schuld am Tod von Paloma Petrelli trägt.«

Claus sah ihn fragend an.

»Es hätte vom Ablauf her durchaus sein können, dass noch jemand anderes dort vorbeikam und die Lücke mit dem Bademantelstoff ausfüllte.«

Er winkte ab, als er den erwartungsvollen Blick des Kochs sah.

»Nein, sie war es. Am nächsten Tag, als ich sie darauf ansprach, erinnerte sie sich.« Er seufzte. »Dieses Detail könnte ihr als kriminelle Energie ausgelegt werden. Im Vernehmungsprotokoll taucht es nicht auf, da ich in der entscheidenden Vernehmung nicht darüber gesprochen habe. In den Akten gibt es allerdings durchaus Hinweise darauf. Es ist Sybilles Entscheidung, ob und wie stark sie darauf abhebt.«

»Und das Kind?«

»Kirsten Wagner wird das Kind im Gefängnis zur Welt bringen. Es gibt Vollzugsanstalten für Mütter mit Kindern, wenn sie Glück hat, bekommt sie einen Platz. Und später... zur Verwunderung aller hat Friedrich von Arenz zugesichert, sie und das Kind zu unterstützen. Wie das gehen wird, muss sich noch zeigen. Er selbst scheint momentan nicht in der Lage, Verantwortung zu übernehmen. Aber alt ist er ja noch nicht.«

Er hatte sein Dessert verspeist und freute sich auf einen Espresso. Als er seinen Freund wieder in der Küche verschwinden sah, kam ihm eine Idee.

»Claus, wie wäre es mit einem freien Abend?«

»Dienstags haben wir geschlossen!«

»Geschlossen, ich weiß, und da hältst du Kochkurse ab. Ich meine wirklich frei!«

»Wofür?«

Kramer musste über das verständnislose Gesicht von Claus lachen. Er war die reine Verkörperung schwäbischer Mentalität.

»Ich lade dich zum Essen ein«, sagte er. »Wohin du willst.«

Der Meisterkoch grinste. »Das kann teuer werden, überleg es dir gut!«

»Kein Problem. Ich bin um 10 000 Euro reicher! Wir müssen uns allerdings beeilen, sonst ist das Geld weg. Hortense hat die ersten Handwerker schon bestellt.«

Als er später auf der Rückfahrt sein Mobiltelefon anschaltete, schnurrte es und verkündete den Empfang einer SMS.

»Wie wäre es mit Frühstück im Café Schmitts? Morgen, zehn Uhr? Svenja«, las er.

PREMIERENFEIER

Seezunge Déjazet nach Claus Weitbrecht
mit mariniertem Kräutersalat

◊

Rehrücken mit Preiselbeeren gratiniert an Pfefferjus
auf Rosenkohlblättern mit Schwarzwurzeltempura

◊

Eclairs (Liebesknochen) mit dunklem
Schokoladenschaum auf glasierten Mirabellen

Seezunge Déjazet nach Claus Weitbrecht mit mariniertem Kräutersalat

Virginie Déjazet (1798–1875) war eine französische Schauspielerin. Nach ihr ist die Sole Déjazet benannt, die in der klassischen Küche in Butter gebraten, mit Estragonbutter angerichtet und mit Estragonblättern garniert wird.

Zutaten für die Seezunge für vier Personen:

1 große Seezunge (600 bis 800 g) oder 4 Filets
4 Langustinen (Kaisergranat)
ein halbes Bund Estragon
50 ml Olivenöl
25 g Butter
Salz, Pfeffer
2 Scheiben Toastbrot
50 g Butter

Zubereitung:

Haut der Seezunge auf beiden Seiten abziehen (am Schwanzende mit dem Messer leicht einschneiden und zum Kopf hin abziehen). Vorsichtig 4 Filets herausschneiden und kurz unter fließendem Wasser abwaschen. Mit Küchenpapier trockentupfen und kühl stellen.

Langustinenschwanz vom Kopf trennen. Scheren zur Garnitur beiseite legen. Langustinenschwanz anknacken und alle Panzerglieder bis auf die letzten zwei vorsichtig

entfernen. Mit Hilfe eines Zahnstochers den Darm entfernen. Kurz abwaschen, trockentupfen und ebenfalls kühl stellen.
Toastbrotscheiben von der Rinde entfernen und vorsichtig quer halbieren. Zuerst in feine Streifen, dann in ca. 0,5 cm große Würfel schneiden.
Butter in einer Pfanne schmelzen lassen und darin die Brotwürfel langsam goldbraun rösten. Warm stellen.

Zutaten Vinaigrette:

50 ml Geflügelfond oder Brühe
100 ml weißer Portwein
70 ml Champagneressig
100 ml Olivenöl
100 ml Distelöl
50 ml Walnussöl
2 Schalotten, geschält und halbiert
5 zerdrückte Wacholderbeeren
1 Zweig Thymian
2 Lorbeerblätter
10 weiße Pfefferkörner
eine halbe Zehe Knoblauch
Salz, Pfeffer und Zucker

Zubereitung:

Geflügelfond, Portwein, Champagneressig mit Salz, Pfeffer und Zucker würzig abschmecken. So lange rühren, bis sich alle Gewürze gelöst haben. Die verschiedenen Öle und die anderen Zutaten beigeben.
Die Vinaigrette an einem kühlen, dunklen Ort ca. 12 Stunden ziehen lassen. Dann das Ganze durch ein feines Sieb passieren und kühl stellen.

Zutaten Kräutersalat:

ein halbes Bund Kerbel
ein halbes Bund Estragon
ein halbes Bund Basilikum
etwas Dill
etwas Blattpetersilie
etwas Schnittlauch
etwas Koriandergrün
etwas Pimpernelle

eine halbe gelbe Paprika
eine halbe rote Paprika
ein halber Kopf Friséesalat
1 Chicorée

Zubereitung:

Kräuter in mundgerechte Stücke zupfen bzw. schneiden. Eventuell kurz waschen. In ein feuchtes Tuch einschlagen.
Paprika waschen und vom Kerngehäuse entfernen. Mit einem Sparschäler die Haut abschälen. Das reine Paprikafleisch in 0,5 cm große Würfel schneiden.
Friséesalat in mundgerechte Stücke zupfen, die dunklen und dicken Blätter dabei aussortieren. Gut in lauwarmem Wasser waschen, trockenschleudern und bis zur Weiterverarbeitung in ein feuchtes Tuch einschlagen.
Chicorée in 5 cm große Schiffchen schneiden und bis zur Weiterverarbeitung in lauwarmes Wasser legen, damit die Bitterstoffe auslaugen.

Fertigstellung:

Ein Bouquet aus Chicorée, Frisée und Kräutern auf einem Teller anrichten und mit den Paprikawürfeln bestreuen.
Seezungenfilets und Lagustinenschwänze mit Salz und Pfeffer würzen und mit den Scheren in Olivenöl anbraten. Nach ca. 1 Minute wenden, dann die Butter und den gehackten Estragon beigeben. Bei mittlerer Hitze glasig fertig garen.
Die Vinaigrette über das Salatbouquet geben. Die Seezunge sowie die Langustine darauf platzieren. Das Ganze mit den Scheren garnieren und leicht mit der Estragonbutter überziehen. Geröstete Brotwürfelchen darübergeben.

Rehrücken mit Preiselbeeren gratiniert an Pfefferjus auf Rosenkohlblättern mit Schwarzwurzeltempura

Zutaten Preiselbeerkruste für vier Personen:

70 g frische geputzte Preiselbeeren
60 g Zucker
50 g Butter
1 Eigelb
100 g Mie de pain (gemahlene Weißbrotkrume ohne Rinde)
1 unbehandelte Limone
5 fein gehackte Wacholderbeeren
Salz, Pfeffer

Zubereitung:

Preiselbeeren über Nacht einzuckern. Am nächsten Tag mit dem Rührgerät auf niedrigster Stufe rühren, bis sich der Zucker aufgelöst hat. Zimmerwarme Butter schaumig schlagen, bis sie weiß ist. Dann das Eigelb beigeben und ebenfalls glatt rühren. Die Buttermischung mit Wacholder, Limonenabrieb, Limonensaft, Salz und Pfeffer aromatisieren. Dann die kaltgerührten Preiselbeeren beigeben und das Ganze mit dem Mie de pain binden. In Klarsichtfolie einrollen und kühl stellen.

Zutaten Rehmedaillons:

12 Rehrückenmedaillons (à 50 g)
Salz, Pfeffer
40 ml Öl
5 Wacholderbeeren
1 Thymianzweig
1 Tannenzweig

Zubereitung:

Die Rehmedaillons mit Salz und Pfeffer auf beiden Seiten würzen. In dem Öl auf beiden Seiten anbraten, auf die Gewürze setzen und im Backofen bei 180 Grad ca. 8 Minuten garen. Weitere 4 Minuten an einem warmen Ort ruhen lassen.
Dann die Medaillons mit der Preiselbeerkruste belegen und leicht bei starker Oberhitze bräunen.

Zutaten Schwarzwurzeln:

200 g Mehl
200 g Kartoffelstärke
Salz, Cayennepfeffer, gehackter Kerbel
150 ml Eiswasser
10 Schwarzwurzeln
1 l Eiswasser
etwas Mehl

Zubereitung:

Mehl, Stärke, Kerbel, Salz und Cayennepfeffer mischen. Den Teig mit Eiswasser glatt rühren, bis er eine zähflüssige Konsistenz hat.
Schwarzwurzeln schälen, in 7 cm lange Stücke schneiden und in Salzwasser bissfest garen. In Eiswasser abschrecken und trockenlegen. Dann die Schwarzwurzeln in Mehl wenden und durch den angerührten Tempurateig ziehen. Bei 170 Grad im Fettbad goldbraun ausbacken. Auf einem Küchentuch abtropfen lassen und eventuell nachwürzen.

Zutaten Rosenkohlblätter:

200 g Rosenkohl
1 Schalotte
20 g geräucherter Bauchspeck
100 ml Sahne
1 l Eiswasser
Salz, Pfeffer, Muskat

Zubereitung:

Speck in feine Würfel schneiden und bei schwacher Hitze in einem Topf auslassen, bis sie kross sind. Schalottenwürfel beigeben. Mit Sahne auffüllen und auf die Hälfte einkochen lassen. Den Rosenkohl putzen und in einzelne Blätter zupfen. Diese für ca. 1 Minute in kochendes Salzwasser geben, bis sie bissfest gegart sind. In Eiswasser abschrecken. Trockenlegen und kurz in der Sahne schwenken. Mit Salz, Pfeffer und Muskat abschmecken.

Zutaten Pfefferjus:

1 kg Wildknochen
50 ml Öl
100 g Karotten
100 g Lauch
100 g Staudensellerie
200 g Schalotten
1 EL Tomatenmark
500 ml Rotwein
100 ml frisch gepresster Orangensaft
2 Nelken
10 Wacholderbeeren
15 schwarze Pfefferkörner
1 Thymianzweig

1 Tannenzweig
5 Pimentkörner
1 l Wasser
50 g Butter

Zubereitung:

Knochen klein hacken, in Öl anbraten und in einen Bräter geben. Bei 200 Grad ca. 30 Minuten im Backofen rösten, dabei ab und zu umrühren.
Karotten, Lauch, Sellerie und Schalotten waschen bzw. schälen. Alles klein schneiden und zu den Knochen geben. Weiter anrösten, bis alles schön gebräunt ist. Dann das Tomatenmark zufügen, ebenfalls kurz anrösten und mit dem Rotwein und dem Orangensaft mehrere Male ablöschen. Fond reduzieren.
Jetzt die Gewürze beigeben und mit Wasser auffüllen, sodass die Knochen gerade bedeckt sind. Den Fond bei geringer Hitze ca. 3 Stunden köcheln lassen. Dann den dabei entstandenen Schaum abschöpfen. Den Fond durch ein feines Sieb oder Tuch passieren. Auf die gewünschte Konsistenz reduzieren lassen und mit Salz und Pfeffer abschmecken. Zum Schluss die kalte Butter einrühren.

Fertigstellung:

Auf einem vorgewärmten Teller jeweils drei Häufchen mit Rosenkohlblättern anrichten. Die gratinierten Rehmedaillons daraufsetzen. Die knusprig ausgebackenen Schwarzwurzelstäbe an die Medaillons legen, Pfefferjus angießen und mit einem kleinen Tannenzweig garnieren.

Eclairs mit dunklem Schokoladenschaum auf glasierten Mirabellen

Zutaten Teig für vier Personen:

125 ml Milch
125 ml Wasser
100 g Butter
10 g Zucker
eine Prise Salz
150 g Mehl
5 Eier
Puderzucker zum Bestreuen

Zubereitung:

Milch, Wasser, Butter, Zucker und Salz aufkochen. Das gesiebte Mehl auf einmal in die Flüssigkeit schütten und sofort mit einem Holzspatel glatt rühren. Die Masse so lange in einer Kasserolle bei mittlerer Hitze mit dem Holzspatel bearbeiten, bis sich der Teig vom Löffel und der Kasserolle löst. Am Topfboden bildet sich ein weißer Film. Die Masse muss so trocken sein, dass sie nicht mehr zwischen den Fingern klebt. Diese Masse in eine Schüssel füllen. Die Eier nach und nach unter die noch warme Masse rühren, bis eine geschmeidige, schwer reißende Brandmasse entsteht. Den Backofen auf 220 Grad vorheizen.
Backblech mit Backpapier auslegen und mit Hilfe eines Spritzbeutels 7 cm lange und 1,5 cm dicke Teiglinien darauf setzen. Die Teiglinien mit Kristallzucker leicht bestreuen.
Etwas Wasser auf den Boden des Backofens gießen und sofort das Blech in den Ofen schieben. Durch den entstehenden Wasserdampf geht die Brandmasse schön auf.
Nach ca. 8 Minuten die Ofentür einen Spalt öffnen, damit der Wasserdampf entweichen kann, und die Eclairs schön knusprig backen, bis sie goldbraun sind. Abkühlen lassen.

Zutaten Schokoladenschaum:

300 g hochwertige Zartbitterkuvertüre
(z. B. von Valrhona, Felchlin)
2 Eigelb
1 Ei
50 g Zucker
10 ml Cognac oder dunkler Rum
(nach Belieben)
600 ml Sahne

Zubereitung:

Die Kuvertüre klein hacken und in eine Schüssel geben. Im Wasserbad erhitzen, vom Herd ziehen und langsam zerlaufen lassen.

Eigelb, Ei und Zucker in eine Schüssel geben und auf dem siedenden Wasserbad so lange schlagen, bis eine homogene, weißschaumige Masse entstanden ist. Die flüssige Schokolade unterrühren. Dann den Alkohol beigeben und alles glatt schlagen. Die halb steif geschlagene Sahne in zwei Teilen vorsichtig unterheben. Den Schokoladenschaum für ca. 2 Stunden kühl stellen.

Zutaten glasierte Mirabellen:

400 g Mirabellen
150 ml frisch gepresster Orangensaft
2 EL Honig
1 Messerspitze Safranfäden
1 Vanilleschote
Abrieb und Saft einer unbehandelten Limone
50 g kalte Butter
10 Blätter Basilikum

Zubereitung:

Mirabellen waschen. Orangensaft, Honig und Safranfäden in einem Topf erhitzen. Mirabellen und die halbierte Vanilleschote beigeben. Bei schwacher Hitze die Mirabellen ca. 2 bis 3 Minuten andünsten.
Wenn die Mirabellen aufreißen, aus dem Fond entnehmen und erkalten lassen. Nun den Kern entfernen.
Den entstandenen Fond mit Abrieb und Saft einer Limone abschmecken und auf die gewünschte Konsistenz reduzieren.
Die kalte Butter in den Fond rühren, die entsteinten Mirabellen und frisch geschnittene Basilikumstreifen zugeben.

Fertigstellung:

Schokoladenschaum in einen Spritzbeutel füllen.
Eclairs quer halbieren und mit dem Schokoladenschaum füllen. Mit Puderzucker bestäuben.
Glasierte Mirabellen auf einem Teller anrichten, Eclairs anlegen und mit Basilikumblättern garnieren.

Die Handlungen und Personen in diesem Buch sind frei erfunden. Ähnlichkeiten mit real existierenden Personen wären rein zufällig.

Eine Ausnahme ist der Koch Claus Weitbrecht. Glücklicherweise kocht er wirklich. Im ›Talblick‹ in Wildberg im Schwarzwald.

Auch die Handlungsorte gibt es zum Teil wirklich. Die Freiburger mögen uns verzeihen, dass wir ihre Rechtsmedizin nach Konstanz verlegt haben. Und die Konstanzer sind um ihre schöne Stadt zu beneiden, in der Clemens Kramer ein Zuhause gefunden hat.

Für die fachliche Beratung bedanken wir uns bei: Verena de la Berg, Julia Bubeck, Peter Hauke, Kathrin Kasemir, Prof. Dr. Silvia Mergenthal, Roland Sapper, Wolfram Schöbel, Philipp von Lucke.

Fotos: Günter Köhler

Bibliografische Information Der Deutschen Bibliothek
Die Deutsche Bibliothek verzeichnet diese Publikation in der Deutschen Nationalbiografie; detaillierte bibliografische Daten sind im Internet über http://dnb.ddb.de abrufbar.

Egmont Horizont Verlag, Filderstadt
http://www.egmont-horizont.de
Text: Petra Schappert
Lektorat: Dr. Stefanie Köhler, Alke Hauschild
Produktion: Melanie Hess
Druck: Clausen & Bosse, Leck
Druck in 2004
ISBN 3 928195 90 5